（提供：日本近代文学館）

谷崎潤一郎（昭和33年頃）

# 谷崎潤一郎

●人と思想

板東　洋介　著

198

CenturyBooks　清水書院

## 凡例

一、谷崎の著作をはじめとして文献を引用する際は、入門書という性格から読みやすさを重視し、新字・新かなに改めたほか、適宜ふりがな・句読点などを補った。

一、書名・作品名は基本的に収録された本の内題に従った。

一、著作（単行本）、長篇作品、雑誌名などには『　』を、短篇・中篇・戯曲・評論等には「　」を付した。

一、引用文中の〔　〕の部分は引用者が補った語である。…（中略）…は引用者による。

一、引用文中には今日の人権意識に照らして不適当と思われる表現も見られるが、谷崎作品の芸術的・歴史的価値を尊重して、そのままとした。

# はじめに——日本思想史の中の谷崎潤一郎

**谷崎潤一郎とはなにものか**　谷崎潤一郎という人の七十九年にわたる長い生涯と、新版全集で二十六巻にもなるおびただしい作品とは、つまるところ一体何だったのか。それを端的にいってのけた言葉として、三島由紀夫の次の評を越えるものを私は知らない。

女の背中に燦爛《さんらん》と花をひらいた刺青から、女の蹠《あしのうら》が数十枚の色紙に朱墨でおし散らした仏足石に至るまで、優に半世紀が経過していることを考えると、谷崎文学の愛読者は一種の感慨を禁じることができまい。この間時代はめまぐるしく変ったようでもあるが、半世紀の谷崎文学は、人々を右往左往させた時代の変化と一人の女の蹠と、どちらが人間にとって本質的に重要かと問いかけて来るだけの重みを持っている。

（三島由紀夫「谷崎潤一郎論」）

美女の背中に彫師が渾身の刺青を彫りこむのは、谷崎のデビュー作である二十四歳の「刺青」であり、息子の妻に夢中になった老人が、その白く美しい足の拓本をとる（そしてそれは老人の墓石に刻まれることになる）のは、ほぼその絶筆となった七十六歳の『瘋癲《ふうてん》老人日記』である。五十余年の間、谷崎はほとんど「女の蹠」だけを――女性の美だけを描き続けた。折々にその美は「女人神聖」のように中性的な美少年に現れたり、『猫と庄造と二人のをんな』のように気まぐれな猫に現れたりもしたが、やはりほとんどは彼好みの、酷薄で嗜虐《しぎやく》的な性格と白く美しい肢体とをそなえた女性のものであった。そしてもう一つ彼が執拗に描き続けたのは、その圧倒的な美の前におろおろと狼狽《うろた》え、跪《ひざまず》き、ついには全てを捧げる、谷崎自身に限りなく近い「愚《おろか》」(「刺青」)な男の姿である。

サド侯爵がバスティーユ監獄で本質的にはどれも大差ない好色小説の数々を飽かず書き続けている間に、外ではフランス革命が世界を一変させていたのとちょうど同じように、谷崎が「女の蹠」を描き続けた近代日本の五十年は「めまぐるしく」変わり続け、「人々を右往左往」させた。日清・日露戦争があり、大正デモクラシーがあり、関東大震災があり、昭和大恐慌があり、満州事変があり、太平洋戦争があり、占領と民主化があった。谷崎はそのどれに対しても部外者ではなかったし、部外者であることを許されもしなかった。

その時代の激動の中で谷崎の周りの人たちがあれこれ考えていたこと――憲法とデモクラシー、近代的自我の不安、社会主義、超国家主義、日本の戦争の是非、共産革命の夢と実存主義、云々が一般にいう「近代日本思想史」の実質的な中身を成している。そんな思想家たちは大抵谷崎の知人・友人であったにもかかわらず、彼だけは「一人の女の蹠」にこだわり続けた。逆に思想家・哲学者の側も作家に対して冷たかった。その大物中の大物の西田幾多郎は、谷崎の代表作『春琴抄《しゅんきんしょう》』に対して「何しろ人生いかに生くべきかに触れていないからね」と冷淡であったという(桑原武夫

『現代日本文化の反省』「日本現代小説の弱点」)。こと視圏を文学に限っても、こうした諸思想と連動して自然主義・白樺派・プロレタリア文学・戦後派文学などさまざまな流行が慌ただしく交代し続けたし、自分のモティーフとテーマとから頑として動かない谷崎が〝時代遅れの愚か者〟として嘲笑を浴びたのは一度や二度ではない。

三島由紀夫は作風も文体も嗜好も、――ついでにいえば性格と風貌も――、谷崎とは正反対の作家であったけれども、先の三島の谷崎評が的確なのは、こうした谷崎の愚直で頑固な美へのこだわりが、変人の一種の奇態としてただ笑われているばかりではすまず、むしろ逆にこちらを鋭く問い返してくるさまが見えているからである。――君たちは人生の意義や理想の社会といった〝高尚な〟事柄についてあれのこれのと落ち着きなく考えているが、しかしこの「蹠」の美のほうが「人間にとって本質的に重要」ではないのか、と。

## 近代思想史の中の谷崎

ほんとうに美は、近代日本の思想史の中で――妙な言い方だが――焦点にして盲点であった。谷崎にとってのそれはつねに、ぬるみ淀んだ水の中に茫と浮かび上がる、白く量感にはりつめた女性の肉体の美であったが、それを目の当たりにすると身も世もなくなって、世間で大事とされる一切を忘れてしまうような絶対の美が何に現れるかは、人それぞれのはず。ともあれ、近代日本の思想史は、そんな美を真っ向から取り上げることなく展開した。それも質《たち》の悪いことに、その存在にまったく気づかなかったのではなく、そんな美をたしかに目撃した後で、そんなものはじめから見なかったかのように、こそこそ迂回して進んでいったのである。もとよりバタイユが『エロスの涙』で力説するように、そもそも凄絶な美は禍々《まがまが》しさと一体であって、人の目をひきつけると同時にそらさせもする性質のものなのかもしれないが。

その端的な例として、近代日本を代表する倫理学者・思想史家の和辻哲郎がいる。谷崎と一学年違いの和辻は、旧制第一高等学校と東京帝国大学でも谷崎の悪友であり、帝大在学中にともに文芸同人誌『新思潮』（第二次）を発刊し、そこに戯曲や小説を発表した。若い和辻の小説作品は血と官能とにあふれた耽美的・退廃的なものであり、むしろ谷崎的な世界のすぐそばにいる。そこに東京帝国大学で国民道徳を講じることになる倫理学者の前身を見出すのは難しい。前半生の和辻は、みずから「偶像破壊者」を自称したように、古めかしい道徳を否定して美と官能とを追求する快楽主義者であった。けれどもよく知られたように、郷里の謹厳実直な父の「お前の今やっていることは道のためにどれだけ役にたつのか」（『古寺巡礼』）という叱責を契機として、後半生の和辻は無私の道徳や人倫の理想を説く倫理学者へと転身してゆく。

しかし忘れてはならないのは、和辻が打ち立てた倫理学体系は別に四角四面の古くさい道徳の押しつけではなく、極めて美的・感性的なもの——さらにあえていうならば官能的なものだったということである。主著『倫理学』を見ても、人間の形成するさまざまな共同体は「二人共同体」の形成から、つまりは愛し合う恋人たちの出会いからはじまると説かれる。そこで詳説される恋愛のさまのみずみずしい具象性と官能性とは、谷崎に「哲君」と親しく呼びかけられた若き和辻が再来したかのようである。その「二人共同体」がより広く・高く止揚された後の「文化共同体」においても、その精髄は諸々の「芸術」に現れるとされる。しかし、そんな恋愛や芸術鑑賞の場面で明らかに主題化されている美や陶酔は、より高次の共同体へと「止揚」され、最終的にはその体系の中で事実上最後の共同体である「国家」とそれへの献身に至る。そこでは美は道徳に、——あるいはより露骨に国家に、回収されてしまうわけである。

このことは思想の次元でだけ構想されたものではなく、同時代の実社会の反映でもある。近代日本社会での恋愛というと、旧弊なイエと若者たちの「自由恋愛」との相克がイメージされがちだが、それは谷崎や和辻より少し上の世代、明治後半に青春を過ごした有島武郎や島崎藤村の課題である。日清・日露戦争後に日本が農業社会から工業社会へと大きく変化し、都会に住み、工場や役所に勤めて核家族をつくる新しい階級が登場してくると、「自由恋愛」と恋愛結婚とはそこまでの抵抗を受けなくなる。谷崎も和辻も恋愛結婚だし、その同世代の、もっと保守的なはずの軍人や政治家(たとえば石原莞爾《かんじ》)の伝記や日記を見ても、意外な大恋愛や伴侶への熱烈な愛の告白に接して、すっかりあてられてしまったりすることは少なくない。大正から昭和にかけて青春を過ごした谷崎や和辻の世代にとっての課題は、旧弊な世間に恋の自由を認めさせることではなく、ある程度所与のものとなったこの恋と性愛とを、個々の生き方の中に位置づけることにあった。けれども大正・昭和戦前の社会は、個々の人に「愚」に恋人の美に跪くことを許してくれたわけではなかった。そうした恋愛をある程度楽しんだ後には家族を作り、子どもを産み、男性は労働力・兵士に、女性は

「良妻賢母」になることが期待された――事実上は強制されたのである。そんな声は少子化に悩む現代の社会にもかまびすしいが、〝社会（の運営と持続と）のために恋愛せよ〟といわれるとき、恋は純粋に恋でありうるのだろうか？　日本思想史の中での谷崎の意義は、美や恋をなんらかの公共性や道徳性へと止揚することを拒み、「愚」さや恋の危うさにとどまり続けたことにある。

## 古典との接続

谷崎が「文学史」でなく「思想史」の問題になるのは、こうしたヨコの同時代の問題系のほかにもう一つ、はるかに平安時代まで遡るタテの思想史の系譜がある。

和辻と同じように若い頃は欧米の文物を崇拝していた谷崎は、壮年期に入って和辻と同じように日本の前近代の生活文化の価値を再発見し、前代の残滓が色濃く遺る関西へと生活の拠点も移した。この〝日本回帰〟の後の谷崎の作品からは従来のハイカラさは息をひそめ、『蘆刈《あしかり》』『吉野葛』『春琴抄』『少将滋幹《しげもと》の母』など、日本の古典文学に題材をとった作品がほとんどになり、傑作とされる作品もこちらに多い。谷崎が再発見した日本とは、数々の和歌に歌われた四季それぞれの花鳥風月や古社名刹に囲まれ、一つ一つの名所旧跡に懐かしい物語が潜み、風土と季節感とをいかした濃厚で繊細な料理が舌を楽しませ（美食家の彼には大切なポイントである）、――そしてなにより、そこには欧米の女性とは正反対のタイプの「人形のような」（『蓼食ふ虫』）美しい女性がいた。

そうした日本の象徴は『源氏物語』であった。谷崎はこの長大な物語を三度も口語訳している。和辻が発見した日本の核心は当初こそ古都の仏像の美であったものの、最終的には古代神話に端を発する無私の道徳と「尊皇精神」とに見出された。対照的に谷崎にとっての日本とは、義理の息子であり臣下でもある光源氏が皇妃であり義母である藤壺と密通してしまう『源氏』に見られる道徳性の欠如に、あからさまな恋や美の享楽に、そして究極的には近親相姦の夢想にまで至る、甘やかな母性思慕にこそあった。

思うに、どんな古典文化にも『金瓶梅《きんぺいばい》』や『カンタベリ物語』のような、大人がひそやかに楽しむべき好色な古典というものは存在するはずである。しかし日本文化の端的な特徴は、室町時代随一の知識人にして関白までつとめた一条兼良《かねよし》が「我国の至宝は源氏の物語に過ぎたるはなかるべし」(『花鳥余情』)と断言したように、どこからどう見ても好色な『源氏物語』が、ひっそりした日陰どころか、文化のまんま中に居座り、その権威が千年ちかく認められ続けてきたことにある。

この日本の特異性を、中国文化との対照で最も強く意識したのは江戸時代の国学者・本居宣長であった。その『紫文要領』での有名な「もののあはれ」論で宣長はいう、——『源氏』の核にある光源氏と藤壺の密通(「もののまぎれ」)を儒教や仏教の理屈でどう言い繕うかこれまで日本の知識人たちは苦労してきたが、そんなことをする必要はない。その恋が絶対に許されない最も背徳的なものであるからこそ、場面場面の「もののあはれ」は最大限に高まるのであって、我々は素直にその切ない恋の情趣を味わえばよい。そもそも儒教道徳に覆われた中国と違って、人妻への恋の歌が公然と歌われ、『源氏』を最大の古典としてきた日本では、そこまで個々の人の自然で切実な情念をとがめてはこなかったのだ。おそらく宣長と谷崎とが日本と『源氏』に見たものはほとんど重なるだろう。

しかし宣長先生の『源氏』好きは、性急なその弟子たちには評判が悪かった。宣長が後半生に『古事記伝』を著し、天皇への随順と「漢意《からごころ》」の排斥とを日本古来の道として説いたことを平田篤胤のような弟子は喜んだが、その宣長が終生『源氏』を愛し講じたことは、せっかく見出された日本の硬派な道を、軟弱で好色な作品への不可解な入れこみによって曖昧にしてしまうものとして、陰に陽に批判され、その門弟の主流派には継承されなかった。そして『源氏』抜きの宣長の「古道」論は、篤胤の一派が維新後に明治政府に食い入って宗教行政に干渉したり、「日本精神」論に繰り返し援用されたりして近代にも——いやむしろ近代にこそ、巨大な影響力をもった。その忘れられた「もののあはれ」は、つまり道徳や教誡以前の純粋で危うい美への感動は、後半生の谷崎に至ってやっと思い出されたのである。

### 谷崎の「思想」

本書が目指すのは、こうした日本思想史の流れの中で谷崎の「思想」あるいは「哲学」の内実を捉えることである。

けれど言うまでもなく、谷崎は和辻のような哲学者ではなく、あくまで芸術家である。古代ギリシアに端を発する「哲学」という営みが、世界や人生についての原理的な命題を立て、それを客観的に論証していく作業を基本とするものだとすれば、谷崎の「哲学」を論ずるのは、あまりに不毛な試みにきこえるかもしれない。現に谷崎自身が次のように述べている。

小説の中に或る思想が含まれて居たにせよ、それを概念的の言葉に抽象出来るくらいなら、初めから小説を書く必要はないように思います、私はただ、読者諸君が私の小説をしまいまで、辛抱強く読んで下さる事を希望いたします。

（「「小僧の夢」に就て」）

芸術家が心を砕いているのは作品の美であり、またそれの宿る微細な一字一角の表現なのであって、「概念的の言葉に抽象」できる「思想」などという無粋なものではない。ヘーゲルは『精神現象学』の序文で本来哲学書に序文というものは「事柄の性質からして」そぐわないと断っているが、それなら芸術作品である小説に「事柄の性質からして」要約というものはそぐわない。要約（「抽象」）したときに落とされるような一文は、はじめからその作品には要らなかったのだから。哲学の祖であるソクラテスは、プラトンの手になる有名な『弁明』の中で悲劇作家にお得意の「対話」を挑んで「この作品は何を言おうとしているのか」と尋ね（二二A〜C）、結局この手の芸術家は彼の希求する「知《ソフィア》」を、――すなわち「概念的」に表明でき「対話」の中で理性的に吟味できるような「知」を、もってはいないと結論づけた（当たり前である）。古代ギリシアを代表する舞台芸術である悲劇《トラゴーディア》の中で、シナリオ、人物同士の葛藤、場面場面の情趣、唱歌隊の斉唱などによって観客に与えられる美や感動は、哲学者が希求している「知」とは別の質のものであることが、哲学史の冒頭でまず最初に確認されていたのである。

けれども、西洋と違ってこうした（本性として野暮な）理論的な知が発展しなかった日本では、世界とか人生とかについての原理的な思考は、和歌や物語や随筆といった柔らかく感性的な形で表現され続けた。このことは日本語が伝統的に、舶来の儒教・仏教の四角い理屈が展開される漢文とは別に、かな文というもう一つの柔らかいエクリチュールを持っていたという事情に後押しされただろう。現に紫式部は『源氏物語』の「蛍」巻の中で、光源氏に「日本紀などはただかたそばぞかし、これらにこそ道々しく詳しきことは侍らめ」と、――すなわち日本の正史ではあるが儒教的な潤色の強い『日本書紀』などはほんの通り一遍の上っ面を語っているにすぎず、当時〝高尚〟な漢籍よりも下に見られていた「これら」物語類にこそ、人の生き方の深いところにかかわる委細は載せられていましょう、と語らせている。宣長の「もののあはれ」論は『源氏』自体のもつ「道々しく詳しきこと」を取り出そうとする、最初でほぼ唯一の、そして本質的に無粋な試みであった。

若葉が芽吹く春の山路で、ひともとの山桜が木の間を透かした光にはらはらと花びらを散らしているのに行きあったならば、ただ歎息をもらすだけでこの上なく十分だろう。なぜこの花は美しいのか、あえて反省的に捉えようとする必要がどこにあるだろう。谷崎の作品は、戦前・戦中期の昭和日本の重く暗く続く山並みに、ひともと静かに咲いた桜のようである。けれども本書は宣長にならって、意図的に『源氏物語』に連なろうとした谷崎の作品のもつ「道々しく詳しきこと」の内実と奥行きとを――無粋は覚悟の上で――あえて問い尋ねてみようとする試みである。

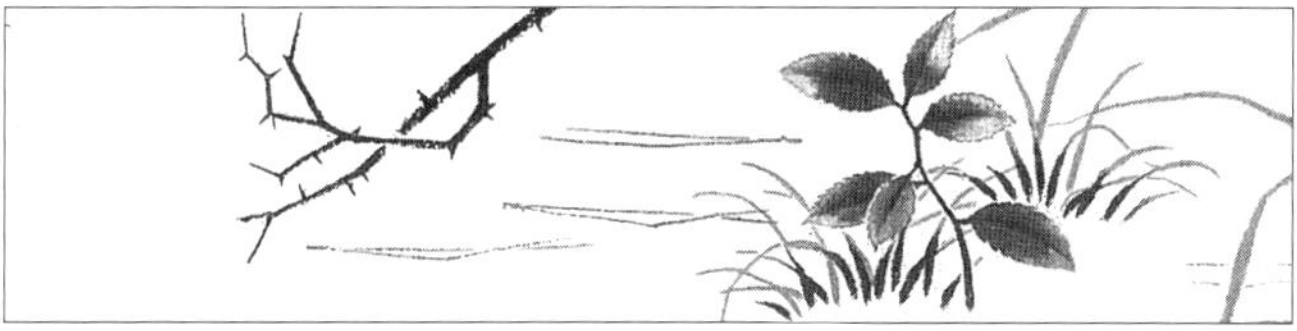

# 目次


はじめに――日本思想史の中の谷崎潤一郎 …… 三

**第Ⅰ章　出生と「少年」のころ**

美しい母と生家の零落 …… 一六

下町と晴れの場 …… 二六

**第Ⅱ章　「煩悶」なき青春とニーチェからの出発**

「刺青」の美 …… 三六

一高・帝大と青春 …… 四一

ニーチェからの出発、和辻との訣別 …… 五四

ダンディズムなきデカダンス …… 六七

**第Ⅲ章　「悪」の形而上学・人間学と母の死**

「悖徳狂」の「天才」作家 …… 八〇

結婚という難問 …… 八七

プラトンとの邂逅 …… 九五

青春の終わりと『痴人の愛』 …… 一〇五

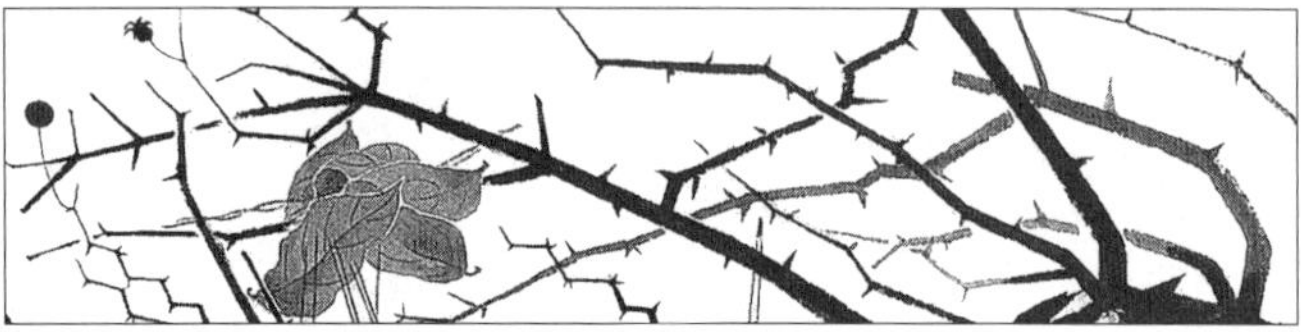


**第Ⅳ章　日本回帰と円熟**

郷土への着地――『蓼食ふ虫』「陰翳礼讃」……一三〇

おぼろな夢想の核――『吉野葛』『卍』……一四三

美への慴伏――『蘆刈』『春琴抄』……一五六

**第Ⅴ章　戦火の中のみやび**

平安朝への復古――『少将滋幹の母』……一七四

『源氏物語』への逢着……一九六

時のうつろいと「月次の美学」――『細雪』『夢の浮橋』……二一二

**第Ⅵ章　夢の円寂する時**

老いと死の文学――『鍵』『瘋癲老人日記』……二四〇

仏足石の鎮り処……二六五

あとがき……二七三

谷崎潤一郎年譜……二七五

参考文献……二九八

さくいん……巻末 i

## 第Ⅰ章

# 出生と「少年」のころ

歌川国芳筆『二十四孝童子鑑』「大舜」「少年」の少し前に発表された奇妙な味わいの小品に、戯曲「象」がある。谷崎が描く象は、灰のような曖昧な色をしたえたいが判らぬ獣であり、日常の裂け目に姿を現す不気味な肉塊である。

# 美しい母と生家の零落

## 出生と同世代の人々

谷崎潤一郎は東京の日本橋区蠣殻《かきがら》町、今の中央区日本橋人形町に、明治十九（一八八六）年に生まれた。同い年生まれは、平塚らいてう、石川啄木、藤田嗣治《つぐはる》、萩原朔太郎、大川周明といった面々である。和辻哲郎（一八八九年生）は三歳下、芥川龍之介（一八九二年生）と佐藤春夫（同年生）は六歳下である。世界に視野を広げると、カール・バルト（同年生）、魯迅（一八八一年生）、ジェイムズ・ジョイス（一八八二年生）、フランツ・カフカ（一八八三年生）、マルティン・ハイデガー（一八八九年生、和辻と同年）あたりが大体同世代である。

その顔触れを見渡すと、西洋近代が世界を覆いつくした後に生まれ、前半生には近代社会の比較的自由な文化の上に各々才能を開花しえたけれども、後半生にはそのつけ
として同じ近代の暗い半面――つまり世界大戦やファシズムに直面せざるをえなくなった世代の感がつよい。もちろん谷崎の舐めた苦渋も、バルトや和辻やハイデガーに負けず劣らず苦かった。

## 祖父・久右衛門と谷崎家

谷崎の生まれた家は事実上祖父・谷崎久右衛門にはじまる。久右衛門は幕末の天保二（一八三一）年生まれで、はじめ江戸・深川の商家の番頭だったが、

維新の後、二つの事業をはじめた。維新後の東京の風物となった瓦斯《ガス》灯への毎夕の点灯を請け負う日本点燈社と、米の仲買人向けに毎日の米相場の速報を印刷・販売する谷崎活版所とである。どちらも徳川日本から近代日本への、また江戸から東京への大変動によって、突如巨大な需要と技術的なブレークスルーとが生じた新事業である。久右衛門はそこにすばやく目をつけて成功をおさめた。ややスケールは小さいけれども、三菱財閥を築いた岩崎弥太郎や、清水建設の基をなした（二代）清水喜助のような、いわゆる「維新成金」の一人であった。

谷崎はその久右衛門の三女・セキ（関）と、そこに婿養子に入った倉五郎との間に、事実上の長男として生まれた（長男は早逝）。谷崎が二歳の時に久右衛門は亡くなったので、彼に祖父の直接の記憶はない。しかし祖父の財産と地盤と名声とのうえで生活している祖母や母たちは、なにかにつけて「お祖父さんはこうであった」（「幼少時代」）と囁き合っていたから、蠣殻町の薄暗い家にはこの人が「まだひょっとすると、家の暗い隅の所に隠れて生きているよう」（同）な、偉大な祖父の気配と記憶とが瀰漫《びまん》していた。社会の大変動に際して果敢にリスクをとって「谷崎家の繁栄を一代で築き上げた「偉いお祖父さん」」（同）とは対照的に、そこに婿入りした父・倉五郎は、義父の事業と財産とを分与されながら事業の失敗を重ね、家での肩身が狭かった。明治三十一（一八九八）年の明治民法で強大な監督権が認められた「戸主」であるはずの父の権力が弱く、母や叔母たちはみな偉大な亡き祖父を万事の拠り所にしている一風変わった家庭である。志賀直哉（一八八三年生）や夢野久作（一八八九年生）ら家長権の強い旧武家に生まれた同世代の作家たちが、祖父や父との凄絶な確執を経験し、『和解』や『犬神博士』のような代表作の主題にしているのと比べても、谷崎の生まれ育った家はやはり特異だったし、実際にその作品にも父の影は薄い。

## 母・セキ

逆に谷崎の作品に強烈な影響を与えているのは、よく知られているように、その母である。久右衛門の三女である母・セキは日本橋界隈の「小町」として錦絵に刷られ、美人番付に「大関」として載せられるほど美しい人であった。幼少期の谷崎はその母の「顔ばかりでなく、大腿部の辺の肌が素晴らしく白く肌理《きめ》が細かだったので、一緒に風呂に這入っていて思わずハッとして見直した」（「幼少時代」）という。ぬるりとした水にひたされた女性の白く豊かな肉体。それは谷崎の追求する美の定型であり、このはるか後、谷崎七十四歳の時の『夢の浮橋』で、母が「真っ白な摘入《つみいれ》のような足」をひたした糺《ただす》の森の奥の隠沼《こもりぬ》の「ぬるぬる」と淀んだ水は、どこか暗い底のほうでこの幼い頃の蠣殻町の家の風呂の水とつながり、谷崎の人生と作品とをひたひたと底流し続けた。そういえば『夢の浮橋』の核心は、この隠沼のそばの離れで、すでに成人した主人公が母の乳を吸う場面にあるが、谷崎自身、弟の精二が生まれた後も六歳ごろまで乳離れのできない子どもであったとみずから回想している（「幼少時代」）。

またこの人は裕福な家で大切に育てられ、和漢の教養も深かった。谷崎十二、三歳の頃、『十八史略』の「安」の字が読めなかった時、横から覗きこんで「それは『いずくンゾ』と読むのだよ」と教えてくれたことがあった（『雪後庵夜話』）。けれどもこの人は江戸・東京の山の手の旧武家や役人の家の奥ゆかしい――あるいは格式ばった女性ではなく、あくまで日本橋の商人の家つきの娘である。たとえば自伝的な小説『羹《あつもの》』で谷崎は母の姿をこんな風に伝えている。

母はクドクドと意見しながら、始終せわしなく手を働かせ、細々した着物の布《きれ》を根よく取り出して、順々に火熨斗《ひのし》を掛けて居たが、其れが済むと、やがて長火鉢の傍へ立て膝をして、煙草を吸い始めた。態度と云い、調子と云い、別段気色ばむでもなく、憎らしい程落ち着いて居る。「お前は教育のある人間だから、よもや間違いはないだろうけれど、どんな利巧な者だッて、女の事では無分別が起るものなんだから……」（『羹』）

江戸時代の美人画のように片膝立てで座り、煙管《きせる》で煙草をのみ、伝法なべらんめえ口調とまではいかないまでも、男まさりの言葉で息子に説教する母。とはいえ息子はただ「母親の白足袋の裏を見詰め」（同）ていたのだが。そもそも近代標準語の女言葉はおおよそ「維新前の将軍大名の奥向《おくむき》、徳川の旗本の婦人などの言葉」（大槻文彦「日本方言の分布区域」）を基準として良妻賢母教育のために普及が図られたものであって、「元治元年に江戸深川で生れて大正六年に東京日本橋蠣殻町で死んだ生粋の江戸っ子」（『雪後庵夜話』）はそんな堅苦しく人工的なものとは縁がなかったのである。

谷崎の作品が世に現れたとき、批評家たちはそこに近代小説よりもむしろ江戸時代の人情本に近いものを見たが、そのヒロインたちに通有の、決して男の風下に立とうとはしない張りや意気は、この母の気風に淵源するだろう。たとえば永井荷風が好んで描いた「五月闇《さつきやみ》」の蔦代《つたよ》や『つゆのあとさき』の君江のような、男性や社会にひたすらに翻弄されてゆく哀れな女性とはまったく違って、内に苛烈さを秘めた気位の高い女性を谷崎は終生好んだ。もっとも箱入り娘タイプの『細雪』の雪子でさえ、あれで結構芯は強くて辛辣なのである。

## 父の事業――下町の相場師

長く関西に暮らし、代表作の舞台の大半も京阪神であることから、谷崎には関西の作家のイメージが色濃い。けれども谷崎は終生東京の、それも下町の出身であることに強い誇りと自負とをもっていた。勘違いしてはならないが、谷崎が憎んだのは二度の災害、つまり関東大震災と東京大空襲とですっかり近代化してしまった東京なのであって、彼にいわせれば「田舎者ノ、ポット出ノ、百姓上リノ、昔ノ東京ノ好サヲ知ラナイ政治家ト称スル人間共」（『瘋癲老人日記』）がただただ急普請で白茶けた近代化を進め、谷崎家のような累代の江戸っ子たちが醸成してきた「隅田川ニ白魚ガ泳イデタ時代」（同）の情趣や生活文化を台無しにしてしまったからなのである。その後半生の京都への愛着も、じつは「京都ノ方ガ昔ノ東京ヲ思イ出サセル趣ガアッテ却テナツカシイ」（同）という屈折した郷愁である。

東京の下町出身の作家というと下谷生まれの幸田露伴、入船の芥川龍之介、浅草の久保田万太郎らが思いつく。深い因縁のあった芥川はすぐ隣近所の生まれ、菩提寺まで同じで、谷崎は強い親近感を覚えていた。けれども（芥川は理知的なモダニズムに流れたとはいえ）露伴の『五重塔』や万太郎の『下町情話』のように、愛情をこめて長屋ずまいの人々の人情を描くという方向には、谷崎は進まなかった。なぜなら谷崎が生まれたのは日本橋である。そこに庇《ひさし》を並べるのは、その日の稼ぎをその日のうちに呑んでしまった職人たちが不貞腐れて寝転がる長屋ではなく、すでに一財産を築いた裕福な商人たちが――谷崎の好む表現でいえば「りゅうとした」人々が、門構えこそないものの、座敷や庭にそれなりの数寄を凝らした町家である。久右衛門の成功以来、谷崎家は何人もの女中を使う家で、零落するまで母は米を研いだこともなかった。下町の人とはいえ谷崎は、落語でいう八っつぁん熊さんではなく、ぼんやりして人の好い大店《おおだな》の若旦那であった。関西移住後の谷崎が東京の日本橋と相似た上級商人の街である大阪の船場《せんば》の文化に憧れ、そこから妻を迎えた――いやむしろ事実上「谷崎家を潰して根津家にしてしまった」(『雪後庵夜話』)のは、そんな故郷を彷彿とさせる居心地のよさを求めたところがあるだろう。

だから谷崎が描く東京の下町は、露伴や万太郎のそれとは全く異なっている。たとえば露伴の代表作『五重塔』は、商売下手だが「醇粋《いっぽんぎ》」な大工・十兵衛が谷中感応寺の五重塔の建立に自分の人生と技術とをつぎこみ、百年に一度の台風にもびくともしない塔を見事に建ておおせるまでを描いた。けれど谷崎の下町には、そんな醤油や畳のいぐさの匂いのする日常茶飯の労働の世界、褻《け》の世界は描かれていない。義父の久右衛門から譲られた洋酒販売や点燈社の仕事がうまくいかず、父・倉五郎が行き着いたのは米の仲買店の経営である。米相場の世界は、『五重塔』の十兵衛が曲尺で図面を引き、鉋《かんな》をかけ、掛矢で杭を打ちこんで汗を流す具象的な世界とは異なり、個々人にはいかんともしがたい景気に左右され、情報が分秒刻みで乱れ飛び、具体的な商品であるはずの米そのものは帳簿の数字としてしか存在しない、ヴァーチャルな世界である。谷崎はそんな仲買店に出入りする相場師の生活を、その幼い息子の視点から次のように描き出している。

家には親子四人の外に、小間使いとお針と飯焚きと、三人迄も女中を抱えて、諸事贅沢に華やかに暮らして行く生活振りでは、余程の収入《みいり》がなければならない。しかし其の実、内には一向纏《まと》まった財産がないものと見え、差配の男が家賃の催促にやって来たり、呉服屋の勘定が三月も溜ったりするのは愚かなこと、兄妹が通う小学校の月謝にさえも差支えて、母が女中に時借りをする折もある。そうかと思うと、或る時はまた押し入れの洋簞笥の抽き出しに、五円十円の札束が一杯に詰め込まれ、それ等が日に何枚となく、素晴らしい勢いでぱっぱっと使い捨てられる。すべて此れ等の懐ろ都合は、頑是ない兄妹の目にも余るほど露骨に外に現われて、景気のいい時と悪い時では、両親の顔色から息づかいまで、自《おの》ずと違って居るように感ぜられた。「どうして内のお父つぁんは、あんなに急に貧乏したり、急に金持ちになったりするのだろう。」

（「女人神聖」）

子どもの学校の月謝にも事欠く時と、簞笥一杯に札束が詰め込まれている時との急激な落差。しかもそれを決定づけるのは、結局相場師個々の勤勉さや技術ではなく、いかんともしがたい景気の動向である。米の相場が最も加熱したのは、もちろん米騒動で知られる日露戦争の時である。

日露戦争が終ってからの、一年か半年ばかりの間、兜町は今迄にない景気とやらで、意気揚々と店から帰って来る父の懐ろには、毎日毎日、気味の悪い程の札の束が、ぎっしりと紙入れに詰まって居た。…（中略）…忘れもしない、その年の夏の初めごろ、或る晩歌舞伎座を見ての帰りに、親子四人が珍らしく睦まじそうに手を連ねて、銀座の夜店を冷かして歩いた時、母が天賞堂のショウ・ウィンドウに立ち止まって、五百円と云う正札の附いたダイヤの指環を指しながら、「あのくらいの石が欲しい。」と、冗談のように云い出したら、父は即座に「よし、よし、」と云って、古代更紗《さらさ》の財布から百円札を五枚抽き抜き、お菓子か何かを買うように、無造作に買ってやった。（同）

戦時需要に乗じた父の財布に「気味の悪い程」「ぎっしり」詰まった札束は、いつかの好景気の時に箪笥に無造作に詰め込まれた札束よりも桁が一つ上がっている。明治三十年代の五百円は今の二百万円ほどである。そんな時、いつもは父の不甲斐なさを罵る母は愛嬌と張りとを取り戻して若やいで見えるし、家庭も薄明かりが灯るように睦まじさを取り戻す。けれどもそれは努力の上での堅実な成功ではなく、ほんとうに泡のようなものにすぎない。

後になって考えて見れば、其れもほんとうに束の間の夢、――夢よりもはかない栄華であった。折角、大枚の費用をかけて新築した邸に、多勢の下男下女を使って、お抱えの車夫までも置いて親子四人が金に冥利の尽きるような生活をして居たのは、ほんの六七箇月であったろう。壁の下塗りが漸く乾いたか乾かない内に、早くも家は何々銀行とかの所有に変って、家族は再び、竈河岸《へっついがし》の元の住居から程遠くない、浜町の小常盤《こときわ》の後ろの方の、鼻の塞《つか》えるような狭い借家に追い立てられねばならなかった。同時に母親の指の先に、ダイヤモンドの光ることがなくなった。　（同）

相場師の生活、――今でいう株のトレーダーの生活の、スピード感と浮沈の落差。そこには大工や農民の生活の単調さや堅実さはなく、景気が良くなった途端お祭り騒ぎになって贅沢品を浪費し、悪くなると一転して食い詰めて暗い顔になり、それを慌ただしく繰り返す。そんな先物取引の世界は結局、久右衛門のようなタイプの敏《さと》い者が社会の変化を見抜いて一定の金を蓄えた後、それを元手にあれこれマネーゲームを繰り返しているだけであり、そこで飛び交っている堅気の者は見たこともないような桁の金は、本来は十兵衛のような実直な働き者に回って、彼らの生活を潤すべきものであるはずだ。そう説いたのは大坂堂島の米相場の加熱を苦く眺めていた江戸時代の荻生徂徠の『政談』であり、また同時代的にはもちろんマルクスの『経済学・哲学草稿』である。

そんな投機資本主義とブルジョワへの怨嗟《えんさ》の声は、現実の大正・昭和の社会でも社会主義運動の勃興、大恐慌後の「昭和維新」運動と政党政治の崩壊、総動員体制の成立からの敗戦による全面的な瓦解というかたちで谷崎家のような階層に溜まりに溜まったつけを払わせたけれども、谷崎の内面世界と創作との上で重要なのは、谷崎の描く相場師の下町が、時に不景気にあえぎながらも、いつも未来にたちまち途方もない乱痴気騒ぎが到来することを予感しているような、――不景気の沈《ちん》淪《りん》自体も次のお祭りの準備であるかのような、本質的に晴れの連続の世界として捉えられていることなのである。

## 下町と晴れの場

### お祭りの世界

後年の谷崎には「少年」『羹』「恋を知る頃」「神童」「女人神聖」など、その幼少期を舞台とした自伝的な作品が数多くある。そこに描かれた日本橋界隈は、蠣殻町の生家の商売が一風変わったものであったのと連動して、やはりどこか不思議な質を有している。たとえばそれは、次の久保田万太郎が描きだす浅草とは全く別の質のものである。

宿屋のふじや、やなぎや、鳥屋の鳥長、すしやの宝来、うなぎやの川松、瓦煎餅の亀井堂、軽焼のむさしや。――それらの店々はわたしが小学校へ通っていた時分と同じとりなしでいまなおわたしをつつましく迎えてくれるのである。――それらの店々のまえを過ぎるとき、いまもってわたしは、かすりの筒っぽに紫めりんすの兵児帯《へこおび》、おこそ頭巾をかぶった祖母に手を引かれてあるいていたそのころの私の姿をさびしく思い起こすのである。――それは北風の身を切るような夕方で、暗くなりそめた中に、どこにももう燈火がちらちらしているのである。――眼を上げると、そこに、本願寺の破風《はふ》が暮《くれ》残ったあかるい空を遠く涙ぐましく区切っているのである。

（久保田万太郎『浅草風土記』）

俳人でもあり、芭蕉の再来ともいわれた万太郎の描く浅草は、まさに松尾芭蕉の「侘び」のように、わびしい庶民の生活の日常のひとこまひとこまに、よくよく味わってみると深く静かな、「涙ぐましい」滋味が湛えられている。そこでは日常それ自体に侘びた美が見出されている。それに対して、谷崎の日本橋はそんな蕉風の侘びとは無縁の、西鶴風の浮きに浮かれた空間として、お祭りの時空として作品中に現れる。

谷川町蠣殻町界隈の灯の街――殊に縁日の宵の面白さ、両側に列ぶ商売の家々の電燈や瓦斯のあかりと、溝に沿うて露店を広げた縁日商人のかんてらの光りとが、左右から歩道《サイド・ウォーク》の地面を照して其の間を通る人々の頬は、みんなつやつやと反射して輝いて居た。派手な中形の浴衣を着て、湯上りに薄化粧をした襟足をそよ風に吹かせ、手を取りながら游《およ》いで歩く女の群の姿に、夜は一《ひ》と入《しお》鮮かな、水際立った色彩を与えて見せた。彼等はこう云う晩に生きる為めに、生れて来た人間の如くあでやかであった。（『羹』）

後年の回想記「幼少時代」で丹念に辿られるように、蠣殻町やその隣の人形町、後に移り住んだ南茅場《かやば》町は神社やお堂の多い地域であった。今の東京メトロの駅名にもなっている水天宮、明治にできた大観音、赤坂日枝神社の御旅所の日枝山王神社、登拝のための小富士のあった浅間神社、天満宮、閻魔堂、翁稲荷、神楽堂。だから毎日のようにどこかで寺社の祭りや縁日があり、そうなるとその界隈は普段とはまるで違って露店の光で浮き上がったように明るく照らされ、晴れの装いをしてめかしこんだ女性たちが賑いの中をそぞろ歩いている。内にたしかな量感をもつものが光を撥ねて「つやつや」輝くのは、後年の『吉野葛』の中で吉野街道沿いの民家の軒先に干柿が秋の日光に輝いているのにも通じる谷崎お得意の美感である（また湯上りのうなじを宵のそよ風が撫ぜてゆく官能的で繊細な皮膚感覚も、彼のお得意である）が、そんな美しい女性たちは日常の気苦労や不安から解放されて「こう云う晩に生きる為めに、生れて来た人間の如く」に美しい。

バタイユは俗なる日常世界では人々はつねに計画し、節約して明日のために備え続ける（だから、本質的に日々不安である）けれども、聖なる宗教的時空間、つまりお祭りの世界では、人々はそんなせせこましい明日の計画など忘れて、自分のもっているすべて、富や美、そして時に生命さえも、その日・その場のために使い果たしてしまうものだと説いた（『呪われた部分Ⅰ・Ⅱ』）。そこでは人々は明日や明後日ではなくまさに祭りの夕べのその一瞬を「生きる為めに、生れて来た人間」として振る舞うのであり、化粧っ気なくつましい装いで生きている日常のその人とは別人なのである。こんな風に谷崎の下町は、日常茶飯のくすんだ鼠色に覆われた世界ではなく、あちこちのほつれ目から非日常の明るい向こう側、見たこともない晴れの世界がのぞいている。

## 「少年」

谷崎の出世作となった「刺青」とならんで永井荷風に激賞されたのが、日本橋界隈での幼少時代をモデルとした「少年」である。「私」は蠣殻町の家に住んでいた十歳くらいの頃、同級生の信一に、彼の屋敷の中にある稲荷の社の祭りに誘われる。蠣殻町は江戸時代には大名や旗本の屋敷がならぶ武家地で、有名な水天宮も、元々は久留米藩主・有馬家の邸内に祀られた屋敷神であった。信一の家もそんな宏壮な屋敷の一つで、「私」の下町の商家とは違って、立派な門構えがあり、池や築山や遣水《やりみず》を配したひろい庭があり、日本風の「御殿のような座敷」もあれば、ピアノの音が微かに響いてくる洋館もあった。この建物のモデルは「大川端の新大橋の方」（「刺青」「少年」など）にあった洋館であるが、谷崎少年が「いつも不思議な心持で飽かず見入った」（「幼少時代」）という、日本橋兜町にあった大実業家・澁澤栄一のゴシック風の豪邸のイメージも流れこんでいよう。栄一の本家筋にあたる龍雄——すなわち澁澤龍彦は、本当に信一の洋館の中で繰り広げられるとおりの倒錯した夢想を玩んで一生を送ったのである。

そんな「石版刷の西洋風景画のように日本離れのした空気をただよわして」（同）いるだけですでに、日本橋の洋館は見慣れたうらさびしい街並みから茫《ぼう》と浮き上がり、その向こう側への入り口のようにあるのだが、しかもそこでは今、祭りが催されている。稲荷の祠《ほこら》まで行燈《あんどん》がならび、甘酒やおでんやお汁粉が振舞われ、「てん、てん、てん、とお神楽の太鼓の音が子供達のガヤガヤ云う騒ぎに交って響いて来」、「私」は「遠い不思議な国に来たような気」になってくる。しかも傍観者として晴れ姿の女性たちを眺めていた『羹』の縁日とは違って、この作品にはさらにその奥がある。屋敷に招き入れられた「私」は、信一の姉の光子と、いじめっ子で餓鬼大将の仙吉と、子ども四人で、大人の目をはばかる秘密の遊びをはじめる。文化・文政のころの血みどろで残虐な歌舞伎——

たとえば『三人吉三《さんにんきちさ》廓初買《くるわのはつがい》』などをお手本にして、人殺しの盗賊に扮した仙吉を縛り上げて拷問ごっこをしたり、狼に扮した光子に身体中に噛みつかれたり、逆に光子を縛り上げてその美しい顔を泥や唾ですっかり汚してしまったり、たがいに足の指を舐めあったり、死体ごっこで小刀で本当に肩や膝に小さな傷をつけ、流れ出す血を眺めてみたり。そこは古典的な美術理論でいう「さかさまの世界」である。学校では虚弱で内気なお坊ちゃんで皆にいじめられている信一が、大柄な餓鬼大将の仙吉を手ひどくいじめ、信一と違って正妻の子でないので家では軽んじられている光子が信一らの「女王」として君臨し、なによりその薄暗い座敷での秘密の遊びはみんな、外の明るい世界では禁じられているものである。

　そして作品の最後に、信一の屋敷の神秘の核である洋館の真っ暗な螺旋階段を上がった先で、「私」は光子の命令で人間燭台となって足を縛られ、額には蠟燭を載せられ、溶け出してくる蠟の熱さに目も開けられずに涙を流して「微妙な楽の音に恍惚と耳を傾けた儘《まま》、いつまでもいつまでも眼瞼の裏の明るい世界を見詰めてすわって」いることになる。そして三人はみんな「家来」や「奴隷」になってしまい、光子は「長く此の国の女王となった」。子どものアナーキーな世界は、最後には光子の専制に終わるわけである。谷崎が日常の街並みの向こう側に夢見ていた晴れの世界の果てにはこの、肌もあらわなドレスに身を包み、金や珠玉の環で身を飾り、「石膏のような素足」をもち、餓鬼大将の仙吉でも抗えない魅力と威厳とをもった「女王」のような少女が、暗い深海から巨大な主がゆらめき浮上してきたかのように現れたのである。「肉塊」のグランドレン、『痴人の愛』のナオミ、『春琴抄』の鵙屋《もずや》琴《こと》、『瘋癲老人日記』の颯子《さつこ》といった谷崎の後年の作品の「女王」のようなヒロインたちの始発の姿である。

グランドレンの父が白人であり、ナオミがハリウッド女優そっくりの日本人離れした容姿をしていたように、前半生の谷崎にとってその世界は西洋風でなくてはならなかった。信一の屋敷の秘密の部屋の、澁澤邸とならぶもう一つのモデルはおそらく、十三歳の谷崎が通った築地のハイカラな英語塾、サンマー塾である。月謝一円の普通コースの生徒は月謝十五円の二階の「特別教室」への立ち入りを禁じられていたが、谷崎は悪友たちといっしょに、その秘密の二階で、ミス・ハイネスやミス・リリーら、いつもむせるほどに香水の匂いをふりまいている若い白人女性教師たちとの「情痴の世界」を空想していたという（浜本浩「大谷崎の生立記」）。「少年」の頃の谷崎にとっての西洋は、祭りよりもいっそう、非日常の――さらにいえば異世界の形象だったのである。

## 肉塊のモティーフ――「象」

日常の裂け目に姿を現すのは、美しく酷薄な女性にかぎらない。「少年」の少し前に発表された奇妙な味わいの小品に、戯曲「象」がある。舞台は江戸時代、八代将軍吉宗の享保十三（一七二八）年六月に、象が広南国（ヴェトナム）から長崎に渡来し、京都を経て江戸までやってきたという史実を踏まえる。戯曲では、谷崎一家が蠣殻町の次に移り住んだ日本橋南茅場町の日枝山王神社のお祭りに、この象が引き出される。その神輿渡御の行列では、獅子舞を露払いに日枝神社の神輿が静々と進み、見物の人々が厳粛に「或は合掌し、或は叩頭し、拍手《かしわで》をうちて神輿を礼拝」した後、続いて華やかな数々の屋台が通り、その上で氏子の町々の器量好しが思い思いに弁財天や天女に扮して三味線の音につれて歌い舞い、日本橋の辻々を晴れの空間に変えてゆく。その非日常の場のいやはてに、見物の人々の期待の焦点として現れるのが象である。この「土蔵の動くよう」に「図抜けて大きい」獣は黒とも白ともつかない「灰のような曖昧な色」をした「えたいが判ら」ぬものとして現れ、半蔵門をくぐろうとして巨体のあまりつっかえてしまい、人々が右往左往するところで戯曲は終わる。

忘れてはならないのは、絵本や唱歌を通じて近現代のわれわれは象を賢く可愛いものと捉えがちだが、現物をほとんど目にしたことのなかった江戸時代の人にとっての象は、むくつけきもの、異様さや恐ろしさをたたえた「霊獣《フシギノケダモノ》」であった（中村平吾『象の貢献《みつぎ》』享保十四年）ということである。京都で貴顕の上覧に供されたあと、東のかた江戸へと曳かれていったこの象を、京都の茶人・堀内仙鶴は「今や曳く富士の裾野のかたつふり」と詠んだ（神沢杜口『翁草』巻四、寛政三年）。その巨大さで都の人びとを圧倒したこの生き物は、しかし今ごろ曳かれているはずの富士山の麓では、小さな小さなかたつむりみたいだろう。かたつむりの可愛さ・ユーモラスさは、粘液に濡れてぶよぶよと蠢《うごめ》く肉塊の気味悪さと表裏一体である。またこの享保の一件から葛飾北斎、長沢蘆雪《ろせつ》、歌川国芳といった名だたる江戸の絵師たちが描いた象は、近現代の絵本に見えるデフォルメされた愛嬌のある姿ではなく、その皺だらけのむくむくとした灰色の巨体や、まばらに生えた毛を強調しており、その不気味さ、醜さが強調されている（そもそもその気になればたやすく人を踏み殺せる、まばらに毛の生えた灰色の巨大な肉塊を、なぜわれわれは可愛いもの・親しみぶかいものと感じられるのだろう)。谷崎の象は明らかに近現代のものではなく、江戸時代からの古いイメージのほうを引いている。目を逸らすことのできない魅惑を有した女性のほかに、晴れの場に立ち現れるもう一つのものは、できることならば目を背けたい不気味な肉塊なのである。

一般に耽美的といわれる谷崎の作品には、意外なほどにこの気疎《けうと》い肉塊があらわれる。京阪神の折々の風景美に彩られた『細雪』では、その調和を乱すように、末っ子の妙子が病に伏し「物凄く汚いどろどろの塊のようなもの」を嘔吐するさまが執拗に描かれる。同じ『細雪』屈指の美しい場面である岐阜での蛍狩でも、みやびな蛍籠の中から「物凄く大きい」蜘蛛が無数に這い出してきて蒔岡家の姉妹はつま先立つし、『夢の浮橋』で義母との夢のような逢瀬の舞台となった森の中の隠沼の周りにも、百足《むかで》が多く蠢いていた。

そしてすでに「少年」の「私」が光子に「体中をぶるぶる顫わせて、歯の根ががくがくわななく」ほどの恐怖を感じ、彼女の傍らに「ぬらぬらした」大蛇がとぐろを巻いていたように、実は不気味さ、恐ろしさは美しい女性の側にも共有されている。それどころか、命取りの女《ファム・ファタル》と不気味な肉塊とは、同じものの別様の現れなのである。中期の「柳湯の事件」では、銭湯の湯の底に昆布のようなものに纏わられ、粘液に包まれた「ゴムのようにもくもくした重い物体」がわだかまり、主人公はそれを足でぬるりと踏みつけてしまう。それは夥しい髪の毛を振り乱した女性の死体だった。

そして谷崎自身が、両者がついには同じものであることに意識的である。「アヴェ・マリア」では、白い肉の美に憑《つ》かれた中年男が、談笑する若い女優たちの「真白なすべッこい肌《はだえ》」と「すんなりとした体」を眺めながら、「あのぷよぷよした、薄気味の悪い肉の塊に過ぎなかった赤ん坊が、こんな素敵な生き物になった」神秘に感動をおぼえている。

あるいは『太平記』に拠る戯曲「顔世《かおよ》」では、絶世の美女・顔世を男たちが奪い合う。戯曲のポイントは、最後まで顔世自身は舞台に顔を見せず、台詞も一つもないところにある。顔世の肉体が唯一舞台に現れるのは、彼女の湯浴みを覗こうと忍びこんだ高師直《こうのもろなお》の前で、湯気が朦々《もうもう》とたちこめ、衣擦れの音がした後で、「湯上りの艶治な匂い」をさせつつ、顔は見えないまま「すべらかしの髪の毛や花やかな衣装」とがさっと舞台を通り過ぎてゆくところだけなのである。師直は人間のものとは思えないその美に「あれは、あれは」と呟いたきり二の句も継げずに昏倒してしまう。正体も素顔も見せずに立ち現れ、美しさの予感だけを残してさっと通り過ぎてゆく女性。それはそもそも、日本の旧《ふる》い通念のなかでは、すでにこの世のものではない。鎌倉時代の『吾妻鏡』によれば、建暦三（一二一三）年八月十八日の夜半、鎌倉の三代将軍実朝が灯火もつけずに一人物思いに耽っていると、真夜中の丑の刻になって「夢の如く」に「青女一人」がその前の庭を「奔《はし》り融《とお》」り、ついにその正体はわからなかった。それはもちろん実朝が暗殺される予兆であった。

日常の裂け目に姿を現すそのものは、時に美しく、時に凄まじい。そのことは「少年」のころから谷崎には意識されていたし、彼の作品が美しいマンネリズムを示すのは、終生そのものだけを見つめ、表現しようとし続けたからであるのは間違いない。

# 第Ⅱ章

# 「煩悶」なき青春とニーチェからの出発

（提供：芦屋市谷崎潤一郎記念館）

一高『校友会雑誌』文芸部委員交代の記念写真（明治 41 年）
前列中央が校長の新渡戸稲造、その左が谷崎、前列右端が和辻哲郎、二列目の右から二番目が大貫雪之助。

# 「刺青」の美

**「愚」という貴い徳**　その人のエッセンスが処女作にすでにつまっていて、その後の全ての展開がそこに予告されているタイプの書き手――つまり生涯をかけて取り組むべきモティーフと最初から出会ってしまっている書き手と、ほんとうの意味で「豹変」を続け、処女作が単なる出発点という以上の意味をもたないタイプの書き手がいるとすれば、谷崎は誰がどう見ても前者のタイプの書き手である。永井荷風の激賞を通じて、無名の貧しい文学青年だった谷崎を一躍新進気鋭の作家へとのし上げた明治四十三（一九一〇）年、二十四歳の時の「刺青」はこんな風にはじまる。

> 其れはまだ人々が「愚」と云う貴い徳を持って居て、世の中が今のように激しく軋み合わない時分であった。殿様や若旦那の長閑《のどか》な顔が曇らぬように、御殿女中や華魁《おいらん》の笑いの種が尽きぬようにと、饒舌《じょうぜつ》を売るお茶坊主だの幇間《ほうかん》だのと云う職業が、立派に存在して行けた程、世間がのんびりして居た時分であった。女定九郎、女自雷也《じらいや》、女鳴神《なるかみ》、――当時の芝居でも草双紙でも、すべて美しい者は強者であり、醜い者は弱者であった。誰も彼も挙って美しからむと努めた揚句は、天稟《てんぴん》の体へ絵の具を注ぎ込む迄になった。芳烈《ほうれつ》な、或は絢爛《けんらん》な、線と色とが其の頃

の人の肌に躍った。　　　　（「刺青」）

作品の舞台は「草双紙」の『聞道女自来也《きくならくおんなじらいや》』で足柄山の盗賊団の「女帝」女自来也が、また「芝居」の『忠臣蔵後日建前《ちゅうしんぐらごにちのたてまえ》』（通称「女定九郎」）で「毒婦」の一典型・蝮《まむし》のお市が、悪辣な凄みをきかせて活躍していた江戸時代の末、安政の頃の江戸の深川である。デビュー作が過去の回顧から、――「今」はもう失われた世界へのノスタルジアから語り出されるのは意味深い。明治の開化が進んで人々が〝賢く〟なってしまう前の昔の江戸では、「すべて美しい者は強者であり、醜い者は弱者で」あって、善悪や真偽はみんな美醜と一致しており、美がただ一つの価値であり、尺度であった。

こんな風に〝昔〟を語ることは、もちろん「今」の賢しらな人々への挑戦である。だからこそ「愚」さは何かの欠如としてではなく、「貴い徳」として語られるのである。挑まれているのは、一つには不道徳な美を容認しない一般社会の道徳観念である。江戸時代にも、また明治に入ってからも、心中や姦通や刺青《ほりもの》や好色本は時の当局に厳しく取り締まられたし、そんなものに満ち満ちた谷崎の作品は発禁の常連であった。

**美、あるいは「永遠の実在」**　そしてもう一つ、ここでより強く挑まれているのは、田山花袋、島崎藤村、正宗白鳥らを中心として当時文学界を席捲《せっけん》していた自然主義文学である。後に小林秀雄は有名な「私小説論」の中で、フローベールの『ボヴァリー夫人』などを代表とするフランスの自然主義文学は、潤色をまじえない現実の客観的な描写を通じて世界や社会を捉えつくそうとする果敢な試み、すなわち小林自身の言葉でいえば「野心的な社会小説」（小林「谷崎潤一郎」）であったのが、近代日本に輸入されると、自意識過剰な青年たちの正直な――いやむしろ露悪的な生活の告白といったものに変質してしまったとしたたかに批判した。たしかに花袋や藤村の文名が上がるにつれ、文壇の有名人同士のスキャンダル暴露合戦の観を呈したのは否めない。その嚆矢《こうし》となった田山花袋の『蒲団』が、既婚の中年男が少女の蒲団に顔を埋め、「女のなつかしい油のにおいと汗のにおい」とを嗅いで「性欲と悲哀と絶望と」に襲われるさまを描いたように、自然主義作家は明治の青年たちが甘く浄《きよ》らかなものとして神聖視していた恋愛を、うす汚ない「性欲」へと還元した。それが花袋の標榜する「自然を自然のままに書くこと」であった（「露骨なる描写」）。成功したか否かはさて措き、彼らが目指したのは、赤裸々に現実を直視することを通じて、「新自我を形成し展開する」（島村抱月「梁川、樗牛、時勢、新自我」）ことであった。

泉鏡花や永井荷風とともに反・自然主義の旗手となった谷崎は、この「刺青」の頃から自然主義への飽き足らなさを再三口にしているが、その批判に一貫しているのは、彼らが現実まるごとの描写を標榜しているにもかかわらず、そこには人間の現実を構成する一等大切なピース、つまり美が欠けているという論点である。たしかに自然主義の理論家の一人であった小杉天外が「自然は自然である、善でも無い、悪でも無い、美でも無い、醜でも無い」（『はやり唄』序）と喝破したように、その「自然」は美や価値を含まない、むしろ特殊な範囲に限定された自然であった。谷崎は小説

「小僧の夢」で自分に限りなく近い少年に、そんな「自然界の出来事、若しくは現象を、何等の私心なく正直に厳粛に描写する」という自然主義の方法論について「己はどうしても芸術の位置を、そんなに安っぽく見たくなかった」と、また芸術は「現象の底を流れて居る宇宙永遠の実在とでも云うようなものを、暗示するに足る貴い事業」でなくてはならないと語らせている。その「宇宙永遠の実在」は、「刺青」の名高い末尾に、「暗示」というにはあまりに鮮烈に露顕している。


「親方、私はもう今迄のような臆病な心を、さらりと捨ててしまいました。――お前さんは真先に私の肥料《こやし》になったんだねえ」

と、女は剣《つるぎ》のような瞳を輝かした。その耳には凱歌の声がひびいて居た。

「帰る前にもう一遍、その刺青を見せてくれ」

清吉はこう云った。

女は黙って頷いて肌を脱いた。折から朝日が刺青の面にさして、女の背中は燦爛《さんらん》とした。

（「刺青」）


「女」の台詞は、途中で声音が別人のように変化している。最初はやくざな彫物師の清吉を前にした十代の少女らしい怯えた声が聞こえていたのに、あるとき震えがとまり、「お前さんは真先に私の肥料になったんだねえ」と、蝮のお市のような性悪な「妖婦」の甘く懐かしく濃艶な声に変わっている。そうなるとその「剣のような瞳」も「凱歌の声」が響く耳も、すべてがあべこべに男を征服してしまう。娘の背に彫られたのは「体が蜘蛛を抱きしめて居る」ような巨大な女郎蜘蛛の刺青である。そこに赫灼《かくしゃく》と差し入った朝日はもちろん例の「永遠の実在」の光で、娘の背中と蜘蛛の刺青とが「燦爛」と輝いたのはその照り返しなのである。

まだ十六、七歳なのに「幾十人の男の魂を弄んだ年増のように物凄く整ってい」る風貌の少女の、「やがて男の生血に肥え太り、男のむくろを踏みつける」べき真っ白な素足と、その背に自ら彫りこんだ刺青とにひれ伏し、その「肥料」となる清吉は、花袋の『蒲団』の中年男と相似形をえがいている。どちらも「愚」である。しかし花袋が賢しらにその「愚」さから抜け出そうとしているのに対して、谷崎はその「愚」さを「貴い徳」と見てそこに居座ろうとしている。「愚」な者にしか、娘の背に「燦爛と」輝いた刺青の美は見えないからである。もちろんそこには、ほんとうに「愚」なのはいったいどちらなのかという鋭く皮肉な問いかけも含まれている。

そしてこの二十四歳の処女作から、三十八歳の『痴人の愛』を経て七十六歳の『瘋癲老人日記』まで、谷崎の主人公たちはみんな「愚」であり続けた。とはいえ、まずは秘密の洋館に思春期を迎える前のあわやかな性の疼きを託していた「少年」が、どんな風に二十四歳の「愚」さの発見に至ったかを振り返ろう。

# 一高・帝大と青春

## 阪本小学校と一中

谷崎は明治二十五（一八九二）年、六歳の時に日本橋兜町にある阪本小学校に入学したが、裕福な家でわがまま一杯に育って内弁慶で甘えん坊な彼は、さんざん教員たちの手を焼かせ、一年めで落第してしまう。

しかし担任の野川誾栄《ぎんえい》はどこか見どころのある子としてこの問題児に目をかけた。すると二年目からは勉強が面白くなって、別人のようにめきめきと学力が伸びる。十一歳で同じ阪本小学校の高等科（今の中学校）に上がると、また担任の稲葉清吉に学才を愛され、このころにはもうほとんど首席で通して「神童」の名をほしいままにしていた。稲葉は陽明学や禅への造詣の深い教師で、谷崎はこの師の家までおしかけて東西の哲学の優劣を論じ合ったりした。また稲葉は生徒たちに『太平記』や『平家物語』など古典の美文を暗誦させもした。一番上手なのはやはり谷崎であった。谷崎はこのあと小説の内容面では何度も何度も失敗を重ねたが、荷風が谷崎を褒めたポイントの一つが「文体の完全なる事」であったように、文体の上ではただの一度も瑕疵《かし》のみられない完璧な日本語の使い手であった（日本語の完璧さという点で谷崎に比肩できるのはたぶん、同い年の石川啄木くらいだろう）。それはもちろん天性のものだが、加えて稲葉先生のもとでの〝稽古〟で、ことばを操る際の粘り強い足腰を育てられたこともあずかっていよう。とはいえ当時の谷崎は品行方正な優等生などではさらさらなく、中華料亭・偕楽園の跡取りの笹沼源之助——谷崎の終生の親友で、精神面でも経済面でも谷崎を支え続けた——らとつるんで花街に出入りしたり、子どもだけで料理屋にあがりこんで天ぷらを喰べたりうどんをすすったりもした。源之助の家の三畳間はこのやんちゃでませた悪童たちの秘密基地になった。谷崎はそこで源之助たちと「性の話」に耽ったり、サンマー塾の先生たちとの「情痴の世界」を空想したりしたのである（浜本浩「大谷崎の生立記」）。

さらに十五歳で府立第一中学校に進学。今の都立の名門・日比谷高校である。名門校に進学して鼻っ柱をへし折られる無数の元「神童」たちと違って、谷崎はそこでもやっぱり本物の「神童」であった。成績優秀のため一年級から三年級への飛び級も許可されたのである。同級生でのちに東大仏文科の教授になった辰野隆は、「凡そ中学時代の谷崎ほど華やかな秀才には未だ嘗てお目にかかったことはない」といい、同級生はみんな谷崎が「異常な才能を恵まれた男」だと感づいていたと証言している（「旧友潤一郎」）。谷崎が特に得意だったのは、やはり漢詩と作文であった。小学校高等科時代から同人誌『学生倶楽部』に漢詩や小説を投稿していたが、一中に入ってからはより精力的に『学友会雑誌』に評論や漢詩を発表したり、雑誌『少年世界』の懸賞に当選したり、華々しく活躍した。ただし体育会系の「運動家」だった辰野は、この「神童」がこと体育となるとまったくの運動音痴で、いつもドベ（どんじり）から一、二番だったと付け加えるのは忘れていない。

## あだ名は「猫」

辰野の回想のうちで当時の谷崎の風姿を伝えるものとして面白いのが、彼はいつも一中の廊下をポケットに手をつっこんで「すこし前こごみで、眼を光らせながらのそりのそりと歩いて」いて、それが「何処やら野良猫に似ていた」というものである。

それで一中での谷崎のあだ名は「猫」であった。たしかに美食がたたってすっかり丸々と太った後年の写真を見ても、目はぎょろりと大きく眼光は鋭く、どこかつんと人に馴れないところがあって、この人は終生猫に――それもあどけなく愛くるしい子猫ではなく、劫経《こうへ》たふてぶてしいどら猫によく似ていた。猫がいつのまにか家で一番気持ちのよい日なたを見つけて丸まっているように、ハイカラ趣味から日本趣味に、東京から関西に、また古い家庭から新たなミューズのもとに、後年のこの人が自分にとって一番居心地のよさそうな場所にそそくさと動いてゆくその正直さや悪びれなさを見ると、一中の級友たちはこの本来の意味で「破天荒」な同級生の人となりをすでによく見抜いていたようである。

この二十六年後、押しも押されもしない大作家となりおおせていた昭和二(一九二七)年のころにも、仲間内でのあだ名はやっぱり「山猫」だった(野上弥生子『日記』同年七月二十六日)。後半生の関西移住後はほんとうに猫を飼い続けて、世間にも「いっぱし」の「猫通」(「猫を飼うまで」)で通ってもいた。けれども一般に、猫を好むのは犬のような人で、その逆もまた然りではなかろうか。この誰が見ても猫みたいだった人が猫を好んだことだけは、私にはいぶかしい。

## 一高と帝大

谷崎は明治三十八（一九〇五）年、十九歳の時に第一高等学校英法科に入学、三年後に東京帝国大学文科国文学科に進学する。一高は大よそ今の東京大学の教養学部前期課程に、東京帝国大学は今の東大の学部後期課程に相当する。一中、一高、そして東京帝大というこの進路は、戦後の学制変更や都立高校学区制の改廃を経た今でも〝日比谷高から東大〟として遺るが、私立の名門学校が整備されていなかった明治期では、今以上のエリートコースであった。

しかしこんな「神童」にふさわしい学歴を辿りつつあった谷崎は、実は同時に実生活上の深刻な危機のただ中にいた。もとより不安定な相場師という父の仕事がいよいよ暗礁にのり上げ、一家の家計が日に日に窮迫していたのである。蠣殻町から南茅場町へ、さらに神田神保町の裏長屋へ、転居を重ねるたびに家は狭くみすぼらしくなり、それにつれて父母の諍《いさか》いも絶えなくなった。学業の上では得意のただ中であった阪本小学校高等科から一中への進学の際も、また一中から一高への進学の際も、父は繰り返し進学に反対した。息子を商家の丁稚《でっち》にして家計を助けさせようとしたのである。そのたびに谷崎の学才を惜しんで父を説得したり、学業を続けられる方途を探してくれたりしたのは、阪本小学校高等科の稲葉清吉や、一中の渡辺盛衛といった漢学教師たちであった。結局渡辺の奔走で、谷崎は築地で西洋料理店・精養軒を経営する北村家に家庭教師として住みこむことで、中学以降の学業を継続できることになった。

こうして経済面で甚大な不安を抱えながらも、谷崎が十九歳で進学した第一高等学校は、やはり特別な学校であった。科挙制度が長く社会の基軸であり続けた中国の諸王朝や李氏朝鮮と違って、明治に突如受験社会へと突入した日本では、一高ははじめて出現した「登竜門」で、将来を約束されたエリートである一高生は、トレードマークとなった制帽をかぶり、肩で風を切って闊歩していた。谷崎の十二年後に一高英文科に入った川端康成の『伊豆の踊り子』の主人公は、神経衰弱にかかって伊豆に療養に行くにもなぜかいそいそと制帽をかぶっていき、地元の人たちや旅芸人の一座に「学生さん」としてちやほやしてもらうのだが、谷崎だってその鼻にかけ具合は人後に落ちたものではない。

荷物を預けて芝口の停留場から品川行きの電車に乗った時、始めて彼は真人間の取扱いを受けて居るような心地になった。高等学校の夏の制服に制帽を戴いて、車室の中に端然と腰かけて居る彼の姿には、さすがに前途有望な青年らしい品格があって、誰が見ても津村家の玄関に居る貧書生とは思われまい。…（中略）…あの駿河台の主人の家に居ればこそ、彼は間抜けな人間として無智な女共に軽蔑され嘲弄されて居るけれど、一とたび彼等の支配の外へ身を置けば、世上の若い人々から等しく羨望の眼を以て迎えられる立派な一高の秀才である。（「鬼の面」）

電車に乗り合わせたさまざまな境遇の人々の中でも、やはり一高の制帽は「世上の若い人々から等しく羨望の眼を以て迎えられる」強烈なオーラを放っている。その当人さえ〝かぶる〟というより「戴く」ものなのである。けれどその威光が、富豪の玄関番に甘んじている自分の貧しい境遇との対照でいっそうあらたかに感じられるのは、もちろん谷崎に独特のものである。

　谷崎が入学した明治三十八年ころの一高はちょうど〝硬派〟と〝軟派〟の抗争の真っ只中であった。もともとの一高の校風は、今でもいくつかの伝統ある大学に応援団文化として遺る弊衣破帽・高歌放吟の蛮カラ風——今でいう荒っぽく硬派な体育会系文化である。上級生から下級生への「鉄拳制裁」や「ストーム」（寮の下級生の部屋に押しかけての狼藉）も一種の名物として横行していた。有名な一高寮歌「嗚呼《ああ》玉杯に花受けて」にも歌われたこの「尚武の風」は、事実上の高級官僚養成校である一高が、日露戦争のただ中の政府に要求されていたものであった。

　しかし人格主義で知られた新渡戸稲造が、ちょうど谷崎が二年に在学中の明治三十九（一九〇六）年に一高の校長として赴任したあたりから風向きが変わってくる。「武断主義」や「籠城主義」と称されたこの従来の〝硬派〟の気風に対抗して、人生に悩み、恋愛を賛美し、芸術を享受する〝軟派〟な気風が生じてきたのである。「個人主義」と称されたこの新しいエートスの偶像となったのは、明治三十六（一九〇三）年に「万有の真相」の「不可解」さに「煩悶」（遺書「巌頭之《がんとうの》感《かん》」）して日光の華厳の滝で投身自殺した一高生・藤村操《みさお》であり、彼らの拠点となったのは〝硬派〟の運動部に対して、文芸部であった。谷崎は入学当初からこの文芸部に所属し、学内誌『校友会雑誌』の文芸部委員として健筆を振るったのである。

　一年後に文芸部委員を谷崎から引き継いだ中には、一中の同級生の大貫雪之助（晶川）と、兵庫の姫路中学校から一高英法科に首席合格し、ハンサムな美貌でも知られたもう一人の「神童」——

和辻哲郎がいた。『校友会雑誌』で運動部文化批判の急先鋒となったのは谷崎ではなく和辻とその同郷の兄貴分の魚住影雄（折蘆《せつろ》）とであったが、二年後に東京帝国大学へと進学した谷崎・大貫・和辻らが「刺青」の載った第二次『新思潮』の同人となったのは、この時のつながりによる。

## 和辻哲郎との交友

後年の和辻は「谷崎のグループにひっぱり回されて、われわれはいい教育も悪い教育も受けた」（「源泉を探る」）と苦々しく述懐するばかりだが（谷崎は大貫にひっぱりこまれただけだったのに「谷崎のグループ」になるあたりが面白い）、『新思潮』の同人たちはそれなりに軟派な青春を謳歌した。同人の一人、後藤末雄の回想によれば、谷崎、和辻、大貫、後藤らは同人の木村荘太の実家が経営する料亭・芝浜館に押しかけ、痛飲しつつ女中たちをからかったり、舞い上がってご祝儀をばらまいたりもした（後藤「生活と心境」）。また『新思潮』第三号に載った座談会の筆録では、谷崎と和辻とはお互いをオスカー・ワイルドとバーナード・ショーに擬し合い、「ワイルド君」「ショオ」とふざけ合っている（"Real Conversation"）。二人の後の生涯と作品とを見ると、双方ともになんと的確な比定だったのだろう。

また若き和辻は谷崎の「刺青」がある文学賞を逃したのを「馬鹿野郎ヤーイ」と葉書でからかったりもした（谷崎精二『明治の日本橋・潤一郎の手紙』）。そこには嫉妬を装った気のおけない親しみと、わずかな本物の嫉妬とがうかがえる。約二十年後、すっかりショーのような穏健な人道主義者に——そしてショーのような微温的な社会主義者にも——なりおおせていた和辻は、この旧友との、まさにワイルドの本をめぐってのやりとりが自分の進路に決定的な影響を与えたことを谷崎に書き送り、谷崎はこの一件が「大兄に左迄《さまで》の影響を及したかとは今まで思い寄ら」なかったとびっくりした。きわめて有名なエピソードだが、和辻から借りたワイルドの『ドリアン・グレイの肖像』を返すときに、谷崎は「うん、大変面白く読んだ、しかし僕は君がアンダーラインをしていないところの方を面白く読んだ」と答え、それで和辻は創作家の道をあきらめたというのである。和辻が谷崎の小説家としての才能へのコンプレックスを抱いていたのは瞭然だが、このエピソードをさらに三十年後、東大の名誉教授として、日本を代表する大倫理学者として没した和辻への追悼文「若き日の和辻哲郎」として公表する谷崎の側も、和辻を強烈に意識していたことも見逃してはならない。谷崎にとっての和辻は、笹沼や大貫のようなすっかり気を許してしまえる親友ではなく、常にどこかに緊張感の漂うライバルに近いものであったし、逆もまた然りであっただろう。

**個人主義と教養主義**　ともあれ、魚住・谷崎・和辻らの前後十年ほどに文芸部に集った錚々《そうそう》たる一高生たちが、旧制高校と帝国大学とを覆う「大正教養主義」あるいは「人格主義」と総称された次代の知的ムーヴメントの担い手となってゆく。――日本の新派劇の推進者の小山内薫、岩波書店を創業した岩波茂雄、漱石の神格化につとめた小宮豊隆、幣原内閣の文部大臣ともなった安倍能成、旧制高校生の必読書『三太郎の日記』の著者・阿部次郎、同じく必読書『出家とその弟子』『愛と認識との出発』の著者で、西田幾多郎を激賞して世に出した倉田百三、といった面々である。またそこには小宮、安倍（能成）、和辻らがその人格を慕って争うように師事した夏目漱石の影響も強烈であった。もとよりそこには『門』や『明暗』といった漱石の後期作品を覆うエゴイズムの暗さや、阿部（次郎）や倉田の教養書に頻出する「煩悶」はあったものの、その「教養主義」の基調は、個々人の人格を恋愛や芸術鑑賞をつうじて無限に向上させてゆき、全人類のコスモポリタンな調和を目指すというお気楽な――もとい向日的なものであり、その揺籃《ようらん》となった一高の〝軟派〟な「個人主義」も、そんな風な知的選良たちの牧歌的な世界であった。

新渡戸稲造、夏目漱石、またラファエル・ケーベルといった「人生の師」たちのもとに集《つど》った一高・帝大の新派の学生たちのエートスは、ただ単にホモソーシャルなだけでなく、往々にホモセクシュアルな香りをも漂わせていた。それは当たり前のことで、彼らの自己申告によれば彼らが愛するのは恋人の肉体ではなくその内なる「スピリット」（漱石『行人』）であって、ほんの一握りの「女学生」たちを除いては、彼らの周囲の女性の「スピリット」は目覚めているかどうか――あるいはそんなバタくさいものを本当にもっているかどうかさえわからなかったのだから、彼らが恋するに足る「スピリット」の持ち主は、彼らのすぐ横にこそ見つかるに決まっていたのである。

人生と恋愛とに悩む二人の（正確には「私」も含めて三人の）一高生を主人公とする漱石の『こころ』で、ほんとうの恋愛は先生とKとの間にしかないのは、中学校の国語の時間に誰もが気づくところ。「崇拝者《アドマイアラ》」とか「熱狂家《エンシュージアスト》」とかとあだ名された和辻はとくにのぼせやすいタイプで、後に彼が「ケーベル先生」「夏目先生の追憶」『自叙伝の試み』などで当時を回顧する際には、エリート同士のどこまでもお互いに同質な世界の甘やかさが、昔の残り香のように纏綿《てんめん》している。

しかし谷崎はきわめて近い場所にいながら、漱石グループの一員にはならなかった。漱石とは帝大の廊下ですれ違って会釈したきりで、『新思潮』の創刊号に載せた「『門』を評す」で漱石作品のわかりやすい弱点、つまり所詮は学者の手すさびの域を出ない淡白さを手ひどく批判したし、十四年後の「芸術一家言」でも、漱石の遺作『明暗』に対して「可なり失望させられた」と辛辣であった。ただそこで谷崎は『吾輩は猫である』『虞美人草』『草枕』といった初期漱石の作品は評価している。『倫敦塔』や『草枕』、それに『夢十夜』などに顕著なように、本来漱石はみずみずしい感性的な筆致と浪漫性とユーモアとを持ち味とする書き手である。しかしまさに「人生いかに生くべきか」で頭が一杯の学生たちに取り巻かれるようになると、彼らからの逆感化もあって、谷崎が嫌う『門』『行人』『明暗』といった、砂を嚙むような文体でひたすら自意識と苦悩と孤独とを表白する作品が過半をしめてゆく。すべてを感性の平面で――あるいは皮膚と粘膜とで捉え、「芸術は精神的《スピリチュアル》のものにあらず、悉く実感的《センジュアル》のもの也」（「金色の死」）と喝破する谷崎にとって、後期漱石の感受性の枯れと、彼を枯らした同級生たちの灰色の人生論とは許しがたかったのである。

そんな谷崎は自伝的な『羹』「あくび」「鬼の面」「異端者の悲しみ」などで和辻と同じ時・同じ場所を回顧しながら、その質は全く別物である。一高に入学した『羹』の主人公は意欲に燃えてドイツ語や哲学や文学の勉強に精励するが、それは人格の向上のためなどではなく、「光輝ある将来」のため、偉くなって苦労をかけた父母にいい思いをさせてやりたいからなのである。日露戦争後の個人主義や教養主義といった新しい学生文化は、一世代前のがつがつした立身出世主義から自らを区別することで成立したはずだが、谷崎には区別の意識はまったくない。また「異端者の悲しみ」の主人公は、日本橋八丁堀（谷崎自身は神田神保町）の裏長屋の便所で尻をまくっていきみながら、昔熱心に読んだベルグソンの純粋持続の哲学を思い出す。

何と云ったって此の裏長屋に、幾百人と云う住民の居る此の八丁堀の町内に、ベルグソンの哲学なんかを知って居る者は己を除いてありはしない。若しも人間の思想と云うものが、行為と同じく外から観る事が出来るものなら、此の近所の人々はどんなに己の頭の中の学問にびっくりするだろう。

「己は今こんな立派な、こんな複雑な事を考えて居るのだぞ。」

こう云って章三郎は、誰かに自慢してやりたいくらいであった。

「かあちゃん、兄さんはまだ憚《はばか》りに居るのかい？」

と、部屋から妹の話し声が聞えた時分に、漸く章三郎は便所の中から痺れた足を引き擦って出た。

（「異端者の悲しみ」）

ここでは一高的教養の代表格であるベルグソンの哲学──後にウィリアム・ジェイムズを媒介に西田哲学の「純粋経験」に流れこむ──も、貧しく「無教育」な周囲の人々から自分のプライドを守るためのこけおどしのファッション以上のものとはみられていない。このシニカルな眼差しは、自分だけでなく周りの級友たちにも向けられる。将来の結婚を前提に真剣に恋愛する「女学生」と一時の遊びのカフェの「女給」とを截然と区別して恥じない態度（『羹』）、イプセンの『人形の家』を論じつつの買春と性病との蔓延（「あくび」）、級友の葬儀の場で目を泣き腫らしているその美しい妹への口さがない性的な戯れ言（「異端者の悲しみ」）。自覚的な「偽悪趣味」（『雪後庵夜話』）の持ち主であった谷崎は、一高・帝大の青春の回顧となると、むしろあれだけ嫌悪していたはずの自然主義者ばりにその暗部と頽廃とを暴露してゆく。

**格差の意識と退学**　この態度が淵源するのはやはり、たいていが官僚・医師・地主などの裕福な家に生まれた同級生たちの中で、ほとんど谷崎一人だけが抱えていた貧しさである。先の人々でいうと小山内・安倍（能成）・和辻は医師の家に、大貫・阿部（次郎）・魚住は地方の名家にそれぞれ生まれ育った。学生時代の谷崎はそんな劣等感をおくびにも出さず、むしろ人を喰ったような傲岸さと明るい饒舌とで友人たちを圧倒していたが、今も学生によくある強がりの貧乏ごっこではなく、本当にそくそくと明日の不安が身にしみている人の振る舞いは、おのずとそんな風になるはずである。谷崎は明治四十四（一九一一）年、二十五歳の時に帝大を諭旨退学となる。それで谷崎の最終学歴は東京帝大中退となるが、その理由は「月謝滞納」だった。一方そのころ、有島武郎や武者小路実篤ら、華族と富豪の子弟が通う学習院の『白樺』が、帝大の『新思潮』と呼応して『早稲田文学』の自然主義に挑戦していたが、帝大生たちよりさらに一段上の文化資本と、資本そのものとに恵まれた彼らは、「君は親か兄に食わしてもらうのに平気になれる勇気があるかい、あれば文学をやりたまえ」(『白樺』明治四十五年四月号)と無邪気にうたっていたのである。

一高教養主義や白樺派の理想主義や楽天性は結局、帝国主義と資本主義とが社会から搾り上げた富の上で、意図的にか無意識にかその特権性と暴力性から目を逸らして語られた徒花にすぎない。この事実はやがて大正期に登場する社会主義や共産主義によって公然かつ猛然と俎上にあげられ、有島や芥川龍之介を自殺に追いこみ、文壇の中心をもプロレタリア文学へと移行させることになる。

教養主義の末席にいながら神保町の裏長屋と本郷の一高・帝大とを往復する谷崎は、この時分からもう生活の不安を知らない青年たちの綺麗事に白けきっていたのである。小学校高等科時代に『学生倶楽部』に投稿した小説「五月雨」はすでに、学資が続かずに学校を退学させられて下駄直しになった少年の屈辱と悲哀を描いていたし、いよいよ一家が困窮して北村家に住みこんでいた十七歳の夏は、「浮世と云うものの冷かさ、貧というものの口惜しさ」が「腸にしみ」、「薄ぐらき六畳の書生部屋」でただ「世をのろい他人をにくむおもい」と「われをさげすむ世の人に復讐せんずの一念」で日々を過ごしていた(「死火山」)。小説「小僧の夢」は、抜群の学才をもちながら進学を許されなかった商家の小僧——つまりもう一人の谷崎を主人公とし、彼が憧れてやまないワーグナーの『タンホイザー』やプラトンの哲学が結局は本郷や山の手の贅沢品にすぎず、小僧の下町には場所も意味ももちえないことを皮肉に、しかし深い歎きをこめて描いている。

## ニーチェからの出発、和辻との訣別

しかしながら谷崎をひねた目で文化人グループのゴシップ暴露を繰り返す知的遊冶郎《ゆうやろう》に終わらせなかったのは、ひねくれにひねくれた当時の彼が、乱脈な生活と酒乱とでむくみ荒れきった心と身体とには似つかわしくない、赤ん坊のように純真で愚直な信を一つだけ手放そうとはしなかったからである。それは美への信である。

### 「美」と高山樗牛

彼は今迄、「世の中はからッぽである。」と云う事を、繰り返し繰り返し小説に作って居た。其れより外に彼の語る可き何物もないのである。もう少し丁寧に説明すれば、「世の中は美しいからっぽである。」と云う事――此れが彼の小説の基礎をなして居る、幼稚な、簡単な、無精極まる哲学であった。彼と雖も芸術家である以上は、何等かの「美」と云うものに憧れる素質を持って居る。若しも此のからっぽな世の中に真実らしいもの、せめて真実に近い値のある者が存在するとしたら、「それは美である。」と饒太郎《じょうたろう》は答えるかも知れない。

（「饒太郎」）

世界は「からっぽ」だというのは、刻苦勉励して立身出世し、国家有用の材となるという一世代前のシンプルな立身出世主義を信じられなくなり、「懐疑」と「煩悶」とに苦しめられる当時の青年みなに共有された感覚であって、別段珍しくもなんともない。しかし谷崎は外界を「美しいからっぽ」と見ている。「からっぽ」の世界で「からっぽ」ではないたった一つのものとして「美」が見つかっているから、実は彼にとっての世界はすでにもう全然「からっぽ」ではないのである。別の言い方をすれば、谷崎の周囲の煩悶青年たちは自分を取り巻く世界のうちに自分の拠り所を見つけることができないためにすべてを「からっぽ」に感じているのだが、「美」というあまりにも確かな拠り所を見出して、日なたの猫のようにそこから頑として動かない谷崎にとっては、その美と比べると、それ以外のすべてが色褪せて虚ろに見えるにすぎないのである。

明治日本の知識人たちのまだあまりこなれない「哲学」的な議論の中では、プラトンのイデア論やカントの三批判書の影響で、たとえば三宅雪嶺の『真善美日本人』のように、究極の実在や価値を語る際は「真・善・美」と分節されるのがお決まりのパターンであり、ここでの谷崎もそれにならっている。しかしここで、「真・善・美」のうち「真」でも「善」でもなく「美」こそが絶対的なものへの特権的な入り口とされるのはなぜだろうか。それが谷崎自身の実感に基づくのは勿論として、ここに高山樗牛《ちょぎゅう》の影響を見逃すことはできない。明治二十九（一八九六）年に東京帝国大学文学部哲学科を卒業した樗牛は、後のある特定の世代の青年たちにとって小林秀雄が、保田與重郎が、あるいは吉本隆明がもったのと同じような特別な意味と熱とを帯びた、明治三十年代の青春の代弁者であった。官途に直結する帝大法学部とは別に、帝大文学部（さらにその中の哲学科）が新たに青年たちの憧れの的となったのは、樗牛の文壇・論壇でのきらびやかな活躍による。中学時代の和辻ははじめ文学を志望していたが、樗牛にかぶれきった魚住の熱心な説得によって哲学へと志望を変えたのである。樗牛自身は三十二年の短い生涯のうちに思想を三転させたとも四転させたともいわれるやや尻軽な言論人であったが、一高生たちに決定的な影響を与えたのは、中期の所謂「本能主義」である。その立場を明確に打ち出した明治三十四（一九〇一）年の評論「美的生活を論ず」は、二年後に藤村操が滝の傍の杉の幹に書きつけた遺書「巌頭之感」と並んで、一高「個人主義」のマニフェストとなった。そこで樗牛はスキャンダラスに断言している。

幸福とは何ぞや、吾人の信ずる所を以て見れば本能の満足即ちこれのみ。本能とは何ぞや、人生本然の要求これ也。人性本然の要求を満足せしむるもの、ここにこれを美的生活という。
（「美的生活を論ず」）

既存の堅苦しい道徳ではなく、個々の人の最も深いところから出た要求に従うことこそが本来の善であり幸福である。この十年後の明治四十四（一九一一）年に刊行された西田幾多郎の『善の研究』は、樗牛と韻を合わせるように「或《ある》与えられた最深の動機に従うて動」くことにこそ真の「能動」と「自由」とがあると説き（第一編第三章）、「自己の内面的必然より起る行為」に「至誠」の発露を見ていた（第三編第十一章）。樗牛にかぶれた倉田百三が、西田の本に迷える青年たちの道しるべを見出したのは、やや出来すぎた予定調和の感を受ける。そしてこの時、古くさい道徳から決別した法外な新生活が示す端的な価値は「美」だったのである。魚住や和辻や倉田と同じころ、同じように「中学時代から樗牛にかぶれて美的生活を論じ」(「青春物語」)ていた谷崎の「美しいからっぽ」は、樗牛の「美的生活」へのかぶれ痕を示しているのである。

**ニーチェからの出発と訣別**

国家の最高学府であった一高・帝大の学生たちのこの不穏な動きは文部省や保守論壇も危険視していたが、この口々に「本能主義」や「個人主義」を標榜して煩悶し、恋愛し、自殺する不良学生たちの本尊とみなされたのは藤村操、樗牛、そしてニーチェであった。

樗牛は日本へのニーチェの最も早い紹介者であった。前に引用した谷崎の「刺青」の冒頭は、隠しようもなく樗牛経由のニーチェの影響を示しているように思われる。――現在の悪平等な「奴隷道徳」への倦厭《けんえん》と、そこにみなぎるルサンチマンへの嫌悪。一握りの強者を留保抜きに全肯定する貴族主義への憧れ。美や強さを善とし、醜さや弱さを悪とし、キリスト教道徳のようにその価値を顚倒させせない古典ギリシア的な明朗さや「健康」さへの志向。そしてなにより、人生と世界とを肯定するためにこそ自ら破滅をねがう高貴な「意志」。この「刺青」の三年後、大正二(一九一三)年に出版された評論家・思想史家としての和辻のデビュー作は『ニイチェ研究』であって、後に袂《たもと》を分かつ二人はともにニーチェから出発したのである。

しかも二人が同世代の青年たちから水際立っていたのは、彼らの青春時代を席捲した〝樗牛とニーチェ〟の祖述ではなく、むしろ対決から出発したことである。樗牛の紹介したニーチェは「個人の為に歴史と戦」い「真理と戦」い「青年の友としてあらゆる理想の敵と戦」った戦闘的な思想家（「文明批評家としての文学者」）、――要するに一切の規範を否定して本能のままに生きるアナーキーでラディカルなパンクスであったが、和辻の『ニイチェ研究』はその一見過激な言論が実はカント以来の道徳哲学の思考の延長線上にあることを示し、彼を「人格主義者」として捉え直した。それは和辻が谷崎とつるんでいた頃の「Aesthet」（美的享楽者）としての自分を否定し、「Sollen」（道徳・当為）に生きる倫理学者へと転身するための自己清算でもあった（和辻「転向」）。

それに対して、一生自覚的な「Aesthet」であり続けた谷崎は、どんな風に〝樗牛とニーチェ〟と対決したか。それはすでに、先の「饒太郎」の「幼稚な、簡単な、無精極まる哲学」のうちに示されている。どこまでも具象的・感覚的な谷崎と違って樗牛は抽象的な物言いに終始する人であり、彼が賛美する「美的生活」とはいったいどんな生活なのか捉えがたいが、それは論の中で一つ具体的な像を結んでいる。「恋愛」である。

> 恋愛は美的生活の最も美わしき物の一乎《か》。この憂患に充てる人生に於て、相愛し相慕える少年少女が、薔薇花かおる籬《まがき》の蔭、月の光あかき磯のほとりに、手を携えて互に恋情を語り合う時、その楽みや如何ならん。
>
> （高山樗牛「美的生活を論ず」）

明治三十年代の「恋愛」のこのバタくささ。恋人同士が愛を語らうのは隅田川べりの桜の下でも、箕面の山の紅葉の散り敷く間でもなく、「薔薇花かおる籬の蔭」でなくてはならなかったのである（薔薇の庭が当時の日本にいくつあったのだろう）。そして「少年少女」は人生の「憂患」、つまりはお決まりの「煩悶」の中での救済としてお互いを見出すのだから、日本の昔からの恋物語にいう「夜もすがらかたらふ」とは違って、本当に二人はプラトニックに人生や恋について語り合うのだろう。これを受けた谷崎の「からっぽ」哲学は、しかし引用箇所のすぐ後で「彼の所謂「美」と云うもの」は「全然実感的な、官能的な世界にのみ限られて居る」（「饒太郎」）と、きわめて重大な――条文の意味自体を百八十度変えてしまうような――修正条項を付け加えている。谷崎が「美的生活」の中身として改めて詰め直したのは、薔薇や星や菫《すみれ》に彩られた甘くプラトニックな恋愛ではなく、どこまでも感覚的でエロティックな官能だったのである。「饒太郎」の作中では、交際相手の蘭子は饒太郎と浄らかな「真実の恋愛」をしたいと涙ながらにかきくどくのに、饒太郎はそれをはねつけ、むしろもっと「惨酷にいぢめて」ほしいと、ピストルを突き付けたりビンタしたり白足袋で踏んだりしてほしいと、駄々っ子のように甘えるのである。

和辻はこの後も『ゼエレン・キェルケゴオル』（一九一五年）でキェルケゴールが有名な「実存の三段階」で美的実存の上に道徳的実存を置くさまを見、また『古寺巡礼』（一九一九年）では奈良の仏像の感性的な「美」が宗教的な法悦にまで高まりゆく「美の法門」を論じ、――要するに樗牛の「美的生活」を道徳的に止揚する途を模索し続けた。それに対して、谷崎はむしろプラトニック・

ラヴの観念のせいで、その「美的生活」が半端に道徳のほうに引っ張られてしまっていることを難じ、どこまでも「実感的な、官能的な」平面で「美」に徹しようとしたのである。ラカンは十八世紀の対照的な二人の同時代人・カントとサド侯爵とは実は互いに補完し合っていると説いた（『エクリ』「カントとサド」）が、和辻と谷崎にもどこかそんなところがある。度を越えた放蕩はどこか苦行に似てくるものだが、カントや和辻のストイシズムと、サドや谷崎の求道者じみた快楽の追求と、一体どちらのほうが困難で高邁であるのか、人は折々に迷ったりもするかもしれない。

## もう一つの転轍点 ―― 女性観

ここまででは、結局悪ぶって見せても最後のところで道徳的で真面目な和辻が、根っから好色で不良な谷崎についていけず、愛想をつかしたかのように受け取られかねない。しかし谷崎の名誉のためにも、二人を訣別させた決定的な転轍点がもう一つあったことだけは付け加えておかなくてはならない。

和辻によれば、彼がそこから身を引き剝がした「Aesthet」に「最も徹底したように見える」旧友は「J」であった（『偶像再興』「転向」）。「J」は「自分の醜い姿を水鏡に映して見て、抑え難い歓喜を感じ」、「その歓喜を衆人の前に誇示」する。これは「J」の作品全体に通底する露悪趣味ではなく、先に述べたように和辻にとっては甘美で神聖なものだった一高生活の裏面をあくどく描いた「異端者の悲しみ」や「あくび」といった作品群を特に念頭に置いているのだろう。「私たちに嘔吐を催させるもの」に「J」は「Extase〔＝性的快楽〕を起こす。」今となっては「「彼らの内に」

自分を見いだしたことがたまらなくいや」である。随分ないわれようである。その潤一郎、――もとい「J」の人生観を和辻は次のように要約する。

> 真情、誠実、生の貴さ、緊張した意志、運命の愛、――これらは彼が唾棄して惜しまない所である。個性が何だ、自己が何だ、永遠の生が何だ、それらはふくよかな女の乳房一つにも値しない。…（中略）…こう彼らは言う。
> （和辻哲郎「転向」）

「個性」よりも「自己」よりも「ふくよかな女の乳房一つ」のほうが大事な誰かさん。それは本書冒頭に引いた三島由紀夫の谷崎評と正確に同じである。けれども、同世代・同学年の悪友よりも、三十九歳下の後輩作家のほうが、谷崎を正確に見抜いているように思われる。和辻のこの谷崎評は、かつての盟友の一番大事なところを捉え損なっていて、ピンぼけしている。

三島が谷崎の視線の行き着く先を「女の蹠」と的確に言い表していたとおり、谷崎が終生固執したのは女性の足である。和辻と一緒に真っ黒になって芝浜館の謄写機で刷った『新思潮』の「刺青」でもすでに、「貴き肉の宝玉」のような少女の足の「拇指《おやゆび》から起って小指に終る繊細な五本の指の整い方、絵の島の海辺で獲れるうすべに色の貝にも劣らぬ爪の色合い、珠のような踵《きびす》のまる味、清冽な岩間の水が絶えず足下を洗うかと疑われる皮膚の潤沢」を縷々語って飽きなかった。逆に女性の乳房への愛着はそこまででもない。にもかかわらず、和辻が人格にも道徳にも関心のない好色漢のこだわるものを「ふくよかな女の乳房」と言い表しているのは、なにか座りが悪いのである。

### 「女の乳房」——和辻のまなざし

「個性」や「誠実」と「女の乳房」との間で揺れているのは、そして「女の乳房」にリビドーが固着しているのは、ほかの誰かではないだろうか。

もはやいうまでもないが、和辻その人である。「Aesthet」をやめ「Sollen」に生きる道徳家になったはずの後年の和辻の著述には、恋愛や家族や女性の身体について語る必要がある箇所で、溜まっていた鬱憤を晴らすかのように鮮烈に官能的な描写があらわれる。しかも、その視線の焦点は乳房に合わせられている。

まずは「Aesthet」ぶりを父に叱られてしょげているはずの『古寺巡礼』の旅で、奈良の法華寺の十一面観音を拝した——いや美術品として鑑賞した際の描写である。

> 胸にもり上がった女らしい乳房。胴体の豊満な肉づけ。その柔らかさ、しなやかさ。さらにまた奇妙に長い右腕の円さ。腕の先の腕環をはめたあたりから天衣をつまんだふくよかな指に映って行く間の特殊なふくらみ。それらは実にあざやかに、また鋭く刻み出されているのであるが、しかしその美しさは、天平の観音のいずれにも見られないような一種隠微の蠱惑力を印象するのである。
>
> （和辻哲郎『古寺巡礼』）

『華厳経』巻六十八によれば観音菩薩は「勇猛なる丈夫」すなわち男性であるが、光明皇后をモデルとしたという伝説もあるこの観音の姿を、和辻はあくまでも女性の身体として見つめている。たしかにこの像でもっとも目を引くのはその堆《うずたか》く盛り上がり露わになった胸部だが、辛うじて男女どちらともとれる造形にもなっているはずなのを、和辻は「女らしい乳房」と断定している。そしてその「女らしい乳房」から腹へ、腰へ、腕へ、指先へと和辻のまなざしは「柔らか」く「しなやか」な女性の身体をなぞってゆく。和辻はこの像と出会う直前に、同じ法華寺の浴堂（施浴院）に立って、そこで天平の昔、光明皇后が口づから貧しい病人の膿を吸ったという伝説を想起していた。そこに纏綿する「官能的な陶酔」と「女の中の女である人」の慈母のような優しさとに焦がれたところに、同じ人をかたどったとされる像の「女らしい乳房」が目に飛びこんできたのである。

さらに『古寺巡礼』の十八年後、倫理学者に転身した後の主著『倫理学』の上巻にもこんな「乳房」の描写が見つかる。

母親と嬰児とは全然独立な二つの個体と考えることはできぬ。嬰児は肉体的に母親を求め、母親の乳房は嬰児に向かって張ってくる。もし両者を引き離せば猛烈な勢いで互いに相手を求める。このような身体を二つに引き離してしまうことを古来「生木を裂く」という言葉によって言い現している。

（和辻哲郎『倫理学』上巻、第一章第二節）

この長大な『倫理学』の中でも特に鮮烈な一節を目にしたら、「精神的《スピリチュアル》のもの」を嫌い「実感的《センジュアル》のもの」を愛した谷崎は多分、旧友の手を握りしめたことだろう。これは個人ではなく人と人との「間柄」を人間にとっての基底的事実とする立場から、個人意識だけでなく身体の個人性・個別性までも二次的なものに引き下げるラディカルな主張の例証である。和辻は乳房を、われわれがわれわれの個々の身体をつねにすでに越え出してしまっていること、われわれの身体が他者に向かって開かれてしまっていることの端的な例と見ているのである。

以上はなにも、この偉大な倫理学者・思想史家にも意外に好色なところがあったなどと、下卑たことをいいたいわけではない。和辻の語りの上では、女性の乳房は成人男性の性的な欲望でまなざされているわけではなく、つねに母親の愛情と庇護を求める子どもからの視線によってまなざされている。あくまで和辻にとってはであるが、女性の乳房は利己心や自他の冷たい区別を越えた、他者への無私にして無償なる愛の形象である。和辻の倫理学体系の中では特に女性に対して、無私な「やさしさ」や「なごやかさ」が強い規範性を有した主張として語られる。

さらにこの「やさしさ」や「なごやかさ」が、恋人・夫婦・家族だけでなく、地域共同体にも、国家にも、さらには国際社会にも、あらゆる人間の共同体に対して当為として要求されてゆくのが和辻の道徳構想の顕著な特徴である。皆が打算的に金勘定で動く浮世の世知辛さ――和辻が嫌った新古典派経済学や功利主義倫理学はここに発するものと解された――ではなく、母となった女性があどけない嬰児に乳をふくませる場面に（少なくとも傍観者の男性にとっては）瀰《び》漫《まん》している涙ぐましいような相互の愛情の応酬こそが、和辻にとってのあるべき人間社会の基本イメージをなしているのである。そのことの是非は措くとして、和辻が女性に求めているのは母の懐にかえったかのように何の脅威も感じずに安らげる絶対的な安息感であった。のちに第三章で言及せざるをえない後年の和辻の家庭を襲った不幸な事件に際しても、和辻は家庭からなごやかさが喪われたことになにより怒り、なんとしてもそれを取り戻そうとした。そんな和辻だから「ふくよかな女の乳房」と口をついて出てしまったのである。

それに対して、谷崎がこだわり続けたのは女性の足である。それは優しさやなごやかさの象徴では全くない。『痴人の愛』でしゃぶってみたりはしたものの、谷崎にとってそれは何より踏まれるためのものである。「瘋癲老人」は死後もなお愛しい颯子の足を象《かたど》った墓石に踏まれ続け、「痛イケレド楽シイ、コノ上ナク楽シイ」「モット踏ンデクレ、モット踏ンデクレ」と泣き叫ぶ。谷崎が女性に求めているのは安息感ではなく、同じく子どものように甘えかかりながらも、冷たく邪険に突き放されて苦痛を与えられること、あるいは生命も含めた一切を奪い去られることなのである。

さらにもう一つ、先の引用で和辻が悪友の「J」を語ろうとして、結局二つのものの間で揺れる自分自身を語ってしまったことは、女性の身体のいかなる箇所に惹かれるかだけでなく、いかなる性質に惹かれるかにも顕れている。和辻は「ふくよかな女の乳房」と述べていた。「ふくよか」さは先の十一面観音の描写にもあったように、和辻にとっての女性美のキーワードである。そして当の谷崎にとって女性の身体の魅力はけっして「ふくよか」さにではなく、はんぺんのような白さと確かな量感とにあったのは、これまでの引用にすでに明らかなところ。和辻にとって女性の身体の「ふくよか」さは男性や子どもを受け入れる包容力の象徴なのだが、谷崎がこだわる白くむっちりしているさまは、その下に埋《うず》もれてついには圧死するためのものである。

慈母を求める和辻と違って、谷崎はつねに女性に美しさと表裏一体の怖さを見ようとしている。和辻と谷崎とが別れたのは、異性に何ごとを求めるか、さらにいえば生まれ落ちたこの世界での願望の究極的な結実のさまをどんな風に思い描くかについての、根本的な相容れなさにこそ由来したはずなのである。

## ダンディズムなきデカダンス

**荷風の賞賛と同時代の評**

和辻は夏目漱石に『ニイチェ研究』と熱烈なラヴレターとを送ってつれなくはぐらかされたが、谷崎がそんな風な青年らしい崇拝と「刺青」とを捧げたのは永井荷風であった。荷風は洋行後に『ふらんす物語』など濃厚に耽美的かつアンニュイな作品で世に知られ、『早稲田文学』に拠る自然主義派への対抗をはかった慶應義塾に招聘されて『三田文学』を主宰し、耽美主義の第一人と目されていた。二十四歳の谷崎は、ある宴席で初対面の荷風におもむろに歩み寄って「先生！　僕は実に先生が好きなんです！　僕は先生を崇拝しております！　先生のお書きになるものはみんな読んでおります！」と絶叫した（「青春物語」）。そのすぐ後、「刺青」の載った『新思潮』第三号を、わざわざ有楽座の食堂で待ち構えて荷風に手渡したのである。その後も物陰から荷風の様子をうかがい、彼が『新思潮』をめくってみようともしないのにやきもきしていた谷崎だって、和辻に劣らない大概な「崇拝者《アドマイアラ》」ではあった。

谷崎が待ち焦がれていた荷風の批評「谷崎潤一郎氏の作品」は、『三田文学』明治四十四年十一月号に載った。期待と不安とにわくわくしながら帰宅して雑誌を開いてみると、荷風はこの自分の崇拝者を「明治現代の文壇に於て今日まで誰一人手を下す事の出来なかった、或いは手を下そうともしなかった芸術の一方面を開拓した成功者」と絶賛することからはじめ、森鷗外や上田敏の賞賛を紹介した後、なんと彼自身があべこべに谷崎を「崇拝」すると結んでいた。神保町の裏長屋で、谷崎自身と同じく家中の爪はじき者だった庄七叔父が、この評を家族の前で高らかに朗読してくれたことを、谷崎はありがたくも懐かしくも思い出している（「親不孝の思い出」）。

　荷風が手放しの賞賛を与えた谷崎の美質とは、「肉体的恐怖から生ずる神秘幽玄」「全く都会的なる事」「文章の完全なる事」の三点であり、さすがに谷崎作品の卓越性を的確に取り出している。けれどもこの三大美質とは、皮肉に捉え直せば、描写が巧みで文章は上手だが、新人作家にのみ許され、また期待もされる面皰《にきび》づらの稚気や青くささがまるでなく、悪ずれしている――悪い意味で老成しているということでもある。荷風自身は「刺青」以降の谷崎の低徊を危惧しながらもそんな風にネガティヴにはいわなかったが、同世代の青年たちからの嫉妬まじりの批判は、まさに口々にそこを衝くものであった。漱石グループの番頭格であった小宮豊隆は、谷崎の「肉」の描写は褒めつつも、そこには「超自然」や「生活」や「人生」への視線が乏しいという（「『刺青』―谷崎潤一郎作―」）。また赤木桁平《こうへい》も谷崎には「儼乎《げんこ》たる宗教意識」が希薄で「徹頭徹尾現世的、徹頭徹尾本能的」だといい（「谷崎潤一郎氏に就て」）、実弟の谷崎精二も、絶縁状態だったこの放蕩者の兄の作品には「真摯な、敬虔な部分が乏しい」（「谷崎潤一郎論」）と非難している。さらに芥川龍之介も、谷崎の作品はまさに「文字通り底気味の悪い Fleurs du Mal〔＝悪の華〕」でありながら、「ポオやボオドレエル」が道徳や信仰と敵対せざるをえなかった「冷酷な心の苦しみ」が欠けており、「余りに享楽的な余裕があり過ぎる」と評している（「あの頃の自分の事」）。

**デカダンスとダンディズム**　谷崎をポーやボードレールに比するのは、すでに荷風が「谷崎潤一郎氏の作品」で「ボードレールやポーの境域を摩する」ものと評して以来のことである。その後、谷崎の作風がワイルド、ポー、ボードレールといった英仏の退廃的で耽美的な作家たちに通じているというのも、谷崎評の常套句となった。しかし、この指摘はちょうど芥川の評のとおり、こんな風に結局先の批判に合流する。――たしかに谷崎作品にはポーの『黒猫』や『アッシャー家の崩壊』のような血と退廃とが描かれている。けれどもこの和製デカダンには、たとえばボードレールが『悪の華』の「或る受難の女」でむせかえるような氛《いきれ》の中に横たわる首のない女性の屍体と、その太腿を滴り流れてゆく血とを歌いながら、同時に切望しているような、実人生の救済への真摯さが欠けている、というふうに。のちに小林秀雄が「飽くまで感覚的」な谷崎と、ボードレールの「批評精神」――小林にとって「批評」は企画し・実験し・観察し・帰納する近代的知性とほぼ同義語である――とは「本質的な交渉をもつことはできない」と述べたのは、そのとどめとなった（「谷崎潤一郎」）。要するに、谷崎は外界の対象だけを凝視していて、それを表現することには異様に長けているけれども、そのものを見つめる自己自身にはさしたる関心をもっておらず、そのことがなにより「人生問題」へのシリアスな反省と、宗教的な救済とを求める同時代の青年層の読者たちに飽き足らなさを覚えさせたのである。谷崎は美しく禍々しい外界に魅入られていて、自己がない。そんな「人生問題」に悩む青年たちにとっての最大のカリスマであった西田幾多郎が、谷崎の後年の傑作『春琴抄』を「人生いかに生くべきか」に触れていないと冷たく評したのは、そうした同世代の青年たちからの谷崎の孤絶ぶりの総決算の感がある。

けれども、谷崎は処女作の冒頭で、周囲の青年たちとは全然別の問題立てで、彼に独特な自己のありようを宣言していたのではなかっただろうか——「愚」さとして。つまり、外界の美に魅入られて自己を失ってしまう逆説的な自己として。思えばワイルドやボードレールは決して「愚」であろうとはしなかった。彼らの有名なダンディズムは、周囲の偽善的なブルジョワ社会の人々の眉をしかめさせる情景をことさらに描くことで、そうしたものに泥《なず》まないタフで〝男性的な〟自己を誇示するものである。彼らがどんなに血みどろの情景を描こうと、どこかにそれを凝視している醒めた自己がいる。ひょっとすると、血も退廃もそんなダンディな自分の背景にすぎないのかもしれないのである。現にボードレールは、自分のお仲間の傾きぶりを次のように説明している。

別の一人は、火薬樽のそばで葉巻に火をつけるかも知れない、それは試す為め、知る為め、運を試す為めであり、自分にエネルギーのあることを無理に立証する為めであったり、賭博者の気分を味う為めであったり、不安の快感を満喫する為めであったり、何とはない気まぐれからであったり、退屈まぎれだったりもするかも知れない。

それは要するに退屈と夢想からほとばしり出る精力の一種なのだ、然もそれが一徹に現われるのは、僕が先にも言ったように、大体世にも無気力な夢想家に限られている。
（堀口大學訳『巴里の憂鬱』「けしからぬ硝子屋」）

要はチキンレースである。ここにあるのは破滅願望ではなく、むしろ破滅に瀕しても動じない自分のうちのありあまる「エネルギー」や「精力」を「立証」することである。いつの世も洒落者は痩我慢とあてつけとを事とするものだし、どんなに奇抜な意匠を用いようと、彼・彼女らが周囲に誇示したいのは結局のところ自分自身だというのは、語るに落ちたことであろう。

**荷風先生への反発と「フェミニズム」**

そして十九世紀末ヨーロッパのダンディズムによりいっそう近いのは、むしろ荷風自身ではなかっただろうか。荷風は高級官僚の長男に生まれたが、エリートコースから脱落し、東京麻布の洋館「偏奇館」に隠棲して、下町の女性たちの風趣を描き続けた。代表作『濹東綺譚《ぼくとうきたん》』では、麻布住まいの元慶應義塾教授の文士という素性を悟られぬようみすぼらしく身をやつして、東京の下町の「溝《どぶ》の臭気と、蚊の声との中に生活する女たち」の世界に分け入ってゆく。それはこんな動機からであった。

正当な妻女の偽善的虚栄心、公明なる世界の詐欺的活動に対する義憤は彼をして最初から不正暗黒として知られた他の一方に馳せ赴かしめた唯一の力であった。つまり彼は真っ白だと称する壁の上に汚い種々な汚点を見出すよりも、投捨てられた襤褸《らんる》の片にも美しい縫取りの残りを発見して喜ぶのだ。正義の宮殿にも往々にして鳥や鼠の糞が落ちていると同じく、悪徳の谷底には美しい人情の花と香しい涙の果実がかえって沢山に摘み集められる。（永井荷風『濹東綺譚』）

この箇所は自身の旧作「見果てぬ夢」からの引用だが、もとよりお忍びの遊戯気分の主人公と違って、彼に本気になりつつあるお雪に対して「投捨てられた襤褸の片」「悪徳の谷底」とはなかなかの言い草である。要するにそれは彼が生まれ育った東京山の手の上流社会の偽善性への――そして最終的には父への、一種のあてつけである。トタン葺きの粗末な座敷に俯いて、蚊柱の立った溝の闇を眺めているお雪の風情は、たしかに美と汚穢《おわい》とが一体となった谷崎風ではある。けれども荷風の場合、生まれながらに約束されていた霞ヶ関や丸の内での栄達を捨ててそんなものに惹かれてしまう自己こそが前面にせり出している。しかも荷風はそれに溺れない。大成してもう恐いもののなくなった晩年の谷崎自身が、この大恩人の人生と作風とへの違和感を次のように述懐している。

……私は、対女性の態度でも先生とは生き方を異にしていた。私はフェミニストであるが、先生はそうでない。私は恋愛に関しては庶物崇拝教徒であり、ファナチックであり、ラヂカルで生一本であるが、先生はそうでない。先生は女性を自分以下に見下し、彼女等を玩弄物視する風があるが、私はそれに堪えられない。私は女を自分より上のものとして見る。自分の方から女を仰ぎ見る。（『雪後庵夜話』）

谷崎のいう「フェミニズム」はもちろん現在の意味ではなく、次に見える「庶物崇拝」すなわちフェティシズム、あるいはサディズムやマゾヒズムの類の性的嗜好のことであり、つまりは「女を自分より上のものとして見る」女性崇拝の意である。見下そうが拝もうが異性をおもちゃにしている点では変わらないという点については、実は谷崎も自覚的である。「刺青」の娘も『痴人の愛』のナオミも『鍵』の郁子も、はじめは良識的でつつましい女性だったのが、残酷に無慈悲に自分の上に君臨してほしいという男の欲望におずおずと自分の欲望を重ねはじめて、後からほんとうの暴君となるのである。「彼等の妻や情婦を、女神の如く崇拝し、暴君の如く仰ぎ見ている」男たちが拝んでいるのは実は自分の欲望をふきこんだ「一つの人形、一つの器具」（「日本に於けるクリップン事件」）であって、そのさまは本来の意味での「庶物崇拝」にほかならない。しかし、その人形に奪い尽くされ踏み殺されることが甘く夢見られる時、殺しても死にそうにないダンディズムの脂《やに》下がったふてぶてしい自我とは無縁だということだけは、確かにいえるであろう。

## 他者なき「人格形成」

世紀末のデカダンなダンディたちは結局ひねくれたナルシシストであるが、思えば「吾とは何ぞや」（国木田独歩『牛肉と馬鈴薯』）という問いに終始する日本の近代文学全般がそもそも裕福な知識階級の若い男たちのナルシシズムなのであって、異なっているのはひねくれ方の度合いだけなのだともいえよう。青年たちがその「吾」とやらを問うのは大体男女間の恋愛の場面においてであるが、そのはじめからすでに「自由恋愛」を牽引した北村透谷自身が、彼らの恋愛とは所詮「自らの意匠を愛する者にして、対手の女性は仮物」にすぎない（「厭世詩家と女性」）と喝破していたはずである。

　自我に悩める近代青年たちの道行きを示すドイツ語ビルドゥンク（Bildung）は日本では「教養」とも「人格形成」とも訳された。青年たちの青春の合言葉となったこの言葉には「選ばれてあることの恍惚と不安と」（太宰治『葉』）が、――つまり鼻持ちならないエリート意識と、主観的にはそれなりに真摯な苦悩とが、まつわっていた。遠くはゲーテの『ヴィルヘルム・マイスター』のアウレーリエや『ファウスト』のグレートヒェンから、近くは尾崎紅葉の『金色夜叉』のお宮や森鷗外の『舞姫』のエリス、それに太宰の心中相手となったいく人もの女性まで、教養小説《ビルドゥンクス・ロマーン》の中で一体いく人のヒロインたちが彼らの青春時代に熱烈に恋されながら（不思議なことに、なぜか女性だけが）破滅に至って、のちに豪邸の暖炉の前でカイゼル髭を撫ぜながら昔を思い出す男たちが人格をご立派に「形成する」（bilden）ために使い捨てられたことだろう。

　谷崎の「刺青」に戻れば、それが本質的に新しいのは男が女を「人格形成」の「肥料《こやし》」にするのではなく、女の圧倒的な美のために男がすすんで「肥料」になるからである。近代日本の「恋愛」はどこにでもある人間同士の惚れた腫れたの情実を広く一般にさす名詞ではなく、教養とか近代的自己の苦悩とかプラトニック・ラヴとかの歯の浮くような文句に伴われた、きわめて限られた階層の男女の間の特異なそれだけを特権的に指すのであって、その意味では谷崎はほとんど「恋愛」を描かなかった。谷崎の男主人公たちが魅入られているのは女性の目に見えない魂や精神ではなく、どこまでも「実感的《センジュアル》」な肉体と肌膚と、――たとえばお富美さんが「芋虫でも踏んづけた時のように苦り切った顔つき」をしながら「病人の青褪めた額の上へ」載せたその「柔かな足の裏」(「富美子の足」)であり、あるいは盲目の按摩の老人が手でもみ探るお市の方の「お手でもおみあしでもしっとり露をふくんだようなねばりを持っていらしった」「おんはだえのなめらかさ、こまかさ」(『盲目物語』)であった。

## 「恋を知る頃」――滅びへの志向

その意味で象徴的なのが、谷崎には珍しく「恋」をタイトルに冠した戯曲「恋を知る頃」である。谷崎の生家を思わせる日本橋馬喰《ばくろ》町の裕福な木綿問屋・下総屋に、おきんという十七歳の娘が引き取られてくる。彼女は美しく、よく気もきくが、折々「凄い眼」をすることがあって、どこか得体の知れないところがある。跡取りで十二、三歳の仲太郎はそれまではわがままな暴れん坊だったのが、すっかり彼女になつき、人が変わったようにおとなしくなって、それどころか青ざめて「恐ろしく陰鬱」にまでなってしまい、ただ彼女を慕い歩く。けれどもおきんは下総屋の手代の利三郎と共謀して、仲太郎を殺して家を乗っ取るつもりだったのである。おきんと利三郎の企みを立ち聞きしてしまった仲太郎は、しかし従容と二人に付いてゆき、陰暦晦日の月のない夜に、真っ暗な物置小屋で殺されて戯曲は終わる。

のちの小説「検閲官」で、何の咎もない少年が悪女に惨殺されるこのラストを「余り残酷過ぎる」として穏当に改変させようとする警視庁の役人に対して、殺されるという形でしか少年の恋は成就しない、その無惨な死を通じてしか「一途に或る物に憧れて居る気持ち、死んでも猶憧れて已まない気持ち」は表現できないと作者が頑固に抵抗するところに、谷崎の「恋」の理想が端的に示されている。「検閲官」の作中では「恋を知る頃」のタイトルは「初恋」となっているが、「殺されるのが何より嬉しい」という「此の世の中の理窟では解釈できない」少年の心中は、ラヴの訳語である「恋愛」ではなく、はるかに『万葉集』からの水脈を曳く古典的な「恋」という言葉でしか言い表せないものだったのではあるまいか。

先に見た批判者たちは、谷崎の描く男女の世界の時代錯誤を、――つまり近代教育を受けた青年男女に特権的な「恋愛」からの遠さと、前代の人情本や歌舞伎にみえる退廃的な「情痴」の世界との近さとを攻撃した。たしかに「刺青」の娘にせよ、「恋を知る頃」のおきんにせよ、さらに後年の『痴人の愛』のナオミにせよ、残酷に男を踏みつけてみじんも良心の呵責を覚えないヒロインたちは、明治初年に流行した「毒婦物」の草双紙で数多の男の血をすすった高橋お伝や妲己《だっき》のお百の流れを汲んでいる。けれども谷崎作品が前代の古典に近いのはそんな「毒婦」や「妖婦」よりむしろ、恋する男の側ではないだろうか。雲の上の姫君に思いを届けようと、鳴るはずもない（皮ではなく）綾の張られた鼓を打ち続ける謡曲「綾の鼓」の老人。小野小町に百夜通えば思いを叶えようといわれ、九十九日目に悶死する謡曲「通《かよい》小町」の深草の少将。恋のあまり愛しい人のおまるを盗み出し、焦がれ死にに死ぬ『今昔物語集』の平中《へいじゅう》。「恋愛」を通じて人格をより高く大きく形成することではなく、愚かしく滅びることこそが「恋」の本旨だというのは、別に谷崎の独創ではなく、日本の古典のごく一般的な共通了解だったはずなのである。のちに平安朝の物語に日本文学の「隆盛期」(「新年雑感」)を見出す谷崎は、『少将滋幹の母』で権力者に奪いさられて帰ってこない妻を呆けたように恋し続ける平安朝の老人の横に、つれない人のおまるを嗅ぐ平中を置いたのである。

「恋を知る頃」のおきんは仲太郎に対してどこまでも冷酷で、愛情などひとかけらも抱いていないし、仲太郎もそのことはよくわかっている。仲太郎が魅入られてしまっているのは、「もし云い附けると、……淋しい所へ掠《さら》って行って非道い目に合わせますよ」と「凄い眼をして睨」むその顔であり、奥に軽蔑と殺意とを秘めながら「労《いた》わるように」仲太郎の「頭を撫でてやる」その気まぐれな冷酷さであり、仲太郎そっちのけで利三郎と抱き合ったその真っ白な足から流れる血である。仲太郎は甲斐甲斐しくその血を拭き取ってやり、二人が立ち去った後で大切そうにその紙を懐に入れる。同時代の白樺派や漱石の一派が、恋人との「スピリット」の交わりに懐疑と煩悶とを生き抜く唯一の拠点を見出そうとしたのに対して、谷崎はひとり、自分をほしいままに蹂躙する存在感にみちみちた悪を凝視している。〝いかに生きるか〟という往時の青年たち共通の問いのもう一つ手前にあったはずの、そもそも生き延びる必要などあるかという問い、——さらにいえば〝いかに滅ぶか〟という問いを問うていたことが、青年の自意識と体臭ばかりが青くさく鼻につく当時の小説や批評の中で、ほとんど谷崎の作品だけが今なお読んで面白いことの秘密であるに違いない。

## 第Ⅲ章

# 「悪」の形而上学・人間学と母の死

（提供：日本近代文学館）

佐藤春夫（左）と谷崎潤一郎（昭和５年）
谷崎の妻・千代子との恋愛を歌った佐藤春夫の詩（「秋刀魚の歌」）は、彼を詩人としても高名にした。

## 「悖徳狂」の「天才」作家

**泥沼の中の低徊**　「刺青」で華々しくデビューした二十四歳から、関東大震災を機に関西に移住する三十七歳まで、おおよそ大正年間の谷崎は、作品の上でも人生の上でも暗いどん底の時期にあった。谷崎の傑作・代表作として現代でも読み継がれるのは、ほとんどが関西移住・日本回帰後の作品であり、ついでこれまでに紹介した初期の佳作の数篇である。後進の芥川龍之介は昭和二（一九二七）年に「谷崎は今日既に駑馬《どば》として終」った（小穴隆一『二つの絵――芥川龍之介の回想』）と陰口をきいていた。谷崎自身も同じ思いだった。「二十台三十台のものは恥しいものばかり」「四十台以後に於いて始めて、人に読んで貰いたいと思うようなものが書けた」（「偶感（谷崎潤一郎全集刊行に際して）」）と述べ、現に生前に編まれた『谷崎潤一郎全集』（全三十巻）にはこの頃の「金色の死」「アヴェ・マリア」「肉塊」「黒白」などを収録させていない。

　私生活の上でも、大学退学後はほとんど実家に寄りつかずに放浪し、アル中になって幻覚が見えるほどに酒量も増え、知人友人への借金を繰り返した。生活を立て直そうと二十九歳で結婚してからも、すぐに別の女性と同棲し、冷淡にあしらい続けた妻とも佐藤春夫を加えた泥沼の三角関係に陥り、メディアをスキャンダルとゴシップとで騒がせ続けたのである。

けれどもこの時期の谷崎は、作品や実生活の中で、谷崎を谷崎たらしめるいくつかの宿命的な思想やモティーフを感得している。それは三十代後半以降、関西や日本の古典との出会いによって、空に向かって一斉に台《うてな》と花びらとをひろげた蓮の花のように、禍々しいまでに爆発的に咲き誇ることになる。けれどもまずは、その根元の冷たい泥濘の中に時を待っていた種や根を、しばしの忍耐をもって二十代後半から三十代前半の谷崎の中に探っていこう。

## 商業作家として

「刺青」でのデビューの後、第二次『新思潮』は第七号で資金繰りに詰まって廃刊するが、その後谷崎は商業メディアでの作品発表の機会を安定して得続ける。中央公論社の総合雑誌『中央公論』と『東京朝日新聞』(現・朝日新聞)であり、またやや遅れて『改造』と『東京日日新聞』(現・毎日新聞)である。谷崎はこの後――ほうぼうへの借金と原稿料前借りの常連ではあったものの――一生原稿収入で自分と家族との生活を支えることになる。とくに辣腕編集者の瀧田《たきた》樗陰《ちょいん》と親交を結んだことから、中央公論社とは切っても切れない縁となる。「悪魔」『吉野葛』『春琴抄』『鍵』などの代表作は雑誌『中央公論』に掲載されたし、『細雪』や三度にわたる口語訳の『源氏物語』、また『全集』もここから出版された。谷崎の代表作であるにとどまらず、一時代の日本語作品の代表であることも疑いえない『細雪』も、戦時中の検閲と物資難とで発表のあてがない中、当時の中央公論社社長・嶋中雄作の精神的・経済的な援助と奔走とがあってはじめて完結を見たのである。昭和二十四(一九四九)年一月の嶋中の葬儀での「私一箇にとっても無二の友人、無二の理解者であられた」という谷崎の弔辞には一分の文飾もない。

### 借金と「天才」論

貧乏学生から一躍新聞に連載をもつ気鋭の新進作家となったことで入ってくるものは激増したが、出ていくものはもっと多かった。酒に、美食に、芸者遊びに、賭博に、旅行に、着道楽に、ちょうど好景気の頃の相場師の父と同じように、当時の谷崎は経済観念ゼロで豪勢に金を使い捨てた。もっとも彼にいわせれば、「有れば有るで湯水の如く浪費し、無くなると俄かにピイピイして明日が日にも差し支える」のは、大阪人の吝嗇《りんしょく》とは違う「東京人の潔癖」で、むしろ美徳の一種だったのだが（「私の見た大阪及び大阪人」）。谷崎が繰り返し描き、誰もがその描写の巧みさに感心するのは、もちろん第一には彼自身が執心した女性の美であり、ついではグルメな彼の――山本周五郎や開高健とはまた違った質の――いかにも濃厚でうまそうな食べものの描写である（個人的には三つめに猫の描写も付け加えたい）。けれども、それらと同じくらい谷崎が繰返し描き、しかしそれらほどに有名でなく、そしてそれらとは逆の嫌な迫真性を帯びているのが、親類や友人に金をせびる場面である。たとえば三十二歳の「金と銀」の次の場面。

「つまらぬ議論なんかやめにして、早く貸すなら貸さないか。」――若し青野の腹の中を、正直に発表するとすれば、こう云うより外にないであろう。

「君はまだ嘘をついて居るんだね。断って置くが僕は君に金を貸さないと云って居やあしないんだよ。金が欲しければ貸してやる。貸してやるから嘘を云うのは止し給えと云うんだ。さ、安心の為めに先へ渡して置いてやろう。」

予め用意して置いたものか、大川は懐から二百円の札の束を出して、スポンと机の上をハタいた。そうして犬に物を投げるように、其れを青野の胸先に置いた。

「さ、いいだろう。こうすれば君に文句はないんだろう。僕は今日はいつもと違って、ひどく癇癪《かんしゃく》が起って居るんだから、少しは君も胸襟を開いて、正直になってくれ給え。僕は此の金を貸すんじゃあない。此の金で君の正直を買うんだ。」

「どうも、そう君のように腹を立てられちゃあ実際弱るなあ、僕は嘘をつくまいとは思って居るんだけれど、知らず識らず嘘をついてしまうんだよ。僕のはもう、嘘つきが慢性になって居るんだから、此の病気はどうしたって直りっこはない。……」

（「金と銀」）


青野にたかられる実直で常識的で裕福な大川のモデルは、幼なじみの笹沼源之助や、三栄不動産の常務理事を経て第一ホテル社長をつとめた土屋計左右《けいぞう》である。こうした場面で二人は、百万言を弄しようと谷崎側の本音は金を借りたいだけであること、しかも返すあてなどないこと、谷崎側が道徳性などかけらももちあわせず、およそ信用するに足らない男であること、そして何より、そんな人間であるにも関わらず、谷崎側が「天才」であることを、心底知り抜いている。だから谷崎は、友人としての自分ではなく自分の天才的な芸術に出資しろと、陰に陽に友人に迫るのである。

こうしたたかりの場で連呼されるうす汚れた「天才」や「芸術」という言葉は、谷崎が愛読していたイタリアの精神科医・ロンブローゾの著書『天才論』（一八九四年刊）に由来するものである。この浩瀚な本の根本思想は「天才というものは度合いこそ違え、悉く多少精神病的素質を有している」（序文、辻潤訳）というシンプルな言明に尽きている。彼のいう「精神病」の中には、偏見に満ち満ちた十九世紀の精神病理学と遺伝学とが「異常」とみなした無数の心身の変調が全部詰めこまれている。そのリストの中で谷崎にとって特に重要だったのは「悖徳《はいとく》狂」(moral insanity）である。谷崎は自作「前科者」の主人公に、自分は「先天的の悖徳狂」だと告白させているが、ロンブローゾは「悖徳狂」すなわち病的な悪人と、芸術的な「天才」とを等号でつないでいる。

すべてこれ等の例証を比較研究した結果、天才なるものが真に悖徳狂の一部に属し、その独特な性質を維持しつつも、他の徴候と入り雑って時々現れてくる変質的心徴であることを確かに断定することが出来る。（ロンブローゾ『天才論』第四編第三章、辻潤訳）

天才は必ずどこか道徳（morality）の上で欠陥を有している。それは天才が「理想界」に「最も活躍」し、そこに全てのエネルギーを注ぎこんでいるために、「俗世間の活動」や「実際上の事柄」に対してはかえって、常人ほどにも良心や分別が働かないからである（『天才論』第一編第三章）。同時代にもう一人、ロンブローゾに決定的な影響を受けたのは芥川龍之介であった。彼も同じように「天才と……精神病者の間に全然差別がない」ことの発見に「ロムブロゾオの功績」（芥川「途上」）を見出したが、精神に変調をきたした母親をもち、「我々の運命を司る」「遺伝」（「侏儒の言葉」）を何より恐れた彼がこの本から受け取ったのは、天才である自分が精神を病んでいるかもしれないという不安と恐怖である（もちろんそこには谷崎同様、自分はほんとうに天才なのかという懐疑はみじんもない）。それは最後には彼の命を奪うことになる。対照的に谷崎は同じ本から、天才なのだから道徳観念が欠如していてもしかたがないと、——金を返さなくてもしかたがないと、ふてぶてしい開き直りと自己正当化の論理を読み取ったわけである。

## 「天才」論の帰趨

ロンブローゾの議論は政治的・芸術的「天才」を称揚しつつ「精神病者」を隔離し監禁する十九世紀ヨーロッパ特有の通念の表出にすぎず、それ自体はきわめて凡庸なものである。しかしこの論の性《たち》が悪いところは、彼の説く命題〝天才は必ず異常者である〟の逆、つまり〝異常者は必ず天才である〟のほうが、むしろ大手を振って流通してしまったことにある。自分が天才であると確信したいならば、エキセントリックで不道徳なことをしでかしさえすればよいのである。人格が破綻していればしているほど、振る舞いが奇矯なら奇矯なほど、自分が「天才」であることの証左となるわけである。もちろんここに命題〝天才は必ず異常者である〟の真偽とその逆〝異常者は必ず天才である〟との真偽は一致しないという論理学上の初歩的なミスが、——要するに変人は必ずしも天才でないという単純な、しかし当人にとっては悲劇的な事実があるのは当たり前である。――けれどもしも、こんな馬鹿げた理屈を本気で信じこんで振り回す当人が、誰にも否定しようのない本物の「天才」だった場合は？　だからこそ谷崎の場合、ますます救いがたく、性が悪いのである。自伝的な「異端者の悲しみ」で、谷崎は自分がまさにロンブローゾの「悖徳狂」そのものであることを確かめている。

己は友達をペテンに懸けて、云わば他人を瞞着した金で遊んで居るのに、どうしてこんなに面白いんだろう。来週の金曜になれば自分の詐偽が暴露するのに、どうして其れが心配にならないんだろう。恐らく世の中に、自分程道徳に対して無神経な人間はあるまい。自分は全体意志が薄弱なばかりでなく、生れつき道徳性の麻痺して居る、一種の狂人に違いあるまい。

（「異端者の悲しみ」）

まさに『天才論』の論筋のとおり、自分が「一種の狂人に違いあるまい」という自覚はみじんも彼を不安や絶望に陥れることはなく、そのまま「自分には偉大なる天才があり、非凡なる素質がある」（同）という自信の裏付けへと転化するのである。

谷崎には女性の足へのフェティシズムがあり、マゾヒストであり、スカトロジーの気もあると、当時の人も今の人も得々と分析するが、ロンブローゾを真に受けた谷崎自身が、特にこの低徊の時期に自らの〝異常〟性と人格的な低劣さとをことさらに強調していたきらいがある。

# 結婚という難問

**結婚の失敗――らいてうと谷崎**

この時期の谷崎の性悪な「天才」性への居直りが、金銭問題よりもいっそう悪辣に現れたのが、結婚と離婚とをめぐるスキャンダルである。あまりにも有名で、すでに詳細に検証されており、何よりあまりに醜悪なので、概略だけ示すと次のとおり。

二十代の終わり頃、さすがに荒みきった生活に危惧を覚えた谷崎は、結婚して所帯をもつことを考える。「恋愛とは全く違った動機から」（「父となりて」）の結婚で、妻は「私の為めにいろいろの意味の用達しをしてくれる高等Dienerin〔＝召使い〕」に、あるいは「自分の家を形作る道具の一つ」（同）にすぎなかった。相手として最初に思いついたのが、学生時代からの馴染みの向島の元芸者・石川初子だったが、彼女はすでに他に情人がいた。それで初子の勧めで、彼女の妹の千代子と結婚することになる。しかし、姉の初子はまさに谷崎好みの気丈で伝法な性格だったのに、妹の千代子は控えめで家庭的なタイプで、あてが外れた谷崎はすぐに彼女を疎みはじめる。私小説的な「神と人との間」で夫が妻に暴言のみならず暴力をもふるっているのは、たんなる谷崎の創作上の露悪趣味には還元できないようである。しかも千代子の妹のせい子は、容姿も性格も谷崎の好みにぴったりで、谷崎はまだ十六歳の義妹に好色な視線を向けはじめる。千代子との間には長女も生まれたが、直後に『中央公論』大正五（一九一六）年五月号に発表した「父となりて」で「一向に子供が可愛くなって来ない。恐らくは永遠に可愛くなるまいかと思う」と述べて物議を醸し、父の介護を口実に妻子を実家に預けてしまい、せい子との同棲をはじめる。

実は『中央公論』の同じ号には、谷崎と同い年のもう一人の思想家が、同じく人の親となった所感を載せていた。平塚らいてうの「母となりて」である。婦人解放運動の旗手として活躍していたらいてうは、これまで「恋愛を大胆に肯定」していたにもかかわらず、「私自身の恋愛の感情の中に母たらんとする欲求――子どもに対する欲求のあることを久しく認めることができませんでした」という告白から始める。それは出産のリスクや多忙な育児によって彼女の「個性」の「発展」、つまりは活動家・著述家としてのキャリアを阻害されることを恐れたためで、妊娠がわかった当初は中絶も考えていた。しかし子どもが三ヶ月を過ぎて笑ったり言葉を発したりするようになった頃から、「私の中の母性」が突如めざめて、「私を見て笑う子供の前で全く自身を忘れてしま」うようになり、「母となったこと」の「真のよろこび」を知ったという。

同じく明治十九（一八八六）年生まれで、同じく三十歳で人の親になった二人は、ともに恋愛の「大胆な肯定」を基調とする青春時代をおくった後、改めてその後に来る〝親になること〟の意味を真正面から考えるよう追いつめられ、対照的な答案を同じ雑誌に提出したわけである。谷崎のは開き直って零点を取りにいった答案だったわけだが。

## 佐藤春夫との三角関係

大正六（一九一七）年の谷崎の家庭環境に視点を戻すと、この冷えきった家庭に現れたのが、当時まだ新進の小説家であった佐藤春夫である。佐藤の初期作「西班牙《スペイン》犬の家」を高く評価した谷崎は佐藤と家族ぐるみで付き合いだすが、佐藤は千代子から夫の暴力や不倫の相談を受けているうちに、彼女への恋心を抱くようになる。せい子と結婚しようとしていた谷崎は、佐藤が千代子と結婚することを一旦承諾するのだが、彼の言い草では「二十五歳にして初恋を知った」千代子の変化を「愛らしい」と感じ、「何物に換えても君に渡すまい」という気になって（「佐藤春夫に与へて過去半生を語る書」）、約束を撤回して佐藤を激怒させ、二人は絶交する。これが大正十（一九二一）年の「小田原事件」である。

その後谷崎は妻子とは距離を置いたまま、せい子と別れた後は、既婚者であった根津松子との交際をはじめたり、あちこちの女性に戯れかけたり、奔放な性生活を送る。九年後の昭和五（一九三〇）年に谷崎が佐藤に「千代をもらってくれぬか」と相談をもちかけた後、三人が連名で千代子が谷崎と離婚し、佐藤が千代子と結婚する旨の挨拶状を知人に回送したが、この件が新聞にすっぱ抜かれ、「細君譲渡事件」として大々的に報道されて、また一大スキャンダルとなったのである。

この一連の事件が輪をかけて醜悪になるのは、谷崎と佐藤という二人の小説家が、ほとんどリアルタイムでこの一件を私小説や詩に書き合い、そしてお互いがそうすることを、つまりこの一件での自分の一挙手一投足が瞬く間にメディアを通じて世間に知れ渡ることを、自覚していた点である。谷崎の「神と人との間」や佐藤の「僕らの結婚」、それに千代子の親族の証言まで載り、このゴシップについての特権的なメディアの役割を果たしたのが、中央公論社の女性向け雑誌『婦人公論』であった。それは「文壇を舞台にした喧嘩」（「神と人との間」）であった。
この「喧嘩」は芸術的にも佐藤の圧勝であった。不実な夫と誠実な間男とでは、当然思いの闌《た》けが違う。谷崎の「神と人との間」は自他ともに認める失敗作で、例の泥沼の底の底をしめしているにすぎないが、この恋愛を歌った佐藤の詩は、彼を詩人としても高名にした。

さんま、さんま、そが上に青き蜜柑の酸《す》をしたたらせて
さんまを食ふはその男がふる里のならひなり。
そのならひをあやしみなつかしみて女は
いくたびか青き蜜柑をもぎて夕餉にむかひけむ。
あはれ、人に捨てられんとする人妻と
妻にそむかれたる男と食卓にむかへば、
愛うすき父を持ちし女の児は
小さき箸をあやつりなやみつつ
父ならぬ男にさんまの腸《はら》をくれむと言ふにあらずや。
（佐藤春夫「秋刀魚の歌」）

秋刀魚《さんま》に蜜柑汁をかけるのは佐藤の郷里、熊野（和歌山県南部）の「ならひ」である。「人に捨て

られんとする人妻」は、家庭の食卓にその「ならひ」を示して、「父ならぬ男」への思いをなかば公然と訴えている。しかし可憐な「女の児」にも、またその母にも「愛うすき父」は、いまだ彼女らの父であり、夫である。だから詩人の恋は「さんまの腸」のように切なく、ほろ苦いのである。

さらに当の谷崎本人には、デビューの頃にあれほど嫌っていたはずの、何の美的感興もないうす汚ないプライバシーの切り売りという、自然主義文学の悪弊とまったく同じ轍にはまっている自覚があったのかどうか。そこには自分の私生活のスキャンダルを――現代の鼻持ちならない言い方でいえば――一種の〝コンテンツ〟として戦略的に提供した感もいなめない。ジャーナリストたちが渦中の二人の作品が発表されるたびにこぞって「標題に註釈を加え、可なり無遠慮に事実を匂わせて一般の好奇心を唆」った(「佐藤春夫に与へて過去半生を語る書」)と谷崎は憮然とするが、「無遠慮に事実を匂わせて一般の好奇心を唆」い、芸術的完成度ではなく下卑たゴシップ的興味で作品を読ませたのは、当の谷崎と佐藤とでもあったはずである。

## 同世代の苦悩
### ――和辻と志賀と

「小田原事件」の六年後の昭和二(一九二七)年、すでに道を別にしていた和辻哲郎の家庭でも、京都帝国大学の倫理学科への着任の直前に、似たような三角関係事件が持ち上がっていた。もっとも渦中の三人の証言は食い違いを見せていて、こちらには谷崎その人のような、一目でそれとわかる悪辣な当事者はいなかったようだ。しかし和辻が、一時は「兄」とまで呼んだ、一高・帝大の先輩で「人格主義」の代表者でもあった阿部次郎と終生交わりを絶った事実だけは揺るぎない。ただここで、谷崎や和辻の世代が、樗牛によって本能に忠実な「美的生活」としての恋愛を鼓吹されたために、その後の家庭生活の中で特段にふしだらだったという見方はおそらく的を射ていない。思うに、夫婦関係の危機や撹乱はどんな時代・どんな社会にも一定の蓋然性で起こるものであって、一九二〇年代に新しく家庭の人となった三十代の彼・彼女らは、ことを起こしてしまう点で拙劣なのではなく、ことが起きた後でそれにどのようにかたをつけるかの点で、三十過ぎのいい大人にしては異様に子どもっぽく拙劣なのである。

谷崎の場合も、和辻の場合も、修羅場の当事者たちが繰り返すのが「気分」や「心持ち」という言葉である。佐藤の千代子への熱烈な愛情を見てはじめて彼女を失いたくないという「心持ち」になって態度を翻す谷崎。阿部の妻への「気持ち」はもとから承知で、ただ「踏み留まっ」てくれなかったことだけに激怒する和辻。また小田原事件後をモデルにした谷崎の『蓼食ふ虫』で、ともに外に公然と恋人を作って完全な仮面夫婦となっている男女が、しかしお互いの「気持ち」がしっくりいくタイミングが到来するまで正式な離婚をずるずる先延ばしにしているさま。要するに、危殆に瀕した夫婦・家族関係の中で彼・彼女らが振る舞う際の唯一の基準がそれぞれの「心持ち」であって、しかも〝「心持ち」が向かないなら仕方ない〟とお互いがそれを基準に振る舞うことを認め合っており、良くも悪くも夫であれば、妻であれば、男であれば、女であればこう振る舞うべきという外的な規範をほかに持ち合わせていないのである。

そのいつまでも煮え切らない「心持ち」の支配のさまは、「神と人との間」で不実な夫が誠実な間男に語る次の言葉に最も端的に表れている。

君がほんとうに朝子を思ってくれるなら、もう一二年様子を見ていてくれろと云うんだよ。朝子の心は今でも君の所へ行っている。それは当人も明かにそう云っているし、僕も認めているんだけれど、そうかと云って今直ぐ僕を捨てると云う気にはなれないと云うんだ。そりゃ一昨日はなれたけれど、僕が真心を示した以上、兎に角現在の夫であるから自分も僕を愛するように努めて見よう。そしてお互いに愛することが出来たらばよし、それが旨く行かなかったら、当然君の所へ行く。僕もその時は文句を云わない。――そう云うことに大体話がきまったんだ。

（「神と人との間」）

当事者の三人は誰も意志的にことを決断できず、それぞれの背後に後生大事に納めて祀ってある「心持ち」におずおずお伺いを立てながらことを進めている。だから万事がもどかしく鈍《のろ》い。

相良亭が指摘しているように（「志賀文学の倫理性」）、和辻とも谷崎とも親交があった同世代の志賀直哉の作品にも、似たような「気分」の支配は見てとれる。志賀の自伝的小説『和解』で、恋愛事件を機に絶縁していた父と息子とが和解するのは、家族のあり方について考えがまとまったからではない。お互い「不愉快」を感じあっていた双方が顔を合わせた際、「望外」なことに「感情に何の無理もなく彼処に落ち着く」ような「気分」に至ったからである。志賀も和辻も谷崎も、夫婦関係というもっとも手近で切実な人間関係に対して外から固苦しい型として押し付けられる「「何々でなければならぬ」という考え」（志賀『日記』明治四十五年三月十三日）を、それが近代社会に要請されたものであれ前代の儒教道徳が残存したものであれ、青春時代の渾身の力を揮って否定したので、結局気分・感情・「心持ち」以外にその世界を律する基準が残らなかったのである。

けれども、気分は変わるから気分である。それは一定の時間の幅をもって続く人間関係の規範にはなりえない。本質的に刹那的なものである恋愛ならば、お互いの「気持ち」がぴたりとあった特権的な瞬間さえ一つあればよいのだが、その後に来る夫婦や、子どもの父母という関係は、ある一定の時間的な持続を前提にしている。時間の移ろいの中で、出会いの際はあれほど燃え上がっていた「気持ち」が変わらないとは、誰にも――当人にも保証できない。とすれば、青春時代に自分の「恋愛」がエゴイズムや性欲なのか、それとも真実の浄らかな愛なのかという（答えなど出るはずのない）問いばかりに煩悶し続けた彼・彼女らが、実は本当にシリアスに考えるべきだったのは、「恋愛結婚」の理想は輸入すれど、永遠の愛を神の前に誓うというキリスト教の結婚への宗教的な強制力は輸入しなかった近代日本で、恋愛のあとに来る夫婦関係とは一体いかなるものであり、またいかなるものであるべきなのかという問いだったはずなのである。本当の難問は恋愛ではなく、結婚であった。結婚に対して不用意だったのは谷崎だけでなく、同世代のみながそうだったのであり、結婚三十代の青春の仕舞い時に、一斉にそのつけがかえってきたのである。

# プラトンとの邂逅

**〝谷崎哲学〟とプラトン**　佐藤春夫と谷崎とが知り合うきっかけとなったのは、大正六（一九一七）年の芥川龍之介の『羅生門』出版記念会であったが、この後谷崎は芥川とも親交を深めてゆくことになる。佐藤との関係が泥沼の情痴関係に立ち至ったように、昭和二（一九二七）年の谷崎の「日本に於けるクリップン事件」への芥川の批判をきっかけに二人は小説の筋や構想をめぐる「純粋小説」論争に至り、その最中に芥川が自殺したことで、谷崎は激しい良心の呵責に襲われることになる。早すぎる晩年の芥川は「彼の前にあるものは唯発狂か自殺かだけ」の「精神的破産」（「或阿呆の一生」）にまで追いつめられていたが、この頃の谷崎もまた荒れていた。

しかし関係が険悪になる前の芥川は、交友がはじまったころの大正八（一九一九）年に、このぐれにぐれきった『新思潮』と一高との先輩の、世に知られざる一面を次のように報告している。

君が西田博士の「自覚に於ける直観と反省」を再読したるは予の記憶に新たなる所なり。かくの如き哲学に対する君の興味は坊間に多く知られざるが如し。されどこの点に於ても君は決して人後に落つるものにあらず。

（芥川龍之介「谷崎潤一郎論」）

明治四十四（一九一一）年の『善の研究』に続く西田幾多郎の二冊めの哲学書『自覚に於ける直観と反省』はちょうど芥川との親交のはじまった大正六（一九一七）年に出版された。しかし谷崎の作品への西田哲学の影響はあまりうかがえず、多分ベルグソンの哲学と一緒に八丁堀の長屋の便所に流してしまったのではないかと思われる。けれども、谷崎が哲学への深い興味をもち、ちょうどこの頃独自の「哲学」を形成しつつあったのは事実である。それは天才と悪人と芸術家と好色漢とはついに同じものであり、したがって美への憧れと真理への希求と性欲と悪徳とも全部同一だという、変てこで、なにか本質的に怠惰なものである。

もう一人、当時の谷崎の哲学への関心を証言しているのは和辻である。和辻は谷崎との対談の中で、当時谷崎の寓居を訪ねた際に英訳のプラトン全集を見かけたといい、直後の「青塚氏の話」に明瞭なプラトンの影響がうかがえることから、この腐れ縁の悪友の作品には「プラトンのイデアの考え方をコンクリート［＝具体的］にしたもの」としての性格があるのではないかと尋ねている（和辻・谷崎・後藤末雄「春宵対談」）。谷崎の「悪」の哲学の基礎になったのは西田ではなく、プラトンだったのである。ちょうど和辻の証言のころに発表された自伝的小説「神童」の中に、谷崎はプラトンの『ティマイオス』の一節を英訳の原文のままで引用している。「神童」春之助は神田の古本屋の店先でこの一節に出会って「喜びのあまり昂奮して、手足がぶるぶると顫《ふる》えるくらい」の感動をおぼえる。春之助が「平生朧《おぼ》ろげながら自分の心で考えて居たことが、立派に其処に云い表されて居る嬉しさと驚きとに打たれた」のは、『ティマイオス』の次の一節である。

> 神は永遠なるものの何か動く似姿を作ろうと決意しました。それで彼は天体を配置しながら、「一」のうちに静止している永遠をもとにして、数の原理によって進行する永遠の似姿を作ったのです。この似姿こそ、われわれが「時間」と名づけているものなのです。
>
> （プラトン『ティマイオス』三七D、谷崎の引用するBohn's Classical Library版英訳より私訳）

時間《クロノス》は神《デーミウルゴス》が天体を運動させるために作った「永遠の似姿《エイコーン》」であるが、それは永遠そのものでなく、所詮その似姿、あるいはその模造品《ミーメーマ》（五〇C）にすぎない。なぜなら神が今造りつつある有限な現世と、「永遠なるもの」である形相《エイドス》の世界とは別物だからである。谷崎が引用した箇所の直前でティマイオスは、神が現世に与えたのが「永遠」そのものではなくそのレプリカであった理由を、永遠という「本性」を「被造物に完全には付与できなかった」ためだと説いている（三七D）。

「神童」が手にしたボーン版英訳で一巻約五百頁、六冊にもなる膨大なソクラテス対話篇の中から、取り分けてこの一節に注目した谷崎の哲学的センスはさすがのものである。谷崎がプラトンから新しく学んだ——正確にはまさにイデアが「想起される」（『パイドン』七六C）ように、「平生朧ろげながら自分の心で考えて居たことが、立派に其処に云い表されて居る」と感じたのは、うつろいやすい現世を超えた「永遠」の存在であり、その「永遠」がこの世界に顕現する際には、現世の抜きがたい不完全さゆえになにか不完全な形姿をとらざるをえないということであり、そして人間を衝き動かす根源的な欲動はそうした「永遠」への憧れにほかならないということであった。

## 「悪」の形而上学と人間学

プラトンに示唆された「永遠」のモティーフによって谷崎の中に形成された「哲学」とは、大よそ次のようなものである。――この世界に生まれ落ちた人間の中には、何かの拍子にこの世界のものならぬ「永遠」を垣間見てしまい、それに憧れ、それを何とか表現しようとすることに一生を捧げてしまう人がいる。そんな少数の人が「天才」であり「芸術家」である。けれども、「永遠」は原理的にこの世界に十全に顕現しえないものだから、その「永遠」を求める「天才」の行為は、どうしても周囲の人々の穏当な社会規範から逸脱してしまう。だから「天才」は本質的に「悪人」である。そして「永遠」がかりそめにこの世界に示現したとしても、それはイデア界の不完全な影に過ぎないので、まさに谷崎作品のヒロインたちのような、禍々しく毒々しい「妖婦」としてしか現れえない。そんな悪女たちの肢体にどうしようもなく惹きつけられてしまう愚かな芸術家の「性欲」は、しかし実は根っこを辿れば「永遠」への憧れにほかならないのだ。「小僧の夢」「検閲官」「アヴェ・マリア」「肉塊」などのプラトン体験前後の作品で繰り返し展開されるこの「悪」の形而上学と人間学とは、先に見たとおりに、ただただ救いがたい屑として振る舞っている家庭生活への自己分析であり、自己弁護である。

この怠惰な、――あるいは「愚」な〝谷崎哲学〟は、後にストイシズムへと展開するプラトン哲学とは重要な点で決定的に異なっている。たしかにプラトンにとっても、この世に顕現した美はこの世のものならぬイデアの投影であって、不完全なものである。しかし不完全であるからこそ、そうした美に触発された魂は、より完全なイデアを求めて哲学的にも道徳的にも、「神々の世界」を目指して無限に向上してゆく。一つの美しい肉体への愛《エロース》は、肉体を超えた美しい魂への道徳的な愛へと高まり、最終的には「知《ソフィア》」への愛《フィリア》、――つまり「哲学《フィロソフィア》」へと至る。谷崎が小説「創造」で言及する『饗宴』では、ソクラテスに対してマンティネイアの巫女・ディオティマがこんな風に愛の道行きを語っている。

> なぜといって独力でもしくは他の誘導によって愛の奥義に至る正しい道とは次のようなものであるからです。それはすなわち地上の個々の美しきものから出発して、かの最高美を目指して絶えずいよいよ高く昇り行くこと、ちょうど梯子の階段を昇るようにし、一つの美しい肉体から二つのへ、二つのからあらゆる美しき肉体へ、美しき肉体から美しき職業活動へ、次に美しき職業活動から美しき学問へと進み、さらにそれらの学問から出発してついにはかの美そのものの学問に外ならぬ学問に到達して、結局美の本質を認識するまでになることを意味する。
>
> （プラトン『饗宴』二一一C、久保勉訳）

ここでディオティマが神がかりつつ告げる、その高まりにつれて肉体的なものから精神的なものへと昇華されるという愛の道行きは、青春の出口にあって和辻が樗牛の「美的生活」を乗り越えた論理と同じものであるが、谷崎はとことんまでそんな愛の弁証法を拒み続けた。わがままな猫が魚の美味しい部分だけかじるように、谷崎がプラトンから学んだのは、「妖婦」に向かってやまない自分の「性欲」が単なるうす汚い獣欲ではなく、ついには哲学者や芸術家を衝き動かす絶対的なものへの憧れと同じものだという自己弁護的な論点だけであって、それに続くプラトンの〝ストイック〟な主張、――つまり愛は肉体への執着を超えてゆかねばならないという意志的かつ道徳的な当為の要請は、まったく看過されている。七十三歳になっても「僕は君のスラックス姿が大好きです」（昭和三十四年一月二十日付　渡辺千萬子宛書簡）と義理の娘に書き送るこの人の愛《エロース》は、終生肉体を離れることはなかった。

**異郷趣味とイデアへの憧憬**　とはいえ、プラトンの哲学になにか本質的に新しいことを教わったのではなく「平生朧ろげながら自分の心で考えて居たことが、立派に其処に云い表されて居る」と感じたこと自体は「神童」の強がりではない。谷崎は「刺青」や「象」や「恋を知る頃」にすでに揺曳していた生まれながらの実存感覚や作家としての基調を、プラトンのイデア論によって整理し直したのである。

「恋を知る頃」の伸太郎がおきんに生命までも捧げつくした愚かで切ない恋は、プラトン体験を経た「検閲官」では「ふだん凡人には示されない永遠の世界が、ほんの一刹那その人の心の奥を閃いて通」ったものと解釈され、「少年」の世界を形づくる見飽きた日常世界への倦厭《けんえん》と、恐ろしく美しいものが立ち現れる非日常の世界の蠱惑《こわく》とのコントラストは、「時間」と「永遠」の――現象界とイデア界の対比として捉え直された。こうして形をとった「永遠」なるイデア界への憧れと、この世界にそんな「永遠」の片鱗を受肉させようとする試みとのために、当時の谷崎はいくつかの道具立てを見出した。それは、白人崇拝であり、中国趣味《シノワズリ》であり、映画であった。

異郷趣味《エキゾティシズム》は前期の谷崎作品を論じる際によく持ち出されるキーワードだが、確かに谷崎作品の基調は〝ここではないどこか〟への憧れである。見飽き倦じ果てたここと、なにか途方もないものが待っているあそことは、谷崎お得意の粗っぽく図式的な二分法によって、自在にその範囲と性質とを変えてゆく。褻《け》の日々とお祭りの宵、東京の下町と山の手、本郷と浅草、日本と西洋、銀幕のこちら側と向こう側、日本と「支那」、そして後半生には逆転して、殺風景な東京と麗しい伝統の残る関西、空虚に明るい西洋と陰翳に富んだ日本。谷崎にとって「何だか一時にがっかりして興が覚めてしまう」ような「秋の日にかんかん照り附けられて乾凋びて居る貧相な家並」（「秘密」）に対して異質《エキゾティック》なものとして現れさえすれば、なんでもよかったのである。ここに退屈な日常世界とその外部とが、時間の流れにひたされてうつろう現象界と永遠なるイデア界として捉え直され、異郷への憧憬がイデアへの愛として捉え直されたわけである。

とはいえ、すでに「少年」の異世界がドレスに身を包んだ少女が君臨する秘密の洋館であったように、前半生の谷崎にとって特権的な異郷はやはり「西洋」であった。ワーグナーに陶然と聴き惚れる「小僧の夢」の少年は「己はどうして西洋に生れなかったのだろう。欧羅巴《ヨーロッパ》に生れさえすれば、たとえ商店の小僧であっても、今よりはもっと幸福だったに違いない」と、「亜細亜《アジア》の隅っこの日本」に生まれた自分の境遇を呪っている。しかし、このうら恥ずかしい告白は「欧羅巴」の無謬の文化的権威があまりにも強烈なオーラを放ち、日本が「隅っこ」であることを疑いえなかった明治や大正の青年たちみんなが（あるいは現代日本の知識人も今なお？）ひそかに共有していた本音を、谷崎があまりに正直に書き記してしまっただけかもしれない。谷崎より二歳下の九鬼周造は留学先のフランスで「随分黄色いお顔ですな」という「欧州人」の嘲弄を悲しく聞き（『巴里《パリ》心景』）、後に主著『偶然性の問題』でも「アメリカ人でもフランス人でもエチオピア人でも印度人でも支那人でもその他いずれの国人でもあり得た」われわれが「日本人であるということ」は悲しい「離接的偶然」の一肢にすぎないと論じた（第三章第八節）。谷崎は当時の青年通有の、この一面では切実で、一面では愚かしい白人コンプレックスを、プラトン哲学の多大な影響のうかがえる「アヴェ・マリア」で、なにか山を移した愚公のような愚直さをもって、「白」の哲学にまで練り上げた。

## 「白」とその残滓――「アヴェ・マリア」

外国人寄留地である横浜本牧《ほんもく》に住んでいた当時の谷崎と「アヴェ・マリア」の主人公とは、ロシア革命後とみに増えた白人女性たちを眺めながら「あの白い肌の中にある白い心は、此の褐色な肌の中にある褐色な心の恋からは、とても及ばぬ高い所にあるのではないだろうか」と考える。このとき、彼女らのまばゆい「美しい白い体」との落差によって析出した色あせた日常世界は「何処へ行っても茶色の顔と茶色の家とがうようよして居る日本の街」として、さらにはいっそうどぎつく「茶色の国」として現出する。ここでは「白」／「褐色」・「茶色」というステレオタイプな人種的差異が、「少年」以来の非日常／日常の対比として現れ、さらに「白」は永遠のイデアそれ自体のように輝きはじめるのである。
せい子に出て行かれた後の失意の谷崎に限りなく近い主人公は、子どもの頃に遊んだ相撲人形のうち華奢な白いほうを屈強な赤いほうより偏愛して以来、牛若丸や『八犬伝』の毛野《けの》に扮した白塗りの芝居役者や、白い南京鼠や、店の小僧の足の裏や、恋人の女性たちや、今目の前を往来する白人女性たちなど、自分は終生白いものに、――正確には「白」そのものに心を惹かれてきたと思い至る。しかも幼い頃の最初の白い泥人形も、正確には「白」への憧れの端緒ではない。

私の「白」を崇拝する感情は、あの人形を知る以前から、恐らく私が生れた時から、たしかに心の中にあった。そして最初に、あの人形をたまたまそれの現れとして溺愛したのじゃないだろうか？ ――どうも私にはそんな気がする。つまり「白」と云うのは私の生命が永久に焦れ慕って已まないところの、或る一つの完全な美の標的、――まあ、強いて名づければそうでも云うより外はなかろう。そこでその正体は容易に摑めないものだからして、猶更それが摑みたくなる。どうかしてその姿を眼の前に見、手を以て触れて見たいと願う結果、その思いの切なる余りいろいろな物が「白」に見えたのだ。尤も「白」に見えたとは云っても矢張それらの物の中に幾分か「白」の本質があったには違いない。本質と云って悪ければ、一つの本体から投げるところのさまざまな影ででもあったであろう。たとえそれが卑しい鈴吉の足であっても、又は貧しい一匹の蟻であっても。……

（「アヴェ・マリア」）

「生れた時から、たしかに心の中にあった」「白」への憧れが、相撲人形によって励起されて以来、彼が心惹かれるさまざまな対象はみな「白」をどこかに分有したものであり、それらはどこか別の世界に存在する「白」の「本体」からこの世界へと「投げるところのさまざまな影」である。谷崎作品のうちで最も色濃くプラトンのイデア論の影響が出た箇所であり、谷崎が「白」というところを、プラトンならば「善」や「美」や「永遠」や「善美なること《カロカガティア》」というだろう。けれども感覚を超えたプラトンのイデアと違って、谷崎のイデアは抽象化されながらもぎりぎりのところで「白」という視覚的な感覚性を残しており、しかもその「白」はどぎつい白人コンプレックスや卑屈な西洋崇拝に裏打ちされている。谷崎の魂はプラトンやその師と違って、感覚的に捉えられる一つの「美しい肉体」を離れて超感覚的な「魂」や「哲学」へと高翔するための水切り羽を、はじめからもちあわせていない。

イデアの世界に高く天翔《あまがけ》りゆく（『パイドロス』二四九）ギリシア人たちの魂は、はるか下の方の泥濘の中で矮小な「茶色の国」の男が「白」を仰ぎ見ているのを見下ろすかもしれない。けれども彼らには逆に泥遊びの楽しさが、ぬかるみの温さが、自らを汚す卑屈でマゾヒスティックな喜びが、わからないかもしれない。この後敗戦によってもう一度欧米との圧倒的な非対称性を確認させられた戦後日本で、仮面作家・沼正三は白人女性によって日本人男性が奴隷にされ、家畜にされ、虐待され続ける『家畜人ヤプー』をひそやかに書き継いで、谷崎の「アヴェ・マリア」の卑屈な快楽をもう一度楽しむことになるだろう。

# 青春の終わりと『痴人の愛』

## 母の死

大正六（一九一七）年五月十四日、母・セキが五十二歳で死去した。三十一歳の谷崎は折も折、妻子を置いて原稿執筆を口実にせい子らと伊香保温泉に遊びに行っており、母の死に立ち会えなかった。母の病気は顔が赤く腫れ上がる丹毒で、その変わり果てた「膿みただれたる顔」（「晩春日記」）を見る勇気がなく、命が旦夕に迫っても谷崎は見舞いに行けずじまいであった。それが、駆けつけた日本橋の実家で母とおそるおそる対面すると、次のようであった。

……面を掩うた手拭を払って見ると、あの醜い丹毒の跡は名残なく取れて、その昔、刷り物に出た娘番附の大関に数えられ、生前屢々《しばしば》、予が姉ではないかと人に訝しまれた美しい母親の顔は、白蠟の如く晴れ晴れとして浄らかであった。（はしがき「異端者の悲しみ」）

谷崎といえば甘やかな母恋いの作家として有名であり、彼自身が幼少期の母の美しさを回顧する様子も第Ⅰ章で見てきたが、正確にいうと、美しい母と、その母への思慕とは、この瞬間にはじめて出現したのである。母は確かにもともと美しい人であったが、父の事業の失敗以来の貧困生活の連続に、次第にやつれていっていた。水仕事で荒れた手（「鬼の面」）。甲斐性のない夫への口ぎたない罵倒（「異端者の悲しみ」）。晩年の、自分でも制御のきかないヒステリックな性格の激しさ（「不幸な母の話」）。谷崎は存外、生活に疲れた母をリアルに描写している。何より、谷崎自身があまり母に愛されなかった。一家の生活が傾いているのに猫のようにのらくらと放蕩を続ける長男の潤一郎よりも、早稲田大学に通う傍ら発電所の夜勤を続けて家計を助けた次男の精二のほうが、父母には頼りにされ、愛されていた。「なんだほんとに！　毎日学校へ行きもしないで、内にごろごろして居やがって、遊ぶことばかり考えて居やがる。何処の国にそんな大学生があるもんか」という母の叱責（「異端者の悲しみ」）は、退学間近の大学時代の谷崎がほんとうに悲しく聞いたものだっただろう。しかし、そんな生活にすり切れた挙句に病に倒れた母の「膿みただれたる顔」は、死を機に「白蠟の如く晴れ晴れとして浄らか」な美しい顔へと変貌するのである。

母の死の六ヶ月後に発表された短編「ハッサン・カンの妖術」では、「予」はインド人の妖術師の手引きで瞑想によって肉体から離脱し、仏教的な三千世界を経めぐり、最後に唐突に「今年の五月」に死去して一羽の鳩に転生した母と巡り会う。

「お母さん、私はきっと、あなたを仏にしてあげます。」

予は斯く答えて、彼女の柔かい胸の毛を、頰に擦り寄せたきり、いつ迄も其処を動こうとしなかった。

（「ハッサン・カンの妖術」）

硬く醜い殻を脱ぎ捨てて、透いた柔らかい羽をしっとりと濡らした蜉蝣《かげろう》が現れるように、現実の疲れた母から理想の美しい母が分離してはじめて、谷崎はそれまでの放蕩を心から悔いて謝り、甘え、その柔らかい胸に顔を埋めることができたのである。「幼少時代」のもっとも甘くエロティックな思い出、——谷崎が八歳の明治二十七（一八九四）年六月に大地震が東京を襲った時、往来の真ん中で母が無我夢中で谷崎を抱きしめ、ただ「襟をはだけた、白く露わな彼女の胸が私の眼の前を塞いで」いて、そして谷崎が握っていた筆が「四つ角のまん中で相抱きつつよろめき合っている間に、……母の胸の上へ数条の墨痕を黒々と塗りつけていた」という追憶が、果たして現実の母との思い出であったのか、それとも夢が現実を侵食してゆくように、この時出現した「白蠟の如く晴れ晴れとして浄らか」な理想の母のイメージが次第次第に記憶を塗り替えたものなのか、そんな残酷な問いを、私は母を亡くしたばかりの谷崎に問うことができない。

## 妣が国へ——折口学との共振

ここから長く続く谷崎の母恋いを、フロイトの提唱したオイディプス・コンプレックスの格好の例として論じる風潮があるが、それは本居宣長が「漢意《からごころ》」と呼んだ日本人の通弊に——つまり舶来の理論を日本の現実に当てはめるだけで、本当は何もわかってなどいないのにすべてがわかったようなつもりになる悪弊に、はまりこんだものにすぎない。父を殺し、母を妻としたギリシア神話のオイディプスが家族のあいだの暗く隠微な葛藤の象徴となりうるのは、二人の絶対的な「父」——つまり絶対者である神と厳格な家長である実父とのストレスに不断にさらされた、フロイト自身や『判決』『変身』のカフカが生まれ育ったようなユダヤ教（あるいはキリスト教）の厳格な家庭に限られたことである。

　そもそも作品の上でも実生活の上でも、谷崎にとって父の存在感は希薄である。フロイトに師事した古澤平作は、欧米と違ってアジアの家庭に〝厳格な父〟の影が薄いことから、アジア圏の男の子はむしろ強大な母との愛憎《アンビヴァレンツ》を通じて人格形成を遂げてゆくとし、アジャセ（阿闍世）・コンプレックスという代替モデルでフロイト説の修正をはかった（「罪悪意識の二種」）が、――泉鏡花、室生犀星、寺山修司といった他の母恋いの作家たちにはそれなりに妥当しようが――それもまた谷崎にはあたらない。谷崎の母恋いは、西から来たものであれ東からのものであれ、そんなハイカラな意匠に由来するものではなく、むしろ彼の足元をほの暗く底流していた一つの流れに――つまりは日本の古い文学史や精神史に、棹さすものである。

　谷崎の母恋いのもっとも根本的な条件。それは誰が見ても瞭然な通り、母が死んだ後にはじまっていること、根本的に手が届きようのない不在の母へと向けられていることである。意外にも谷崎の愛読者だった折口信夫は、大正九（一九二〇）年に論文「妣《ハハ》が国へ・常世へ――異郷意識の進展」を発表した。谷崎は母の死の二年後に傑作「母を恋ふる記」を著したが、折口が母を亡くした二年後に書かれ、〝折口学〟の出発を告げたこの論文もまた、折口の「母を恋ふる記」であった。そこで折口は、日本人の精神生活の最古層には、この国土とは異なる「妣が国」あるいは「常世の国」と呼ばれる異郷への憧憬《アクガレ》があり、その異郷はすでにこの国土を去った「妣」の在《いま》す所と観念され、だから異郷への憧憬はついには不在の母への憧憬とないまぜになっていると説いた。

「妣」は中国大陸でもすでに「母」一般ではなく、死せる母のみを特権的に差し示す語であったが、「妣が国」という成語は日本最古の本『古事記』に見えるものである。『古事記』によれば、国生みの果てに、イザナキ神は三貴子、すなわちアマテラス・ツクヨミ・スサノヲを得るが、末っ子のスサノヲだけは父の「海原を統治せよ」という命令を聞かずに、髭が胸先まで伸びるほどの年頃まで、ただひたすらに泣き喚いていた。嵐の神ともされるスサノヲが荒ぶると、「青山は枯山《からやま》なす泣き枯らし、河海はことごとに泣き干し」、邪神や悪霊が狭蠅《さばえ》のように巻き起こった。激怒したイザナキがスサノヲに「どうして言いつけに従わずにただ泣いているのか」と詰問すると、息子は「私は「妣が国」に行きたくて泣くのです」と答えた。折口が念頭に置くのはこのスサノヲの言葉である。スサノヲにとっての「妣が国」とは、その出生の前に痛ましい死を遂げた母神・イザナミが在《いま》す他界、黄泉の国にほかならない。

『古事記伝』の本居宣長ほか何人かの神話解釈者が注目するポイントは、スサノヲは母のイザナミと一度も顔を合わせたことがない（さらにいえば、生理学的な実の母ではない）ということである。スサノヲは幼い頃に垣間見た瞼の母の面影に焦がれているのではなく、一度も見たことのない不在の母に憧れているのである。スサノヲは『日本書紀』に「性、残《そこな》い害《やぶ》るを好む」と記されるように、姉や兄たちと違って生まれつき暴力的で反秩序的な存在であり——ちょうど「永遠」に魅せられた「悪人」を自認した谷崎が周囲の人を苦しめたように——暴れまわった。それは生まれたての赤ん坊がひたすら泣き続けるのと同じで、温かく自足していた母胎から冷たくひりひりしたこの世界へと否応なく引きずり出されたことの不愉快さのために、――この世界にあることそのものの不快さのために、泣き暴れるのである。それは谷崎の好む言葉を用いれば、不完全な現世がそもそものはじめから取り返しようがなく喪ってしまっている「永遠」を求めて泣いているのだともいえる。それが父の「お前はいったい何が欲しくて泣いているのか」という断固とした問いかけに、ある躊躇《ためら》いの後に思い切って「妣に会いたいのです」と答えた時、その時はじめて、それまであてどもなかった欲求の対象が、不在の母という具体的な像を結ぶのである。

## もう一人の母恋いびと

スサノヲとならぶ日本の文学史の中の母恋いの問題児、つまり『源氏物語』の主人公・光源氏にも実は同じことがいえる。よく知られたように、父の帝と母の桐壺更衣との悲恋の末に、母の命と引き換えにこの世に生を受けた光源氏は、「紫のゆかり」とよばれる、母と血縁でつながり、母の面影を宿した女性たちへの恋を繰り返す。その恋は帝妃の藤壺に懸想したり、その間に生まれた子を父の子と偽って立太子させたり、幼い紫の上を親元から攫《さら》うように連れて来たりと、青山を泣き枯らしたスサノヲと同じように、平安時代の社会秩序と日常茶飯の世界とを根底からひっくり返す危険をはらんだものである。

あまり指摘されない重要なポイントは、光源氏は母の顔を覚えていないということである。彼が三歳の時に母はこの世を去ったのだから。光源氏は兄の皇太子をしのぐ抜群の才能と器量とをもちながら、桐壺更衣への敵愾心に凝り固まった弘徽殿女御とその父の右大臣とが牛耳る貴族社会で淋しさと息苦しさとの中に育ち、周囲の女房たちから母の美しさと不憫さ、そして藤壺が母と「いとよう似たまえ」(『源氏物語』桐壺巻)ることをささやかれて、藤壺への激しい恋に走る。光源氏を初めて魅了したのは母の姿ではなく、母に似ていると聞かされた藤壺の姿である。この時はじめて、若き光源氏を形容する言葉として多用される「心細」さを――つまり光源氏の生まれ落ちた世界の本質的な欠損感・不十全感を、代補し、満たす形象として、不在の母が焦点を結んだのである。スサノヲや光源氏を甘ったれた（現代の日本で一般に流通する意味での）マザコンとして笑う風潮があるが、そんな人もおそらく「妣」とは別の形象に、この世に生まれてきたこと自体の泣きたい気持ちを託しているに違いない。

　折口は、昔の日本人が抱いた「妣が国」への憧憬とは結局「心身共に、あらゆる制約で縛られて居る人間の、せめて一歩でも寛《くつろ》ぎたい、一あがきのゆとりでも開きたいという解脱に対する惝怳《しょうこう》」に近いと述べている。われわれを取り巻く世界が、何か不本意な「制約」や輪郭線に区切られてしまって本質的に欠損をかかえたうらぶれた世界だと感じられる時、その輪郭線の反対側に浮かび上がる満ち足りた何ものかの像が「妣」なのである。だから、後半生の谷崎の恋うる対象が、五十二歳で亡くなった谷崎セキという生身の人とはほとんど関わりをもたない抽象的で理念的な「母」であるのは、『古事記』のスサノヲに源を発し、『源氏物語』の光源氏にかつて噴出した、折口のいう「曾ては祖々の胸を煽り立てた懐郷心《のすたるぢい》の間歇遺伝《あたゐずむ》」にほかならないのである。

**青春小説としての『痴人の愛』**　大正十三〜十四（一九二四〜二五）年の『痴人の愛』は一般に、本章で見てきた暗い時代の谷崎の作風と実人生との両方とを代表する作品とみられている。ハリウッド女優や西洋風のライフスタイルへの憧れ、せい子をモデルとした放埓なヒロイン・ナオミ、彼女に魅了されてすべてを投げ出す愚かしい主人公・譲治。たしかに大正期の谷崎の作品と生活とがここに集成されている。しかし正確にいえば、この作品は母の死と関西への移住とによって、その荒れに荒れきった嵐のような一時期の生活に一旦けりがつけられ、ひととおりの整理が終わった後で、はじめて書かれえたものである。セリーヌの『夜の果てへの旅』とか、ボリス・ヴィアンの『うたかたの日々』とか、青春小説とはなべてそういうものであるだろう。

『痴人の愛』は大評判となり、「ナオミズム」という言葉まで流行したが、それは譲治と奈緒美との――いやジョージとナオミとの、醬油の匂いがまるでしないハイカラで自由な新生活が、当時モボ（モダンボーイ）・モガ（モダンガール）とよばれた若者たちの共感をあつめ、また逆に年配の保守的な人々からの激烈な反感を買ったからである（そのために『大阪朝日新聞』での連載は中止に追いこまれた）。けれども『痴人の愛』が大ヒットし、内容的にもやはり傑作であることが疑いえないのは、この小説がこのように当時の社会の風潮と願望とを巧みに摑んだ風俗小説だからである以前に、何より谷崎のほとんど唯一の恋愛小説だったからではなかろうか。

たしかにハリウッド映画の女優たちに憧れる語り手の譲治は、どこか本質的に安っぽい西洋崇拝を抱いた谷崎作品おきまりの主人公で、カフェの女給の奈緒美に惹かれたのも、別に彼女の内面の

「人格」や「魂」のような高尚なものに惚れたわけではなく、彼女の名前が「NAOMIと書くとまるで西洋人のよう」で、彼女が日本人離れした「西洋人臭」い肢体と、「活動女優のメリー・ピクフォードに似た」白人風の容貌とを持っていたからである。けれども二人の顛末には、学生時代から周囲の友人たちが神聖視する「恋愛」にあれほど意地悪く毒づき続けていた悪達者な作家には意外な、まさに「お伽噺」のように純真な恋愛の始終が、図らずもあらわれている。二人は「成るたけ所帯じみないように」「お伽噺《とぎばなし》の家」と名付けたハイカラな文化住宅で「友達のよう」に夫婦として暮らしはじめ、洗濯も面倒がるナオミが、一度着たきりで脱ぎ捨てた服が取り散らかった寝室で、子どものように無邪気に戯れあい、「大きなベビーさん」「パパさん」と呼び合いながら譲治は「西洋風呂」でナオミの日焼けした背中を丹念に洗ってやったりもする。

そして最後に、そんな頃からずっとナオミが札付きの不良少年たちと放埓に関係をもち続けていた「非常な発展家」であることが露見し、すべての幸福な幻想が破れて、愚かな夫は涙にくれることになる。この顛末はもちろん、ナオミの「精神」ではなく、彼女とのモダンな生活だけを求めている譲治一人のきりきり舞いに終始しているのだが、やはりその「たわいのないままごと」のような幸福な一瞬と、それが取り返しようもなく喪われてしまったあとで、「どうしてそんなに下らない事がそんなにも懐かしいのか」といぶかしむ男の姿とは、どこにでもある平凡で、しかし身を切るように切ない恋と青春との形象を、このひねくれた作家にしては驚くほどの素直さでえがきえているように思われる。

　そしてこの小説は譲治とナオミの物語に終始するのではなく、譲治の母の死がその決定的な転機としてさしはさまれている。ナオミの正体が露見し、彼女が「お伽噺の家」を出て行って譲治が失恋と孤独とに悩んでいるさ中に、郷里の母が脳溢血で急死する。

## 起点としての母

その母親にこうも急激に、思いがけなく死なれた私は、亡骸の傍に侍りながら夢に夢見る心地でした。つい昨日まではナオミの色香に身も魂も狂っていた私、そして今では仏の前に跪いて線香を手向けている私、此の二つの「私」の世界は、どう考えても連絡がないような気がしました。昨日の私がほんとうの私か、今日の私がほんとうの私か？——嘆き、悲しみ、愕《おど》きの涙に暮れつつも、自分で自分を省ると、何処からともなくそう云う声が聞えます。「お前の母が今死んだのは、偶然ではないのだ。母はお前を戒めるのだ、教訓を垂れて下すったのだ」と、又一方からそんな囁きも聞えて来ます。……（中略）……此の大いなる悲しみが、何か私を玲瓏たるものに浄化してくれ、心と体に堆積していた不潔な分子を、洗い清めてくれたことは云うまでもありません。此の悲しみがなかったなら、私は或は、まだ今頃はあの汚らわしい淫婦のことが忘れられず、失恋の痛手に悩んでいたでしょう。

（『痴人の愛』）

女手ひとつで譲治を育て、ナオミとの野放図な結婚にも小言ひとつ言わず陰に陽に援助してくれ、常に慈愛に富んで「私を信じ、私の心持を理解し、私の為めを思ってくれ」た譲治の母は、谷崎の母とは別人である。けれども「つい昨日まで」少女の「色香に身も魂も狂っていた」のが突然、苦労に苦労を重ねた母の亡骸の前に引きずり出され、その二人の女性と、彼女らが象徴する二つの世界との落差に呆然とした譲治と谷崎自身とは、まったく同じ人である。ここで浄らかで「玲瓏たる」亡き母と、「汚らわしい」「不潔な」ナオミとが、まさに永遠のイデアとその不完全な影のように分離してはじめて——より正確にいえば、イデアと化した亡母からの落差でナオミという「汚らわしい」キャラクターが造形されてはじめて、『痴人の愛』は書き始められたのである。母の死は、実は『痴人の愛』の起点である。

それは本作の姉妹作である「肉塊」で、浄らかな亡母と奔放な女優のグランドレンとの対比が作品の基本構造をなしているのと同じ消息である。そして「肉塊」では亡母（と、それを継いだ貞淑な妻の民子と）が体現しているものは「永久の美の姿を持つ女性」あるいは「永久に朽ちない『女性』の真実と美しさ」と、『痴人の愛』より明瞭に言い表されるが、ここに濃厚な影を落としているのはもちろんプラトンである。われわれは円とは何かをみなよく知っている。ある一点から等距離にある点の集合である。けれどもいざそれを現実に紙に書いてみると、どうしても微細にずれたり歪んだりしてしまって、完璧な円というものは現実には存在しない（プラトン「書簡集」第七書簡、三四二C）。このイデアとしてだけ存在する完全な円と、その現実世界における「描かれ、消され、轆轤《ろくろ》で作られ、壊され」（同）る不完全な影という関係が――とりわけ現実に受肉したイデアの不完全性、本来のイデアからのずれという発想が、「刺青」や「少年」以来の、どうしても「妖婦」と「悪」とに惹かれてしまう自身をみずから腑分けするための論理として与えられたのである。彼の根本的な思慕の対象はまさに真・善・美の一致した「永久に朽ちない『女性』」であるけれども、その理想が現実に受肉すると――プラトンの言葉でいえば「顕現《パルーシア》」すると――、いかんともしがたくナオミやグランドレンのような悪辣な「妖婦」として現成してしまい、事実上はそんな「妖婦」の毒々しい美に愚かに跪くしかなくなる、というわけである。

　だから『痴人の愛』でナオミは再三譲治の理想からずれ、永遠の女性のイデアからずり落ち、生身の生臭さをあらわにする。西欧崇拝を基調とする『痴人の愛』では、いまだ以降の作品のように永遠の女性のイデアが「母」に一本化しておらず、「アヴェ・マリア」以来の「白」のほうがむしろ強く残っている。譲治がナオミに惹かれたのは、彼女が日本人離れして白人に近い容姿をもっていたからだが、いざ生活をともにしてみると譲治には「その肌の色が日によって黄色く見えたり白く見えたりする」ことがわかってくる。もっとも美しい瞬間にはハリウッド女優そのもの、「白」そのものだが、折々に前には「茶色」や「褐色」と呼ばれていた「黄色」さが、等身大の日本人としての生身が露顕するのである。また譲治は「香水と腋臭との交った、甘酸ッぱいような」香りを振りまくシュレムスカヤ夫人とダンスしているときには「芳烈な酒のように」酔ってしまって、「全くナオミの存在を忘れ」もする。ナオミは「白」の近似値であって「白」そのものではない。

## 美女と肉塊――イデアとその影

譲治は「一輪の美しい花を、さまざまな花瓶へ挿し換えて見るのと同じ心持」でナオミにローマの貫頭衣風だったり、パジャマ風だったり、ナイトガウン風だったりするハイカラで奇抜な着物を何枚もこしらえてやる。「お伽噺の家」中に脱ぎ散らかされたそんな着物は、その頃から「大概は垢じみて」いたのだが、彼女に夢中だった最初のころの譲治は「彼女を抱き起したり、倒したり、腰かけさせたり、歩かせたりして、何時間でも眺めて」いて、そんな不潔さにまるで気づかない。

けれども、追い追いナオミの本性がわかってきてから冷静に辺りを見回すと、「脱いだものは脱ぎッ放し、喰べた物は喰べッ放しと云う有様で、喰い荒した皿小鉢だの、飲みかけの茶碗や湯呑みだの、垢じみた肌着や湯文字だのが、いつ行って見てもそこらに放り出して」あり、「お伽噺の家」は往時の「晴れやかな「小鳥の籠」」とは「すっかり趣を変えてしまって」、「むうッと鼻を衝くような臭い」が満ち満ちているのに気づいてしまう（令和の既婚者としては、この大正の夫に対しては、気がついたときに自分で洗濯や洗いものをすれば終わる話ではないかと思わないでもない）。この壊相《えそう》は、ナオミの後身としてそのわがままさとコケットリーとを引き継いだ『猫と庄造と二人のをんな』のヒロイン、老猫のリリーが可愛がられている部屋に餌と糞との魚くさく「むうッと籠る」匂いが充満していて、しかし彼女に夢中な人間たちはそれにまるで気づかないのと同じ構図である。こうした「妖婦」たちの「白」からはみ出す生身の浅ましさとは、第一章で見た、日常の裂け目に現れる不気味な肉塊――「象」の怪物や『夢の浮橋』の百足と同じものである。谷崎の初期からのオブセッションだった美女と肉塊とは、イデアとその残滓として捉え直されたのである。

しかしながら、たしかに潔癖な理想主義者だったプラトンはイデア界と現象界とを厳密に区別したけれども、日本橋の「少年」が日常の向こう側に垣間見た絶対の美と気疎《けうと》い肉塊とは、果たしてほんとうにそんなに綺麗に二つに画されるべきものだったのかどうか。谷崎がこれから出会う――正確には再発見する日本の古典と生活文化の中では、隠沼に生いる蓴菜《ねぬなわ》のように、あるいはぽってりした餡の中に浮かぶ白いつみれのように、そのものをなにか同じものの二様の現れ方として捉えるもう一つの見方がひろがっているだろう。

## 第Ⅳ章

# 日本回帰と円熟

（所蔵：国立劇場）

人形浄瑠璃『心中天の網島』（「道行名残の橋尽し」）の舞台
『蓼食ふ虫』の主人公・要は、文楽人形の小春こそ「日本人の伝統の中にある「永遠女性」のおもかげ」そのものではないのか、と考える。

## 郷土への着地――『蓼食ふ虫』「陰翳礼讃」

### 「帰りつつある」

『細雪』の奔放な四女、妙子には意外な隣人がいた。妙子が借りた夙川《しゅくがわ》（兵庫県西宮市）の「松濤アパート」の現実のモデルは、谷崎が一時仕事場にしていた甲南荘であろう。彼女がそこで奔放な生活を送ったのは作中の時間で昭和十四（一九三九）年十月までのこと。現実世界で昭和十三（一九三八）年十一月から翌年十月まで甲南荘に下宿していたのは、当時帝国酸素株式会社の社員だった大岡昇平である。アパートのぎしぎしきしむ埃っぽい廊下で妙子や啓坊や板倉ら小説の登場人物たちが言い争っているところに、当時スタンダールの翻訳者として世に知られつつあった現実の若い作家がくわえ煙草で通りがかって、例のシニカルな笑みで会釈したかもしれない。その六年後に大岡に生じたあまりにも切実な出来事に材をとった『野火』に、こんな一節がある。

一つの谷があった。私はその谷を前に見たことがあると思った。

日本の鉄道の沿線で見慣れた谷であった。車窓に近く連なった丘が切れて、道もない小さな谷が、深く嵌入《かんにゅう》している。その谷の眺めは、少年時から、何故か私の気に入って、汽車がそこを通る度に、必ず窓外に眼を放ったものである。

しかしその谷と同じ谷が、何千里離れたこの熱帯にあるはずはなかった。門のように迫った両側の丘の林相も、ゆるやかに上った谷底を埋める草の種類も、温帯日本の谷とは違うはずであった。…（中略）…

私はおもむろに近づいた。帰りつつあるという感じが育って行った。谷の入り口を限る繁った突端の間を過ぎると、私は体がしめつけられるように思った。

（大岡昇平『野火』傍点原文）


『細雪』は次第に崩壊の予感を強めながらも昭和十六（一九四二）年の春で、ゆるやかな風趣を崩さぬままに幕を閉じるが、大岡はその後の昭和十九（一九四四）年、三十五歳の時に太平洋の戦局の窮迫とともに徴兵されてフィリピン配属となり、言葉にしえない苦患を味わったあと、彼が終生こだわり続けた言葉でいえば「俘虜《ふりょ》」となって、終戦後に日本に帰還した。「温帯日本」から「何千里離れた熱帯」の風景とは、フィリピンのミンドロ島（大岡自身はレイテ島）の風景である。それは「スコールに覆われた火炎樹の、眼が覚めるような朱の梢、原色の朝焼と夕焼、紫に翳る火山、白浪をめぐらした珊瑚礁、水際に蔭を含む叢《くさむら》等々」のエキゾティックな景物から成っていて、迫り来る確実な死の予感の中でそれらは敗残兵の心を「恍惚に近い歓喜の状態においた」。

門司の港から「奴隷のように死に向って積み出されて行く」大岡は、「祖国をこんな絶望的な戦に引きずりこんだ軍部を憎んでいた」（『俘虜記』「捉まるまで」）が、同時に「私が彼らを阻止すべく何事も賭さなかった以上、今更彼等によって与えられた運命に抗議する権利はないとも思われた」（同）。もう若くはない大岡は、抜きがたい疲れと諦めとの中にあった。対して二十三歳年長の谷崎は、当時すでにゆるぎない文壇の大御所の位置を占め、経済界や出版界の大物との親交ももち、保田與重郎や武田泰淳ら、当時のデスペレートな若者たちの呪詛と憎悪とを一身に浴びた一方で、陸軍報道部の圧力で作品発表のあてもないまま、空襲から逃げ回りながら祈りのように『細雪』を書き継いでもいた。谷崎は果たして「祖国をこんな絶望的な戦に引きずりこんだ」「彼等」の側の人だったのか、それとも破滅に向かって「積み出されていった」大岡の側の人であったのか。

ともあれここで重要なのは、日本では見ることもできない異郷趣味の形象である極彩色のフィリピンの原野の風景が、『野火』の主人公には「体がしめつけられる」ほどの「帰りつつあるという感じ」を与えたことである。極限の疲労と飢餓とで死に瀕している主人公にとって、それは生理的な防衛機制でもあっただろう（懐郷病《ホームシック》はもともと兵士の病気なのだから）。

けれどもより一般的に、ここではないどこかへの憧憬――すなわちエキゾティシズムは、どこかで同時にもはや帰りえない故郷への憧憬――すなわちノスタルジアにつながっている。少なくとも後半生の谷崎にとってはそうだった。谷崎の生来の非日常への憧れが、西洋や中国という見知らぬ異郷ではなく、小暗く懐かしい「妣《はは》が国」へと向けられ始めた様を前章後半で見たが、大正十二（一九二三）年の関東大震災を機に関西に移住し、日本の古典と伝統とに着地してからの谷崎にとっては、エキゾティシズムとノスタルジアとはまったく一体のものとなる。「白蠟の如く晴れ晴れとして浄らか」(前掲「異端者の悲しみ」)な亡母の面影に導かれて、自分の遠い遠い故郷へと「帰りつつあ」ったのが三十八歳からの谷崎であった。その足取りは――ものに憑かれた人によくあるように――あまりにも確信に満ちてたしかで、すくなくとも私には『春琴抄』と『吉野葛』とはとても人間が書いたものとは思えない。だから大正の自由な空気に間に合わず、遠からず破綻と死とが到来することを青春の根本前提としなくてはならなかった昭和初年の青年たちが、「ドストエフスキー的不安の影、むきだしのなやみ」(武田泰淳「谷崎潤一郎論」)にも「世の中が矛盾にみち、時代が閉塞していると感じる気持」(保田與重郎「「春琴抄後語」の読後感」)にもなんら関わりのないこの頃の谷崎の「呪われた完璧性」(同)に毒づいたのも無理はない。ともあれ、まずは陶然と「帰りつつある」谷崎の姿を見届けよう。

## 関東大震災

関東大震災は大正十二(一九二三)年九月一日の正午少し前に起こった。マグニチュード七・九の本震の直後に同等に近い二度の余震が続き、その後の翌朝にわたる余震もいくどかマグニチュード七を超えた。震災は十万五千人余りの圧死者・焼死者と、大正史の暗部である「流言蜚語《ひご》」による朝鮮人の虐殺や社会主義者・無政府主義者の暗殺を生じながら、神奈川・東京を中心に南関東を広く揺らして、開幕以来の江戸と、維新以来の東京との姿を一変させた。神田、日本橋、浅草、深川といった木造家屋が密集した東京の下町は特に被害が大きく、谷崎が深い愛着を抱き続けていた故郷は、倒壊と火災と復興時の都市計画とによって、取り返しようがなく喪われた。

神戸に落ち着いた後の谷崎は「昔の東京が見られるものなら帰りたい気はする」が「いかんせん思い出の深い下町と云うものは、今ではあとかたもない」（「岡本にて」）という。裕福な幼少期には非日常感を覚えて探検し、父の零落後はそこから鬱屈を抱えつつ本郷に通っていた「あの両側に長屋の並んだ路次と云うもの」（「初昔」）――「隠居、妾、お店《たな》の番頭、鳶の頭、大工の棟梁、と云ったような住人が多く、よく格子の内に御神燈が下っていたり、土間の障子を開けた所が直ぐに茶の間で、神棚、長火鉢、茶簞笥と云った小道具よろしく、夫婦者が研ぎ込んだ銅《あか》の銅壺でお燗をしながら小鍋立をしていたりした」（同）、昼日中でも不思議にひっそり閑として薄暗い裏路地。それはもう「ピカピカト軽薄ニタダ明ルイ」（『瘋癲老人日記』）震災後の東京からは喪われてしまった。

地震は谷崎と同世代の大正の人々の思想も揺らした。当時法政大学の教授だった和辻は東京千駄ヶ谷の自宅で罹災したが、震災の二日後、「なりふりもかまわず足を引きずって行く避難者」たちと肩を並べて歩きながら、「なぜとも知らず涙がこみ上げて来た」（「地異印象記」）。往来する人々はみな、それぞれの生活と営利とに追われまくっている普段と違って、「ただ苦しみと苦しみを救おうとする心とのほかに何物も持って」おらず、和辻は「その苦しみを共にわかたずにはいられない切迫した心持ちになった」のである。平成に頻発した震災を体験した人は誰もが知る、いわゆる「被災者共同体」である。「今や一切の営利のシンボルは街から消え去った」と高らかに述べる和辻はこの後、無私と献身とを中心的な徳とする「間柄」の倫理学を説く倫理学者へと転身し、十八年後の真珠湾攻撃の際には「営利」の権化とみられた英米への開戦を支持することになる。平塚らいてうはこの頃には新婦人協会を脱退して著述に専念しており、大杉栄はらいてうの論敵であった伊藤野枝とともに憲兵によって拷問の後に殺害された。有島武郎が自殺し『白樺』が終刊したのもこの年のことで、乃木希典の殉死が「明治の精神の終焉」を示したように（夏目漱石『こころ』）、関東大震災は個人主義・人格主義・教養主義・民本主義・「空想的」社会主義など諸々の「主義」にごてごて飾られた〝大正の精神〟の終わりを象徴的に告げ知らせる出来事であった。

けれどももっとも揺れが激しかったのは、病的なまでの地震ぎらいであった谷崎その人の内面と生活とであった。谷崎は折しも箱根に単身旅行中で、芦ノ湖から小涌谷へ走るバスの中で震災に遭遇した。しかし戒厳令下の交通規制で横浜の居宅には帰れず、沼津から西の鉄道は動いていると聞いて、箱根から三島を越えて沼津まで歩き通した後、汽車にのって関西に出て兵庫の芦屋の知己を頼った。それから汽船で横浜にとって返して妻子の安否を確かめはしたものの、そのまま関西に居ついてしまったのである。当初の気分としては、生活基盤を完全に西に移す気はなく「東京が復興するまでの腰かけのつもり」（「私の見た大阪及び大阪人」）だったのだが、台風の夜に入ってきてそのまま当然のように居ついてしまう家猫も多分、最初はそんな気持ちに違いない。谷崎は当初京都の借家を転々とし、その後兵庫の神戸・芦屋・西宮あたりで転居を繰り返す。熱海の別荘と関西とを往復したり、戦時中に岡山に疎開したりもしたが、後に墓所も京都の法然院に自らさだめ、すっかり関西の人となりおおせたのである。

### 郷土への着地――『蓼食ふ虫』

東京から関西へ、西洋崇拝から日本趣味へという当時の谷崎の嗜好の変化を示すものとしてさかんにあげつらわれるのが、震災から五年後、四十二歳の時の『蓼食ふ虫』である。ちょうどこの作品の新聞連載中に、谷崎と千代子夫人との実際の離婚が進みつつあったが、作中でもほとんどリアルタイムで、お互い外に恋人がいて、夫婦としての形だけをとどめている要《かなめ》と美佐子との離婚話が進んでゆく。

「日本趣味」や「江戸時代の趣味」が古臭くて気に食わず、ハリウッド女優に憧れて白人女性のルイズと爛れた関係を続けている要は、関西移住前の谷崎その人であり、ナオミに拝跪する快楽にも飽きた後の譲治である。しかし逆に、妻の美佐子は現実の古風な千代子夫人とはまったく違う、洋装を好みフランス語を習う、軽薄で嫌味なハイカラ女性として造形されている。それは作品自体が谷崎の西洋との〝離婚〟を語っているからである。逆に要が最初は趣味の違いを感じながら次第次第に惹かれてゆくのが、文楽や地唄を好み、すっかり近世風の隠居茶人となりおおせた義父の「老人」であり（もちろん彼も谷崎の分身である）、またその愛人で「京都生れの、おっとりとした、何を云われても「へいへい」云っている魂のないような女」のお久である。要は彼らに連れられて淡路島に人形浄瑠璃の見物に行き、すっかり心惹かれて、暗い閨《ねや》にお久の「人形ならぬほのじろい顔」が浮かび上がったところで、その後の――おそらくは「老人」に仕組まれた――あやまちを余韻の中に示唆して小説は終わる。

物語のクライマックスをなす淡路島への旅は、故郷へと帰りゆく旅である。「トタン屋根にバラックの今の東京」は震災から復興しても「白っちゃけた家か、亜米利加《アメリカ》の場末へ行ったような貧弱なビルディング」ばかりが建つことになるが、淡路の洲本には「西鶴の浮世草紙の挿絵にあるような町屋」がそのまま残されている。要は「ほっかりと明るく、花やかでありながら渋みがあって、じっと見ているると胸が安まるよう」な街の色合いに「しみじみ心が吸い取られるような気」がしてくる。

そしてそんな懐かしい世界の中心にあるのは、「少年」の昔と同じで、お祭りである。文楽（人形浄瑠璃）は文楽でも、東京や大阪の文楽座ではなく、淡路島まで来なくてはならなかったのは、そこでの興行があまりにものどかな村のお祭りそのものだからである。野天に丸太を組んで莚《むしろ》で囲った仮そめの芝居小屋で、筵の隙間から「見物席に日光の斑点が出来、ところどころに青空が見えたり河原の草がすいすいと伸びたのが覗いていたりして」、「げんげやたんぽぽや菜の花の上を渡って来る風」がふわりと吹きこみ、「村の子供たちが駄菓子や蜜柑をたべながら芝居の方はそっち除けに、そこを幼稚園の運動場のようにして騒いでいる」。それはまったく「里神楽の情趣」で、要は遠い昔に二度、同じものを見たのを思い出す。一度は京都の壬生《みぶ》寺の春の大念仏会の狂言で、「遊んでいる子供たちのガヤガヤ云う話声や、露店で駄菓子やお面を売っている縁日商人のテント張りがびいどろのように日に光るの」が、狂言の「間延びのした悠長な囃し」と「一つに融けて聞えて来」て、折しも「うらうらした春の気分」から要は「うっとり睡けを催して」、夢うつつからはっと覚めても、まだ夢の続きのように間延びした狂言が舞台の上で続いている。そのお祭りの描写は

「少年」の信一邸のお稲荷さんの祭りと同質である。

そしてもう一度は、「幼い時分」に見た、日本橋人形町の水天宮での「七十五座のお神楽」である。ほんとうにそれを見たのが要ではなく谷崎その人なのは言うまでもない。この後すでに還暦を過ぎ、七十に近くなっても、谷崎は「もう一度あの時分の人形町や茅場町の、のんびりとした春の日永に、馬鹿やひょっとこの面を被り、笛や太鼓の音に合せて素朴な踊を踊っていたあのお神楽の雰囲気に、何とかして再び遇うことは出来ないものか」と「たまらなく懐しく」水天宮の七十五座の神楽を思い出している（「幼少時代」）。要と谷崎とは、東京から大阪へ、大阪から淡路へ、見知らぬ異郷に向けて旅したのではなく、本来帰るべき東京の下町が震災で不可逆的に喪われたあとで、淡路へと帰っていったのである。そもそも『オデュッセイア』の昔から、旅とはついに帰る道行きなのかもしれないが。

そして異郷ならぬ故郷の核心である舞台の上に現れるのは、谷崎がこれまでいれこんできたのは生身の人の扮する歌舞伎だったにもかかわらず、文楽の人形でなくてはならなかった。歌舞伎役者の演じる『心中天の網島』の小春は、どんなに演技が巧みでも、どこかそれを演じている役者自身の人格を感じさせるのに、要がいま目を離せなくなっている文楽人形の小春は「純粋に小春以外の何物でもない」。さらにこの人形の小春こそ「日本人の伝統の中にある「永遠女性」のおもかげ」そのものではないのかと要は考える。役者の人格や肉体という夾雑物が挟まらないぶん、「永遠女性」のイデアがそのままに示現するわけである。ここでは千葉俊二が指摘するとおり、プラトンのイデアはむしろ日本風の「型」として捉え直され、「人形」に擬えられるお久へとその影を落としている。要は洲本の街並みを懐かしく眺めながら「今から五十年も百年も前に、ちょうどお久のような女が、あの着物であの帯で、春の日なかを弁当包みを提げながら、矢張此の路を河原の芝居へ通ったかもしれない」と、彼女は「封建の世から抜け出して来た幻影」にちがいないと考える。「お久」は「特定な一人の女」の固有名ではなく、永遠に続いているかのような日本の伝統的な生活風景の中にある女性の「一つのタイプ」に冠せられた名称なのである。

事実要《かなめ》は老人に仕えているお久でなくとも「お久」でさえあればいいであろう。彼の私《ひそ》かに思いをよせている「お久」は、或はここにいるお久よりも一層お久らしい「お久」でもあろう。事に依ったらそう云う「お久」は人形より外にはないかもしれない。（『蓼食ふ虫』）

要が求めているのは定冠詞付きの、大文字の、替えが効かないお久その人ではなく、不定冠詞の「お久」一般である。それはもちろん『源氏物語』の光源氏が藤壺その人、紫の上その人ではなく、生身の誰とも輪郭がぴったり一致することはついにない亡母を――折口のいう「妣」を求めていて、そのために生身の彼女らが深く傷つかざるをえなかったのと同じ消息である。「刺青」や「少年」といった初期谷崎の作品の卓越性は、ポーやボードレールのデカダニズムを、ぎこちない直訳調を脱して近世以来の江戸の町人文化の世界へと――「郷土の美」へと着地させた点にあるという野口武彦の指摘（『谷崎潤一郎論』）は的確だが、プラトンのイデア論も、十年をかけて「アヴェ・マリア」のころの直訳調を脱して、関西の文化風土へと着地したのである。

### 「永遠女性」のイデア——『乱菊物語』

ほど近い四十四歳の時の『乱菊物語』にも、お久に見出された「型の美」が鮮烈にあらわれている。時は戦国時代、古来瀬戸内海の港として栄えた室《むろ》の津（現・兵庫県たつの市）の賀茂神社の神輿渡御に供奉する遊女たちの姿である。

拭うが如く晴れた、正午に近い空の下に、日光の直射を受けている白衣の女菩薩の一隊は、さながら雪のかたまりが現れたようにぱっと明るい。金の幣帛《へいはく》と緋の大口とが、その明るい中に燃えくるめいて、炎を上げそうに思われる。十二人の傾城《けいせい》は、いずれも美しからぬはなく、恐らくはその一人一人が千金に値する器量の持ち主に違いなかろう。そしてこういう場合、同じように正装をし、厚化粧をして顔を揃えると、めいめいの個性的な「美」が眼立たぬ代りに、そこに一種の、重ね写真に似た典型的な美女の輪郭——日本人に、殊に今この場合では南国の日本人に共通な、ある理想的な端麗な容貌が、面を被ったように各々の顔に刻まれているのが感ぜられる。十二人のうちの孰《いず》れを孰れに比べても、鼻の形、眼の切れ工合、頤の尖り加減、額つき、生え際、よくもよくも似た顔が揃ったものだと訝しまれるばかりで、皆一斉に合唱する時の、紅い唇の開き方までが、一直線に牡丹の花びらを列べたような奇観を呈する。それらの顔は表情に乏しく、生き生きとした色彩を欠いているだけ、ひとしお超人間的に神性化されつつ、此の儀式にふさわしい荘厳さを帯び、誰でもその姿に掌を合わせ、伏し拝みたい気分にさせられる。

（『乱菊物語』）

この十二人の美女の列は、すぐ後に「十二人の神々」と形容されるように、まだ古代ギリシアのオリュンポスの十二神の記憶を――プラトンの影をわずかに遺している。けれども、彼女らは自己主張の強い欧米の女優と違って、「個性」や「表情」や「生き生きした色彩」を欠けば欠くほど美しくなる。美は「重ね写真」のように単一の定型・典型としてあり、それを分有する生身の女性たちの個性や表情は、そこからのはみ出し、無くもがなの残滓なのである。そんなはみ出しがなく、美の典型とぴったり一致した姿で現れるのが、本作のヒロインの一人、かげろう御前である。

かげろう御前は、恰《あたか》もこれらの十二人の神々の首座に君臨する女神であった。彼女の顔にも特に此れという個性の輝きは認められない。ただ十二人の代表する理想的な美が彼女の一身に具現して、一段と高められ、引き締められ、純潔にされ、典型的なものの粋が凝っていると云うべきであろう。而も此の女だけは合唱に和せず、固く唇を閉じたまま、剣客が一刀を青眼に構えた時のように、沈んだ、落ち着いた瞳を、しずかに眼の前の幣帛に据えている。その「死」のような凄みのある美の集注した顔の中に、幣帛から反射する金色の円光がほんのり漂っているのである。

（『乱菊物語』）

「十二人の神々の首座に君臨」するのはゼウス神ではなく、古来名高い室の津の遊女たちの長で、普賢菩薩の化身とも信じられた室君《むろぎみ》である。彼女にも「個性の輝き」はなく、彼女に付き従う十二人が少しずつずれながら分有する美を集約し醇化して、「典型的なものの粋」が彼女の風姿へと凝集している。『蓼食ふ虫』のお久が「人形」であったのと同じく、神事に奉仕するために青ざめ緊張しきって表情と生彩とを欠き、彼女がここでほとんど死相を示しているからこそ、賀茂明神に捧げられる幣帛からの――超越的なものからの光の照り返しが、その顔ばせに宿るわけである。

こうして「永遠女性」のイデアが改めて日本の風土と結びついてみると、西洋の文物と結びついていた頃とは違った現れ方をしてくる。『蓼食ふ虫』の要は『心中天の網島』の舞台を前に、次のように考える。今は遊女の小春に代わって、古女房のおさんがそこにいる。

暖簾《のれん》を垂らした瓦燈口《かとうぐち》に紅殻塗りの上り框《がまち》、――世話格子で下手《しもて》を仕切ったお定まりの舞台装置を見ると、暗くじめじめした下町の臭いに厭気を催したものであったが、そのじめじめした暗さの中に何かお寺の内陣に似た奥深さがあり、厨子《ずし》に入れられた古い仏像の円光のようにくすんだ底光りを放つものがある。しかしアメリカの映画のような晴れ晴れしい明るさとは違って、うっかりしていれば見過してしまうほど、何百年の伝統の埃の中に埋まって侘びしくふるえている光だけども。……

（『蓼食ふ虫』）

西洋の「晴れ晴れしい」というよりはむしろ手術台の上のようにどぎついイデアの光の下では、具体的な事物は黒々と影をひいて、ナオミやグランドレンのような「妖婦」の毒々しさとして現象したのだが、同じ光が元禄の大坂天満《てんま》のつつましい商家に落ちてみると、古びたお寺のように「くすんだ底光り」を放つようになる。それはおきんやナオミのような凄絶で蠱惑的な「悪」ではなく、一旦は「じめじめした暗さ」として現れるが、慣れてみると心地よさへと変わってきて、感性にしっくりなじんでくる。ハリウッド女優に焚かれるどぎついフラッシュから、仏像の「くすんだ底光り」へ。それはさらに、谷崎の日本文化論として名高い「陰翳」へと連想をのばしてゆく。

## 陰翳と汚穢――「陰翳礼讃」

谷崎にとって、日本の古い生活文化はただ懐かしいだけではなかった。プラトニズムの時代には清浄無垢な善にして美なるものと、浮世の垢じみた「悪」とは截然と二分されていたが、この新しく見出された故郷では、美と汚穢とはないまぜになっていて、そこでは美はどこかしら汚穢を、汚穢はどこかしら美を、それぞれ含み持っている。

そもそも谷崎が作家として最初に世に問うたのは、『新思潮』第三号の出世作「刺青」ではなく、その創刊号に載せた戯曲「誕生」である。『栄花物語』の有名な藤原伊周《これちか》と道長との男児出生競争に材を取ったこの作品では、平安の貴族社会のじめじめした汚らしさが執拗に描かれる。貴族同士の陰湿な権力闘争、妃たちの嫉妬と確執、後宮の不衛生さと薄暗さ、暗躍する生霊と「呪詛禁厭《ずそまじない》」、割れるように数珠《じゅず》がすられ、護摩《ごま》の炎のあがる中、額から血と脳とを零しながら皇子出生を一心に祈禱する密教僧。そのいやはてに「臭あい、穢《むさ》あい、屎《しと》のような水」の中から「玉のような」皇子が誕生する。この世界には入浴の習慣と頻度とに乏しいために汗や糞尿や経血のにおいがたちこめ、それを隠そうとより強く香が薫きしめられて、かえってそんなにおいも濃厚な香のかぐわしさの一部になっている。そんな日本の古典世界での美と汚穢との一体性を、谷崎は作家としての「誕生」の際にすでに確認していたのである。

それからおおよそ二十年後、新しく知ったエーゲ海の澄明なイデアの光も「くすんだ底光り」に和らげられた後、谷崎は日本、あるいは東洋の美意識の特徴を改めて「陰翳」に見出す。西洋だと明るい光が東洋では翳るのは、要するに垢じみて汚いからである。

われわれは一概に光るものが嫌いと云う訳ではないが、浅く冴えたものよりも、沈んだ翳《かげ》りのあるものを好む。それは天然の石であろうと、人工の器物であろうと、必ず時代のつやを連想させるような、濁りを帯びた光りなのである。尤《もっと》も時代のつやなどと云うとよく聞えるが、実を云えば手垢の光りである。支那に「手沢」と云う言葉があり、日本に「なれ」と云う言葉があるのは、長い年月の間に、人の手が触って、一つ所をつるつる撫でているうちに、自然と脂が沁み込んで来るようになる、そのつやを云うのだろうから、云い換えれば手垢に違いない。

…（中略）…兎に角われわれの喜ぶ「雅致」と云うものの中には幾分の不潔、且つ非衛生的分子があることは否まれない。
（「陰翳礼讃」）

東洋の「濁り」や「翳り」は、つまりは「幾分の不潔、且つ非衛生的分子」に由来し、それがあってこそ東洋人の嗜好にしっくりなじむと谷崎は考える。そんな陰翳を帯びた美とは、漆塗りの器や、昔の女性たちのお歯黒や、行燈《あんどん》が茫と光を投げる日本座敷に見出されているが、「陰翳礼讃」の中で特にその翳りを集めて黒光りしているのは、和式便所と羊羹《ようかん》である。谷崎とは逆に羊羹から見ると（なぜこの人は厠の話のすぐあとに平然と羊羹の話をするのだろう）、その「瞑想的」な色は「玉《ぎょく》のように半透明に曇った肌が、奥の方まで日の光りを吸い取って夢みる如きほの明るさを啣んでいる感じ」がして、「人はあの冷たく滑かなものを口中にふくむ時、恰も室内の暗黒が一箇の甘い塊になって舌の先で融けるのを感じ」る。羊羹を食う時、われわれは確かな量感をたたえた陰翳そのものを嚥下しているのである。そして次に日本式の便所に目を移すと、そここそが谷崎が再発見した〝陰翳ある日本〟を端的に象徴する場所であることがたやすく了解されてくる。

私は、京都や奈良の寺院へ行って、昔風の、うすぐらい、そうして而も掃除の行き届いた厠へ案内される毎に、つくづく日本建築の有難みを感じる。茶の間もいいにはいいけれども、日本の厠は実に精神が安まるように出来ている。それらは必ず母屋から離れて、青葉の匂や苔の匂のして来るような植え込みの蔭に設けてあり、廊下を伝わって行くのであるが、そのうすぐらい光線の中にうづくまって、ほんのり明るい障子の反射を受けながら瞑想に耽り、又は窓外の庭のけしきを眺める気持は、何とも云えない。漱石先生は毎朝便通に行かれることを一つの楽しみに数えられ、それは寧ろ生理的快感であると云われたそうだが、その快感を味わう上にも、閑寂な壁と、清楚な木目に囲まれて、眼に青空や青葉の色を見ることの出来る日本の厠ほど、恰好な場所はあるまい。そうしてそれには、繰り返して云うが、或る程度の薄暗さと、徹底的に清潔であることと、蚊の呻りさえ耳につくような静かさとが、必須の条件なのである。私はそう云う厠にあって、しとしとと降る雨の音を聴くのを好む。殊に関東の厠には、床に細長い掃き出し窓がついているので、軒端や木の葉からしたたり落ちる点滴が、石燈籠の根を洗い飛び石の苔を湿おしつつ土に沁み入るしめやかな音を、ひとしお身に近く聴くことが出来る。

（「陰翳礼讃」）

羊羹がひとえに白く甘い「クリーム」と対比されていたのと同じように、日本の厠は「隅から隅まで純白に見え渡」り、「ムキ出しに明るく」された「西洋便所」と対比されている。それは「もやもやとした薄暗がりの光線で包んで、何処から清浄になり、何処から不浄になるとも、けじめを朦朧とぼかして置」かれた場所である。そして右に引いた「陰翳礼讃」中でも出色の便所礼賛の名文の中で、谷崎が母の懐にいるような「精神」の安らぎを感じている感覚の核心が、「うすぐらい光線の中にうづくまって」薄暗がりへと突き出されたむき出しの尻が、雨音に濡れたひんやりした外気に触れている心地よさと、下から闇とともに不浄なものが立ち昇ってくるわずかな心細さとにあるのは、誰でも気づくことである。谷崎が便所の窓の外に投げた目と、まくった尻の膚《はだえ》とで味わっている日本の伝統的な「四季折々の物のあわれ」は、清浄と不浄とが「もやもや」と曖昧に暈《ぼか》されたもので、その美の不可欠な一環をなしている翳りやくすみとは、ついにはそのはるか下に沈殿している不浄な汚穢そのものにほかならない。谷崎の友人の画家・長野草風は、古風で上品な家の便所はけっして無臭ではなく、「臭気止めの薬の匂と、糞尿の匂と、庭の下草や、土や、苔などのにおいの混合した」「奥ゆかしい都雅な匂」がしたものだと力説し、同調した谷崎も無臭の水洗式だと「清潔一方になってしまって、草風氏の所謂上品な匂、都雅の匂のしない」と嘆いている（「厠のいろいろ」）。まことに「風流はむさきもの」（「陰翳礼讃」）である。

**食欲とスカトロジー**

そして四十七歳の「陰翳礼讃」ではまだねっとり黒い羊羹は便所の暗がりとつながっているにすぎなかったが、六十九歳の「過酸化マンガン水の夢」になると、それは「陰翳礼讃」でいう「自分の体から出る物」と直結するようになる。そこでは料亭で食べた鱧《はも》の葛あんかけの「鱧の真っ白な肉とその肉を包んでいたぬるぬるした流動体」と、その夜の便所に浮かんだ「糞便のかたまり」とがほしいままに連想で繋げられる。それまでの間にも六十三歳の『少将滋幹の母』に、恋しい人のおまるの中に「香の色をした液体が半分ばかり澱んでいる底の方に、親指ぐらいの太さの二三寸の長さの黒っぽい黄色い固形物が、三きれほど丸くかたまって」いるのを「ちょっぴり舌に載せて見ると、苦い甘い味がした」という恋の痴《し》れ者の平中（平貞文）がいた。谷崎作品にみえるこうしたスカトロジーは、恋しい人の付属物がいつしかその人以上の愛着の対象になる物神崇拝《フェティシズム》の一種として得々と分析されるけれども、おそらくそれはむしろ、谷崎の食欲とこそ強く結びついたものである。

終生肥満と高血圧とに苦しめられた谷崎は、異様なまでに旺盛な食欲の持ち主であった。普通の男性ならもういい加減脂ものが食べられなくなる三十八歳のころにも、ステーキ三皿と天ぷら三、四人前を瞬く間に一人でぺろりと平らげていたという（田中純「衣、食、住、踊り」）。そしてすでに羊羹の描写に見えていたように、この食欲は、作品中にあらわれる食べものの異様に微に入り細を穿って、異様にうまそうな描写と直結している。ただし谷崎の食欲の端的な特徴は、その欲望が舌でものを味わうことではなく、腹につめこむことに向けられている点にある。

何か頼りになりそうなもの、——そうだ、此の世の中にはそんなものはない筈だが、若《も》しあるとすれば此の一瞬間の「満腹の気持」だけだ。自分が自分の体の中にしっかりと物を所有して居る感じ、此の感じより外にもっと頼りになるものがあるだろうか？　もっとあてになる感じがあるだろうか？　人間は胃の腑へ物を詰め込む以外に、何かをもっとしっかりと所有することが出来るか？　金持の財産だって学者の知識だってこんなにたしかに、どっしりと重々しく体中へこたえるような所有の感じは得られないじゃないか！　（「鮫人《こうじん》」）

「生油臭い胸の焼けるようなシチュウやビフテキやカツレツ」、それに「ジクジク」煮えた牛鍋を貪りながら、四十歳の時の（！）「鮫人」の主人公はこんな風に自分の異常な食欲を分析する。要するに彼にとっての食とは「たしかに、どっしりと重々しく体中へこたえるような所有の感じ」を、他のどんな行為よりもはっきりと直感させてくれるものなのである。当然それは、死と、病気と、災害とを終生病的なまでに恐れ続けた谷崎の非所有への——窮乏への本能的な恐怖と表裏をなしている。河野多恵子が「肯定の欲望」というあまりこなれない言葉で名指した（『谷崎文学と肯定の欲望』）、恥も外聞もなく少しでも生に近いほうへと向かい、死を遠ざけようとする小児的な欲望である。「美味そうな食い物ばかりが一杯に詰まって居る」「ふくれ上った腹」を抱えて「とろんとした眼つき」をしている時（「美食倶楽部」）、彼は一番確実に生の側にあり、死から一番遠い。食欲が谷崎にとって単なる生理的な欲求ではなく、人生観や世界観の底の底にまで食いこんだ「肯定の欲望」の一環をなしていることは、たとえば次の描写にあきらかである。まずは自伝的な「神童」で、書生として住みこんでいる井上家の豪邸から八丁堀のうらぶれた長屋に帰った場面。

「今日はお前が来るだろうと思って、おしるこを拵《こし》えて置いたから賜《た》べておいで。」

母も折々こんな事を云って、お茶受けの賜べ物を用意して待って居るようになった。そのお茶受けを遠慮会釈なく貪り食うのが、春之助には此の上もない楽しみであった。「おっ母さん、明後日来る時には小豆を煮て置いて下さい。」「すいとんのお露をたべさせて下さい。」などと、彼は遊びに来る度毎に頑是ない小児の本性に復って母に甘えた。

（「神童」）

鬱屈と孤絶感とを抱えながらスノッブな人びとにこき使われている井上邸から我が家へ帰ると、父の事業の失敗や生活の疲れなど夢だったかのように、昔のままに母は愛情に溢れて接してくれる。春之助は「小児の本性に復って母に甘え」ながら、おしるこや煮小豆やすいとん汁を腹に詰めこむのである。ここでは裕福だった昔と恋しい母とおいしい食べ物とが、同時に逆に空腹と貧困と孤独とがそれぞれに一体となっていて、後者に怯えつつ一目散に前者へと逃げこむ構えが、谷崎の人格と作品とを貫く動性として形作られつつあるのが瞭然である。

また昭和十六（一九四一）年十二月八日の対米開戦の夜、折も折、谷崎は東京上野の寿司屋で「芳醇な灘の生一本」の清酒で喉を潤しつつ、「マグテキ」――つまり「鮪《まぐろ》のトロの凄い奴を大きな切り身にしてビフテキ風に焼い」たのをぱくついていた（「高血圧症の思い出」）。

その晩は開戦当日のことなので、私は必ずフィリピンかハワイ辺から時を移さず爆撃機が襲来することと思い、ビクビクしながら食べていたが、そのスリルの故に一層その夜のマグテキは美味に感ぜられた。

（「高血圧症の思い出」）

今にも鋭い摩擦音を立てて焼夷弾が降って来そうな、確実な死の予感に背筋のあたりを粟立たせつつ、そこだけが生のありかであるかのように、目の前の脂っこい肉塊にむしゃぶりつく。食欲は小児的な生への執着そのものなのである。だから谷崎が列挙するうまそうな食べものは、「すいとんのお露」や「マグテキ」、それに鱧や羊羹やつみれなど、どれも舌を喜ばせるだけの繊細であわやかなものではなく、腹にこたえるようにむっちりと詰まっているのである。

ちなみに、江戸っ子の谷崎が上野で鮨《すし》を食べているとはいえ、この人の食の好みはかけらも日本の――あるいは江戸の伝統に根ざしたものではない。よく知られたように、江戸の食文化の中で鮪は「下魚」（『黒白精味集』）であった。血と脂とが多く、生臭いからである。近世末の石原正明は「まぐろの類」を「肉の色赤く黒し、いといと下品なり」といい、「下衆《げす》のくひものなり」（『年々随筆』）と酷評しているし、近代随一の美食家・北大路魯山人もまさにこの鮪のトロを焼いたものを「壮年のよろこぶ下手《げて》美食」（「鮪を食ふ話」）と評している。とにかく脂っこく腹にたまるものを求めるこの食の嗜好は、伝統ではなく谷崎個人の実存に発したものである。

このとき、谷崎が蠱惑的にえがく食べものは、はじめからどこか排泄物のようである。

恐ろしい好い香がする。餅を焦したような香だの、鴨を焼くような香だの、豚の生脂の香だの、韮蒜《にらにんにく》玉葱の香だの、牛鍋のような香だの、強い香や芳しい香や甘い香がゴッチャになって煙の中から立ち昇って来るらしい。じっと暗闇を見詰めると煙の内で五つ六つの物体が宙に吊り下って居る。一つは豚の白味だかこんにゃくだか分らないが兎に角白くて柔かい塊がぶるぶると顫えて動いて居る。動く度毎にこってりとした蜜のような汁がぽたり、ぽたりと地面に落ちる。落ちたところを見ると茶色に堆く盛り上って飴のようにこってりと光って居る。

（「美食倶楽部」）

究極の美食を求めるG伯爵の夢に現れたこの食べものが、普通の人にうまそうに感じられるのはよっぽど飢えている時だけだろう。谷崎は終生そんな飢えの中にいたのである。「ぶるぶると顫えて」いる「白くて柔かい塊」は、前に見たあの気味悪い肉塊と同質のものであるのはいうまでもない。谷崎の美食は、はじめからどこか汚らしい。最後の長編『瘋癲老人日記』に登場するもっとも禍々しくもっとも美しい食べもの、――ヒロインの颯子が（老人の妄想に従えば）老人を挑発し、虐めるために自分の分の鱧の梅肉和えを「ワザト」「穢ラシク喰イ荒」してから「オ爺チャン、コレ召シ上ッテ下サラナイ？」と差し出したのは、そんな美と汚穢とが、美食と糞便とが一体であるような谷崎世界の最後のおとないだったのである。

# おぼろな夢想の核――『吉野葛』『卍』

**夢の源への遡行――『吉野葛』**　薄暗いぼっとん便所とならんで日本のみやびが縮約されたもう一つの場所は、昭和六（一九三一）年、四十五歳の時の傑作『吉野葛』の舞台となった吉野（奈良県中部）である。もともと国文科出身で古典への造詣の深いこの人にとって、郷里の関東にはなく、関西――とくに奈良や京都といった古都にあったのは、どんな路傍の風景にも無数の和歌や物語の記憶が杉の落ち葉のように降り積もって、景物の輪郭が鄙《ひな》や東《あずま》でのように現実にけざやかに切り取られるのでなく、「遠い昔の夢」（「出張撮影に就いての感想」）でぼんやりと暈《かさ》がかっていることである。

吉野はそんな名所旧跡、あるいは歌枕の代表である。飛鳥時代の離宮・避暑地として「山川の清《さや》けき処」と歌われた『万葉集』。大海人皇子（後の天武天皇）が一時かくれた壬申の乱。桜の名所としての『古今集』以降の数多の歌。中世の歌人が隠遁した西行庵。熊野に奥駈ける山伏修験と蔵王堂（現・金峰山寺）。兄に疎まれた源義経の逃避行と、恋人・静御前との別れ。南北朝時代の南朝の記憶。後南朝の伝説。浄瑠璃・歌舞伎の『義経千本桜』。幕末の天誅組の乱と『南山踏雲録』。「み吉野の吉野の鮎」（『日本書紀』天智紀）も「象山《きさやま》の際《は》の木末《こぬれ》」（『万葉集』巻六）も「水激《みなぎ》らふ滝」（同、巻一）も「待たれつる吉野のさくら」（西行『山家集』）も、「とくとくと落つる岩間の苔清水」（伝・西行）も、数多の和歌と、戦乱の記憶とでおぼろに霞んでいる。

もう一つ吉野を隈取るのは秘史である。壬申の乱をのぞいては、吉野はつねに義経であれ、南朝であれ、天誅組であれ、政治的・軍事的な敗者の記憶と結びついている。だから日本人に根深い敗者への同情と哀悼と鎮魂——判官びいきや南朝正統論によって、そこには勝者側の正史には載らない無数の「秘史」がつむがれてきた。主人公の「私」が奥吉野に分け入るのは、南北朝合一の後、南朝の都のあった吉野の峰のさらに奥、人跡途絶えた入の波《しおは》・三の公《さんこ》（現・奈良県川上村）に行在所を構えたと伝えられる、後南朝の遺跡を辿ってのことである。幕府側の討手は「全く路らしい路のない恐ろしい絶壁」がうち続く三の公谷の川上から黄金が流れてきたので、南朝の「正統」を標榜する自天王の居所を知ったと、また討ち取られたその首が雪の中に血を噴き上げたと、後南朝と自天王とをめぐっては、深海魚の巨大な体躯に夥しい海藻やフジツボがびっしり張り付くように無数の口碑が纏《まつ》わっていて、史実と伝説との境を見極めるのはほとんど不可能である。

またある集落には、源義経と静御前との悲恋にまつわる初音《はつね》の鼓《つづみ》の現物が伝わっており（この鼓は中世の『義経記』にすでに記述があるが、どうも『吉野葛』の旅人たちにとってのそれは、近世後期の『義経千本桜』に基づくもの——つまり根も葉もない偽物のようである）、『義経記』では京都に送られたはずの静御前がそこで井戸に身を投げたという伝説とともに、彼女の位牌も大切に供養されている。しかし、それらを代々家宝にしてきた老人の「人のよさそうな、小心らしいショボショボした眼を見ると、私たちには何も云うべきことはなかった」。『吉野葛』の吉野の秋の風景は、無数の古典によってとろりと葛湯に沈んだようにぼかされているだけでなく、その一番奥はついに非現実へと——薄明るい夢へと開けている。

小説家の「私」と、その旧友の津村とが吉野の峡谷に分け入っていくのは、ともにそれぞれの母恋いの思いに衝き動かされてのことで、その谷のどん詰まり、最も現実が夢に侵されているところで、二人はともにそれぞれの母と巡り会う。「私」だけでなく、谷崎その人にとっても、吉野は母の記憶と分かち難く結びついていた。

嘗て私の母も橋の中央に俥を止めて、頑是ない私を膝の上に抱きながら、
「お前、妹背山《いもせやま》の芝居をおぼえているだろう？　あれがほんとうの妹背山なんだとさ」
と、耳元へ口をつけて云った。幼い折のことであるからはっきりした印象は残っていないが、まだ山国は肌寒い四月の中旬の、花ぐもりのしたゆうがた、白々と遠くぼやけた空の下を、川面《かわづら》に風の吹く道だけ細かいちりめん波を立てて、幾重にも折り重なった遥かな山の峡《かい》から吉野川が流れて来る。その山と山の隙間に、小さい可愛い形の山が二つ、ぽうっと夕靄にかすんで見えた。それが川を挟《さしはさ》んで向い合っていることまでは見分けるべくもなかったけれども、流れの両岸にあるのだと云うことを、私は芝居で知っていた。歌舞伎の舞台では大判事清澄の息子久我之助《こがのすけ》と、その許嫁の雛鳥《ひなどり》とか云った乙女とが、一方は背山に、一方は妹山に、谷に臨んだ

高楼《たかどの》を構えて住んでいる。あの場面は妹背山の劇の中でも童話的な色彩のゆたかなところだから、少年の心に強く沁み込んでいたのであろう、その折母の言葉を聞くと、「ああ、あれがその妹背山か」と思い、今でもあのほとりへ行けば久我之助やあの乙女に遇《あ》えるような、子供らしい空想に耽ったものだが、以来、私は此の橋の上の景色を忘れずにいて、ふとした時になつかしく想い出すのである。それで二十一か二の歳の春、二度目に吉野へ来た時にも、再びこの橋の欄干に靠《もた》れ、亡くなった母を偲びながら川上の方を見入ったことがあった。

（『吉野葛』）

母が歌舞伎の『妹背山婦女庭訓《いもせやまおんなていきん》』や『義経千本桜』を好んだのも、そんな芝居の場で「そっと私の耳もとへ口を寄せて、『ほら、あれはこれこれの訳なんだよ』と囁いてくれた」（「幼少時代」）のも、江戸っ子らしいなつかしい言葉遣いをするのも、架空の「私」ではなく、谷崎自身の思い出である。吉野川に隔てられ、「ぽうっと夕靄にかすんで」浮かび上がる背山と妹山とは、『婦女庭訓』では可憐な少年少女の切ない初恋の象徴なのであるが、ここで耳元にかかった母の暖かく湿った吐息とともに「なつかしく」思い出されるとき、それは「亡くなった母」とそれを偲ぶ息子との象徴へと、そしてまた吉野川は二人を隔てる幽明の境の象徴へと、転化している。そして逆に虚構が現実を侵すように、久我之助と雛鳥との初恋に引っ張られて、母への思いは恋人への思いへとどこか質を変えている。同行者の津村の場合により明瞭なように、母恋いが妻恋いへと転化するのは、この小説そのものの主題なのである。

**母恋いと葛の葉伝説**　東から吉野にやってきた「私」と対照的に、大阪に生い育った津村は、西から吉野にやはり「母の俤《おもかげ》」を求めてやってきた。その母は吉野の山村に生まれて、大阪島の内の裕福な商家である津村家に十五歳で嫁入りし、彼を産んで二十九歳で亡くなった。その後「彼の青春期は母への思慕で過ぐされ」、津村が心惹かれた数々の女性はいつも「写真で見る母の俤に何処か共通な感じのある顔の主」だった。

津村の母恋いは有名な葛の葉伝説によって枠取られている。平安時代の人と伝えられる安倍保名は、雌の白狐が化けた葛の葉と名乗る女性と恋に落ち、夫婦となる。その間に生まれたのが伝説的な陰陽師・安倍晴明であるとされている。しかしひょんなことから彼女の正体が露見し、葛の葉は愛しい夫と息子とを置いて、泣く泣く故郷の信太《しのだ》の森に帰ってゆく。

津村と谷崎との他に、この伝説に深い愛着と関心とを抱いていた人がもう一人いた。保名と葛の葉とが暮らした大阪の阿倍野に生い育った折口信夫である。折口はこの「子を生んだ母が何かの事情で本の国に帰ってしまう」異類婚姻譚の話型が日本の精神史・文化史の中で最初に露顕したのが、『古事記』の「妣が国」にほかならないと説く（「信太妻の話」）。童子丸――すなわち後の晴明が「谷峰しどろに越え行」き「あの山越えて此の山越えて」訪ね行く信太の森の「岩隠れ蔦かくれ」の薄暗がり（箏曲「狐噲」）は、ついには黄泉の国の闇と通じているのである。中世から説話や説経節で名高かった葛の葉と晴明との伝説を鮮烈に可視化し、以降の日本人の心に定着させたのは、浄瑠璃『芦屋《あしや》道満大内鑑《どうまんおおうちかがみ》』の「葛の葉子別れ」の段である。

あの、母狐が秋の夕ぐれに障子の中で機を織っている、とんからり、とんかららりという筬《おさ》の音。それから寝ている我が子に名残りを惜しみつつ「恋しくは訪ね来て見よ和泉なる――」と障子へ記すあの歌。――ああ云う場面が母を知らない少年の胸に訴える力は、その境遇の人でなければ恐らく想像も及ぶまい。自分は子供ながらも、「我が住む森に帰らん」と云う句、「我が思う我が思う心のうちは白菊岩隠れ蔦がくれ、篠の細道掻き分け行けば」などと云う唄のふしのうちに、色とりどりな秋の小径を森の古巣へ走って行く一匹の白狐の後影を認め、その跡を慕うて追いかける童子の身の上を自分に引きくらべて、ひとしお母恋いの思いに責められたのであろう。

（『吉野葛』）

谷崎が見た関西の風景がつねに過去の物語や和歌に先駆けられていたのと同じように、谷崎の関西体験が結晶化したこの小説そのものが「葛の葉子別れ」の段に先駆けられている。『吉野葛』自体が、「色とりどりな秋の小径を森の古巣へ走って行く一匹の白狐の後影を認め、その跡を慕うて追いかける童子の身の上」を「明治の末か大正の初め頃」の二人の青年のこととして語り直した作品なのである。そもそもこの小説の発表前の原題は「葛の葉」であった。

『古事記』の鵜葺草葺不合命《うかやふきあえずのみこと》が海神《わだつみ》の娘である母・豊玉毘売《とよたまびめ》が「本の国に帰ってしま」った後、叔母の玉依毘売《たまよりびめ》と結ばれ、『源氏物語』の光源氏が義母の藤壺や、さらに藤壺の姪の紫の上と結ばれたように、日本の母恋いの約束事の一つは一種の誤配——息子は母その人と結ばれるのではなく、母の面影を宿した人と結ばれることである。幼い津村の「小さな胸の中にある母の姿は、年老いた婦人ではなく、永久に若く美しい女であった」し、葛の葉の子別れに触発されて彼が焦がれ出した「未知の女性」の幻は「母であると同時に妻であった」。それで津村は吉野の旅の終着点、母の故郷の国栖《くず》の集落で、母の姪孫にあたり、どこかに母の面ざしを遺した若いお和佐と出会い、彼女と結ばれるのである。お和佐は「田舎娘らしくがっしりと堅太りした、骨太な、大柄な児」で、国栖の家が紙漉《す》きを生業としているので、手の指が「寒さにいじめつけられて赤くふやけて」いた。郷里から母に書き送られた手紙に「かみをすくときはひびあかぎれに指のさきちぎれるようにて」とあったことから、津村にとってその「水の中に漬かっている赤い手」こそが懐かしさと慕情とを誘ったのである。

忘れてはならないが、逼塞後の母の痛ましい姿として「鬼の面」や「異端者の悲しみ」で谷崎が繰り返し描いたのが、慣れない水仕事で痛々しく赤切れたその指であった。静御前や葛の葉狐のような「なつかしい古代を象徴する、或る高貴の女性」の面影が、鄙の生活に泥《なず》んだ身体に宿って、母恋いの青年と結ばれるのを描きながら、美しい瞼の母と生活に疲れた母との両方を谷崎はながめているようである。そこにひそむわずかな禁忌の感覚こそが、小暗く奥ゆかしい和式便所と違って、明るい秋の光の下、色とりどりの紅葉が吉野川の渓流と飛瀑《ひばく》とに散り敷いてどこまでも澄明な本作の、底のほうのかすかな翳りをなしている。

## 雅びやかな悪徳 ――『卍』

谷崎が関西に惹かれたのは、震災で喪われた昔の日本が保存されていることと、風景と古典とが融け合っていることのほかにもう一つ、最も核心的な理由があった。それは、江戸っ子の谷崎がしげしげと眺めている関西特有の生活文化の中では、――「雅び」の実体が憚りに見出されたように――洗練された優雅なマナーの中に、摘出しようがないほど自然なかたちで悪徳や頽廃が融けこんでいることである。

谷崎はデビュー以来ずっと猥褻なこと、頽廃的なこと、非道徳的なことを描き続けてきたが、それらの化身である「妖婦」はこれまで下町出身だったり、芸者やカフェの女給だったり、正妻の子でなかったり、ハイカラな不良少女だったり、――つまりは良識的な東京山の手の上流社会に対する外部の存在として現れた。それが作家の関西移住後、関西のヒロインたちは東京の「妖婦」たちから嗜虐性と頽廃とはたしかに引き継ぎながら、大阪の上級商家のわがままな令嬢だったり（『春琴抄』『卍』『蘆刈』『細雪』）、平安朝の大納言の正妻だったり（『少将滋幹の母』）、戦国期の上臈だったり（『盲目物語』）、北摂在住の大学教授の妻だったり（『鍵』）――つまりは上方《かみがた》の上流社会の内部の存在どころか、その精華をさえなす女性として現れるようになった。それは谷崎の見るところによれば、何事もさばけて率直な東京風とちがって、含みやじらしに富んだ上方のエレガンスは、猥雑なものを露骨に際立てて排除するのではなく、その内にやんわりと包みこんでしまうからである。

たとえば、猥談などをしても、上方の女はそれを品よくほのめかして云う術を知っている。東京語だとどうしても露骨になるので良家の奥さんなどめったにそんなことを口にしないが、此方では必ずしもそうでもない。しろうとの人でも品を落さずに上手に持って廻る。それが、しろうとだけに聞いていて変に色気がある。

（「私の見た大阪及び大阪人」）

「東京語」の語りの中では猥褻なことがらはどぎつく異物感を示してしまうのだが、上方のことばだと柔らかい語彙となつかしいイントネーションとに包まれて、品を落とすことなく語りの中に包みこむことができる。現に谷崎が或る性的な醜聞を関西の言葉で「品良くほのめかして」語ってみようとしたのが、谷崎の関西ものの第一作となった昭和三（一九二八）年、四十二歳の時の『卍』である。

この作品は大阪の裕福な商家に生まれ、弁護士の妻となった女性が、自分の同性愛が発端となって心中事件に至るスキャンダルの一部始終を告白するスタイルを取っている。最初雑誌『改造』に連載された当初は「わたくし、……と思いましたの」といった東京山の手の奥様言葉で語られていたのを、「関西婦人の紅唇より出づる上方言葉の甘美と流麗とに魅せ」（『卍』緒言）られた谷崎が、大阪府女子専門学校（現・大阪府立大学）出身の助手のアドヴァイスを受けつつ、資産と教養のある関西の女性の「上方言葉」で全文を改稿したのである。
語り手の柿内夫人と光子との密事《みそかごと》は、こんな風に柔らかな関西弁で語り直される。

「まあ、あんた、綺麗な体してててんなあ」――わたしはなんや、こんな見事な宝持ちながら今までそれ何で隠してなさったのんかと、批難するような気持ちで云いました。……（中略）……「あんた、こんな綺麗な体やのんに、なんで今まで隠してたん？」と、わたしはとうとう口に出して恨みごと云うてしまいました。そして「あんまりやわ、あんまりやわ」云うてるうちに、どう云う訳や涙が一杯たまって来まして、うしろから光子さんに抱きついて、涙の顔を白衣の肩の上に載せて、二人して姿見のなかを覗き込んでいました、「まあ、あんた、どうかしてるなあ」と光子さんは鏡に映ってる涙見ながら呆れたように云はれるのんです。「うち、あんまり綺麗なもん見たりしたら、感激して涙が出て来るねん」。私はそう云うたなり、とめどのう涙流れるのん拭こうともせんと、いつ迄もじっと抱きついていました。

（『卍』）

このどんなカップルにもあるはずの初めての逢瀬の純真な喜びを、饅頭の厚皮のような関西弁であえて包まねばならない不道徳なものにし、世間で小説のモデル探しの詮索騒ぎまで惹起したのは、男性のそれ以上に女性間の同性愛を「変態」視し不健全視した当時の社会である。当時、女学校文化の一環として「エス」とよばれる同性愛が流行し、夢野久作の「火星の女」や中里恒子・川端康成の『乙女の港』などの小説も現れたが、それらが現実には男性同性愛以上の不寛容に取り巻かれていたこと、当事者たちよりむしろ男性の好色な視線によって消費されたこと、そして谷崎の『卍』がそんな消費の一産物にすぎないことは自明である（そもそも柿内夫人はいつもの「愚」な男性主人公たちと同質の存在であって、この小説には本質的な意味では同性間の愛は存在しない）。ともあれ、本性を現した途端に東京の「妖婦」たちの口から蓮っ葉な言葉が飛び出したのと違って、関西ではスキャンダラスなことがらが、上流階級の女性の優美なことばのままで「甘美」に「流麗」に語られうることが、谷崎にとっての関西のことばの魅力であった。

ことばだけでなく、東京と違って古い「生活の定式《じょうしき》」（「私の見た大阪及び大阪人」）を遺す中流以上の関西人の生活文化の総体が、優雅なままに悪徳を許容するものと谷崎の眼には映った。東京だと性的な醜聞は永井荷風のいう「投捨てられた襤褸」「悪徳の谷底」（前引『濹東綺譚』）に、ブルジョワ社会の外側に疎外されるのだが、谷崎の描く関西だとそれが平然と上流社会のただ中で起こる。『卍』で柿内夫人と光子とが恋仲になるのは、上流階級の夫人や令嬢の集う私立の美術学校で彼女らに「けったいな噂」を立てられたからで、「高級幇間」のようなその校長は醜聞をタネに強請《ゆす》りまがいに富豪に寄付を要求するような人物である。また『夢の浮橋』や『蘆刈』の話の骨子は、京阪の上流階級の家庭の内側で夫婦以外の男女の情交が──義母と子の間に、また姉と義弟の間に──生じることにある。そんな京阪神の上流家庭をもっとも詳しくえがいた『細雪』も、戦時中の出版統制さえなければ「関西の上流中流の人々の生活」の「頽廃的な面」「「不倫」や「不道徳」な面」を書きこむはずだった（「『細雪』回顧」）。蒔岡家の姉妹たちが「B足らん」と戯れつつ気怠げにヴィタミン注射をし合う冒頭に、すでにそんな頽廃はほのめかされている。

### 関西へのオリエンタリズム

さらにいえば、谷崎にとって関西の雅致《エレガンス》は悪徳の存在を許すのではなく、悪徳と一体なのである。谷崎の見るところでは、万事恬淡でやせ我慢の癖もある東京人と違って、関西人は「すべてがあくどく、エゲツなく出来て」（「私の見た大阪及び大阪人」）いて、食欲であれ金銭欲であれ性欲であれ、欲望が太く大きく、かつそれを隠そうとしない。東京から大阪に帰ってきた時に、駅頭でまずふわりと鼻をうつ花がつおと出汁の香りからして、また東京人のうちでは間違いなく最も図太い欲望の持ち主のこんな断言からして、それはその通りなのであろう。そんな欲望の持ち主の間に醸成されてきたのが上方の雅びな生活文化であって、谷崎が目を見はる優美な言葉づかいや、繊細な味わいの料理や、（江戸のくすんだ「粋」とは無縁の）あでやかな着物は、その一番奥では黒々とした欲望につきあたるようにできているのである。

自分が今生きている息苦しい社会では表に出してはならない官能的な欲望が、あそこでは夢のように赤裸々に許されている。こんな谷崎の関西へのまなざしは、十八世紀以降のヨーロッパ人がアジアに向けたまなざしと、——いわゆるオリエンタリズムと同質のものである。東京の人からすればエキゾティックな生活文化の奥に垣間見られる『蘆刈』の不倫や、『卍』の同性愛（「レズビアニズム」自体が、ボードレールが「レスボスの女たち」でオリエンタリスティックに発見した世界である）や、

『夢の浮橋』の近親相姦は、たとえばアングルの描いたオスマン＝トルコの後宮の女性たちのエロティックな姿態や、同性愛者のジイドが『一粒の麦もし死なずば』で告白する、チュニジアで味わった性的な解放と、質的に違うところはない。もちろん視線が東方《オリエント》に向かおうが谷崎のように西方に向かおうが、それは本質的にぽっと出のよそ者からの身勝手な願望の押しつけであって、その地に生まれてその地に死ぬ人の生活の実情とはおよそ関わりがない。大阪に生い育った河野多恵子が列挙する「彼の関西賛美の随所にみられる、他愛のなさ、時には独善的でありすぎ時には常識的でありすぎるところ、仰山らしさ、あるいは事実上の間違い」(『谷崎文学と肯定の欲望』)、とくにその「独善」性は、私も含めて関西で生まれ育っただれもが感じるところ。谷崎が関西を見るのは、たとえば石川啄木が「かにかくに渋民《しぶたみ》村は恋しかりおもひでの山おもひでの川」「田も畑も売りて酒のみほろびゆくふるさと人に心寄する日」(『一握の砂』)と歌いあげるような、愛憎ともに極まったふるさとへの視線とは全く違って、エキゾティックなものを消費する観光客――あるいはいっそう質《たち》が悪く、植民地にやって来た本国人のような視線である。

## 美への慴伏――『蘆刈』『春琴抄』

**二度目、そして三度目の結婚と『蘆刈』**　谷崎の関西時代の前半、四十代から五十代のはじめにかけての作品には、これまでの谷崎作品にはなかった一つの不思議なモティーフが現れる。愚かな男が絶大な美を体現した女に跪くのは、これまでと変わらない。そこに新しく加わったのは、女が《い》そんな女王のような同性の人の美にかしづくというモティーフである。まず四十二歳の『卍』では柿内夫人がナオミそっくりの光子のいいなりになり、四十六歳の『蘆刈』では姉のお遊のために妹のお静が人生のすべてを捧げ、五十歳の『猫と庄造と二人のをんな』では愚かな庄造だけでなく、品子も、最後には気まぐれで蠱惑的な雌猫・リリーの虜になってしまう。

ここに反映しているのは当時の谷崎の私生活、より正確にいうとちょうどこの期間に彼の前に現れた二人の女性との関係である。その一人は文藝春秋の社員で、谷崎の二人目の妻となった古川丁《と》未子《みこ》。もう一人は三人目の妻となった根津（森田）松子である。

先に谷崎とゆかりを結んだのは松子の方で、昭和二（一九二七）年三月に大阪にやってきた佐藤春夫・芥川龍之介と谷崎とが観劇した夜、芥川ファンの彼女も同席していた。彼女は夫との仲は冷え切っていたものの、既婚者で子どもも二人いた。どこか谷崎の郷里の日本橋に似た大阪の裕福な町人の街・船場の大富豪の家に生まれた彼女は、谷崎の関西憧憬の焦点となり、一種の詩神（ミューズ）となった。出会って五年後に谷崎は「あなた様のことさえ思っておりましたらそれで私には無限の創作力が湧いて参ります」と彼女に書き送り、この頃にはすでに秘密の逢瀬が重ねられていた。当時の谷崎がひそかに一途に松子を思い続け、それが彼女をモデルとした『盲目物語』『蘆刈』『春琴抄』等々の傑作を生んでいったという〝神話〟を、二人が黙契のもとに作り上げていった嫌いはあるのだが、それらの作品群がどれも当時の世間からも絶賛された異様な傑作であること、また当時の谷崎に「無限の創作力」が張りきっていたことは疑いえない事実である。

二人目の妻となった古川丁未子は『卍』の関西弁への改稿の際に、大阪府女子専門学校の学生として谷崎と知り合った。昭和五（一九三〇）年八月に最初の妻の千代子と正式に離婚し、彼女と佐藤春夫とが結婚したのが「細君譲渡事件」として新聞を騒がせたあと、谷崎はその十二月に「一、関西の婦人であること（ただし純京都風の夫人は好まぬ）、二、日本髪も似合う女性であること、…五、美人でなくとも手足の奇麗であること、云々」といった（何か本質的に怠惰で図々しい）「求婚七か条」を新聞に発表してまた世間の話題を攫った。紆余曲折あって二人目の妻として迎えられたのが彼女であった。回想を繰り返すごとに次第に生活に疲れた母が永遠に優しく美しい母へと変容していったように、松子が終生の伴侶となった後の谷崎の語りの中では、丁未子との交歓の記憶は意図的にか無意識にか忘却されてゆくのだが、松子の証言に信を置けるならば、新婚のころの室生寺への旅行にさえ松子が同伴し、ひそかな逢瀬があったのである（稲沢秀夫『秘本 谷崎潤一郎』第二巻）。

丁未子と谷崎とは結婚二年後に早々に協議離婚に到ることになる。

丁未子との結婚から一年後の『蘆刈』は、松子を「明瞭に……頭の中に置いて書いた」（『雪後庵夜話』）だけでなく、彼女を第一の読者に想定し、彼女に宛てられた作品である。大阪の大きな商家では奥方を「御寮人《ごりょうん》様」と呼ぶ。谷崎はその典雅な響きが気に入って作品に繰り返し用いたが、「女主人公の人柄は勿体のうございますが御寮人様のような御方を頭に入れて書いているのでございます」と松子に書き送っている。「女主人公」は大阪船場の裕福な商家で「たからもの」のように皆に傅《かしず》かれて育ったお遊である。男主人公の慎之助はこの「裲襠《うちかけ》を着せて、几帳のかげにでもすわらせて、源氏でも読ませておいたらば似つかわしいだろうというような」、﨟《ろう》たけた、「晴れやかでありながら古典のにおいのするかんじ、おくぶかい雲上の女房だとかお局だとかいうものをおもい出させる」彼女に一目惚れするのだが、結婚することはかなわなかった。彼女は未亡人で亡夫との間に子がおり、まだ夫の家に籍があるからである（もちろん「御寮人様」その人に近い境遇である）。それで彼は彼女の妹のお静と結婚する。彼女は面差しこそ似通えど、「お遊さんとならべましたらお姫さまと腰元ほどのちがいがある」人である。しかし彼女は、姉と夫とがお互い慕い合っているのを察して、自分は「うわべの夫婦」で通して二人の逢瀬の機会を作ってやるために結婚を決意したのだった。姉のために「一生を埋れ木」にするような決断をしたのは、彼女が「お遊さんに身も心もささげるために生れて来たような女でござりましてわたしは姉さんの世話をやかせてもらうのが此の世の中でいちばんたのしい、どうしてそういう気になるのだか姉さんの皃《かお》を見ると自分のことなどはわすれてしまう」ためだという。

**異様な献身と異様な美** 妹の常軌を逸した献身が生じたのは、姉が常軌を逸した美の体現者だったからである。蒔絵の調度に囲まれ、伽羅《きゃら》の香が薫る宮中の局のような豪奢な部屋の中で、膳の上げ下げも着物の着せ替えも専属の女中が行い、「光琳風の枕屛風のかげでねむる」時には湯たんぽがわりに妹のお静に添い寝をさせて、女王のように育った彼女は、常人の分別や良心を持ち合わせていない。当時は東京をしのぐ日本一の商都であった大阪の富を惜しみなくつぎ込んで作られたこの人工の上臈の美は、なにか超地上的なものである。

目鼻だちだけならこのくらいの美人は少くないけれども、おいうさまの顔には何かこうぼうっと煙っているようなものがある、皃の造作が、眼でも、鼻でも、口でも、うすものを一枚かぶったようにぼやけていて、どぎつい、はっきりした線がない、じいっとみているとこっちの眼のまえがもやもやと翳って来るようでその人の身のまわりにだけ霞がたなびいているようにおもえる、むかしのものの本に「蘭《ろう》たけた」という言葉があるのはつまりこういう顔のことだ、

（『蘆刈』）

顔の作り自体は十人並みなのだが、常人の目にはくっきりピントを合わさせない不思議な「うす

もの」がかぶったようで、周囲の人や風景ははっきり見えるのに、彼女のところだけがピンぼけ写真のようになっていて、明瞭な像を結んでいない。「蘭たけた」顔とは、美しいものである以上に、恐ろしいものなのである。

　この二十年後にも、――そして六十年後にも、彼女がまったく老いることなく同じ美しい顔で、毎年の秋の十五夜に、満月の照り映える京都の巨椋《おぐら》の池の面《おも》に浮かぶように現れることが語られる時、読者は再び背筋にそくそくと寒気をおぼえるはずである。はじめからこの世のものでない彼女は、慎之助という〝下僕〟に、「幼稚園の子供の顔」でいつまでも息を止め続けるように命じたり、「笑わんといてごらん」と命じて身体中をくすぐったり、「わたしはねむってもあんさんはねむったらあかん」と命じて自分だけ「すやすやとまどろんでしま」ったりする。多分彼女が移り気で飽きっぽくなかったら、慎之助は窒息しても許してもらえなかったはずである。そしてもう一方のお静は「女中」であった。

　お遊の反道徳《インモラル》というよりも無道徳《アモラル》な美が一番あらわになるのは、慎之助と彼女との別れの場面である。さすがに世間にも二人の噂が立ち、危惧した親族はお遊を実家に引き取った上で他所に再縁させることにした。大阪で長く愛された近松門左衛門の浄瑠璃なら二人は最後の道行《みちゆき》（逃避行）のあと心中するところで、慎之助も一旦はそれを考えるが、思い返してお遊にこう告げる。

　あなたはわたしの道づれにするにはもったいない人だ、普通のおんななら恋に死ぬのがあたりまえかもしれないがあなたという人にはありあまる福があり徳がある、その福や徳をすてたらあなたのねうちはないようになります、だからあなたはその巨椋の池の御殿とやらへ行ってきらびやかな襖や屛風のおくふかいあたりに住んでください、あなたがそうしてくらしていらっしゃるとおもえばわたしはいっしょに死ぬよりもたのしいのです、…（中略）…あなたは私のような者を笑ってすててしまうほど鷹揚にうまれついた人です（『蘆刈』）

これに対する彼女の答えは、この小説で一番恐ろしく、美しいところである。

そうしたらお遊さんは父のことばをだまってきいておりましてぽたりと一としずくの涙をおとしましたけれどもすぐ晴れやかな顔をあげてそれもそうだとおもいますからあんさんのいう通りにしましょうといいましたきりべつに悪びれた様子もなければわざとらしい言訳などもいたしませなんだ。父［＝慎之助］はそのときほどお遊さんが大きく品よくみえたことはなかったと申すのでござります。（『蘆刈』）

ぽたりと落ちた「一としずくの涙」以外には彼女には凡常な良心はなく、懊悩の果てに悲壮な覚悟を決めてきた秘密の恋人を「笑ってすててしまう」のが自分だと、「晴れやかな顔」で恬然としている。その時にこそ彼女はもっとも「品よく」見える。平安朝のみやび以来関西の社会や文化に長く深く沈殿してきた「品」――「古典のにおい」や「蘭《ろう》」の正体とは、こんな純粋でまばゆい悪徳だったのである。

　日本の古典に根ざした美とは、ついに怪異や災厄と同じものであって、お遊さえいなければ十人並みの良識ある夫婦となっていたはずの慎之助とお静とは――つまりは谷崎と丁未子とは――〝彼女〟がそこに立ち現れたために、もはやそこでは一般社会の夫婦間の道徳規範など無効になってしまい、二人して美の前に慴伏《しょうふく》するよりほかない。それがこの時期に集中して谷崎作品に現れた、女が女にひれふすというモティーフの論理である。自分勝手極まる夫の証言ではあるが、現実にこの頃妻は「自分もうすうす気がついてはいたがとても自分は奥様〔＝松子〕と競争が出来るような女ではない」「その代り今後は兄妹のように可愛がってください」と、お静とまったく同じ殊勝さで訴えたとのことである（谷崎松子『湘竹居追想』傍点引用者）。もちろんそれは谷崎作品内部の論理にすぎず、その外にあっては、こんなことを秘密の恋人に書き送る谷崎自身の身勝手さは十分に道徳的批難に値するはずである。ともあれこの小説は、神戸に住む小説家が、水無瀬の離宮の風雅や江口の遊女や山崎の合戦といった無数の古典の記憶がよどんだ淀川の渡しで、慎之助の息子から父と母（お静と言われるが、実はお遊であるかもしれない）とをめぐるこうしたスキャンダラスな内情を打ち明けられたという体裁をとっている。「おくぶかい雲上の女房」の風趣や、巨椋の池の月の宴や、蒔絵の調度や、伽羅の薫きしめられた着物や、塗り物の御膳とうつわものの、――つまり谷崎が憧れる関西の雅びの一番奥にはやはり、人がどうしても直視しえず「うすものを一枚かぶったようにぼやけて」しまう禍々しい秘め事がひそんでいることが確かめられているのである。

関西への憧憬、古典への回帰、「陰翳」の発見、詩神《ミューズ》としての松子の出現。

## 『春琴抄』への収斂

こうした谷崎四十代の転換期を集約した作品となったのが昭和八（一九三三）年、四十七歳の時の『春琴抄』である。この小説は発表当初から、異様なまでの評判で世に迎えられた。特に注目すべきは、谷崎の敵であった人たち――普段は谷崎作品に否定的な作家・批評家たちの絶賛である。横光利一とならんで新進の新感覚派の一旗手であった川端康成は「ただ嘆息するばかりの名作で言葉がない」「至難の芸術境が、遂に見事な成果を得て、私は「充ち足りた」ありがたさに、われを忘れるのである」（『新潮』昭和八年七月号「文芸時評」）と絶賛した。さらに谷崎があれだけ敵意を燃やし続けた自然主義文壇のドン・正宗白鳥も、「春琴抄を読んだ瞬間は、聖人出ると雖も、一語も挿むこと能わざるべしと云った感に打たれた」（『中央公論』昭和八年七月号「文芸時評」）と手放しの絶賛を与えている。

川端と白鳥とはさすがに鋭敏である。傑作に対する態度としてはただただ沈黙してため息をもらすのが一番正しいし、『春琴抄』とは何かを知りたい人には『春琴抄』を読めというよりほかはない。けれど学者という因果な商売の身では、『春琴抄』についてあれこれ語らざるをえない。女主人公の鵙屋《もずや》琴《こと》、号して春琴は、今も大手製薬会社の本社が立ち並ぶ大阪の道修町《どしょうまち》の裕福な薬種問屋に、両親から惜しみなく富と愛とを注がれて、わがまま一杯に生まれ育った。そのモデルが松子であるのはいうまでもない。大阪で代々薬種を商い、春琴の父で七代目になるという、彼女が生い育った鵙屋家は、同年に発表された「陰翳礼讃」の陰翳の世界そのものである。

今日大阪の上流の家庭は争って邸宅を郊外に移し令嬢たちも亦スポーツに親しんで野外の空気や日光に触れるから以前のような深窓の佳人式箱入娘はいなくなってしまったが現在でも市中に住んでいる子供たちは一般に体格が繊弱《せんじゃく》で顔の色なども概して青白い田舎育ちの少年少女とは皮膚の冴え方が違う良く云えば垢抜けがしているが悪く云えば病的である。…（中略）…まして旧幕時代の豊かな町人の家に生れ、非衛生的な奥深い部屋に垂れ籠《たこ》めて育った娘たちの透き徹るような白さと青さと細さとはどれ程であったか田舎者の佐助少年の眼にそれがいかばかり妖しく艶に映ったか。

（『春琴抄』）

最近の少女たちの〝健全〟に発育した心身とはまったく異質な、大阪の古い商家の薄暗い奥の奥で「非衛生的」に「病的」に育った箱入り娘たちの「透き徹るような白さと青さと細さ」。それに身も世もなく惹かれてしまうのが、鵙屋の小僧の佐助である。この頃谷崎は自分の家のルーツが近江国（滋賀県）だと知って（「私の姓のこと」）、佐助の郷里を「江州日野」に設定する念の入れようである。有名な話であるが、大阪一、二の豪商であった根津家の「御寮人様」であった時代に終わらず、昭和十（一九三五）年に夫婦となった後も、谷崎は松子を「御寮人様」と呼び続け、自分はその下男の「順市」を名乗って、わがままな言いつけを守ったり、彼女の着たものの洗濯をしたり、甲斐甲斐しく仕え続けた。「御寮人様」と「順市」が架空の世界に転位したのが「こいさん」（下のお嬢様）と佐助なのである。

春琴は九歳の時に病気で失明し、それまでも「天品」を示していた和琴の師匠として身を立てることになる。結局身の回りの世話をすることになったのは佐助で、春琴は彼にことさら辛く意地悪く当たった。彼女は佐助に「どうせよこうせよとはっきり意志を云い現わすことはなく」、「暑い」と彼女がつぶやけばすぐさま団扇で仰ぎ、彼女が座を立つと「それと察して」厠へ連れて行って手水の水をかけてやらねばならないし、わずかでも遅れると「もうええ」とむくれかえる。しかし佐助にだけ春琴が意地悪いのは、被虐的な彼にはむしろ喜びであり、「一種の恩寵」とさえ受け取られた。佐助は春琴の美しさとこうした驕慢のみでなく、その天稟の琴の音にも惹かれ、密かに琴の独習をはじめた。五、六人が雑魚寝する狭い丁稚部屋の真っ暗な押入れの中で、皆が寝静まったあとに手探りで弾くのである。

> しかし佐助はその暗闇を少しも不便に感じなかった盲目の人は常にこう云う闇の中にいるこいさんも亦《また》此の闇の中で三味線を弾きなさるのだと思うと、自分も同じ暗黒世界に身を置くことが此の上もなく楽しかった後に公然と稽古することを許可されてからもこいさんと同じにしなければ済まないと云って楽器を手にする時は眼をつぶるのが癖であった
>
> （『春琴抄』）

佐助にとって琴を弾くことは、春琴の生きている、鵙屋の屋敷の「非衛生的」で「病的」な陰翳を凝集した「暗黒世界」を追体験し共有することなのである。

**むごき芸の道、闌高き恋の道**　この後佐助は四歳下で十一歳の春琴に〝弟子入り〟し、その関係は「こいさん」と下男から、「お師匠様」と弟子へと変化する。春琴の佐助への稽古は凄惨を極めた。真夜中まで「佐助、わてそんなこと教《お》せたか」「あかん、あかん、弾けるまで夜通しかかったかて遣りや」と罵声が飛び、「阿呆、何で覚えられへんねん」と撥《ばち》で頭を殴り、佐助が泣き出すこともあった。

谷崎はここで文楽の人形遣い、生田流の琴、三味線の伝授などを引き合いに出して芸の道によくある稽古の苛烈さ・陰惨さを語るが、これも谷崎が関西に見出した秘密な世界の一つであった。『蓼食ふ虫』が大阪と淡路の文楽の美の再発見を語り、この『春琴抄』そのものが生田流箏曲の（三代）菊原琴治検校に入門した谷崎自身の稽古に材を取り、また京阪神在住の日本舞踊や長唄の名人との交際も長く続いたように、谷崎にとってこうした「遊芸」は関西の美の一精髄であった。けれどもそれは「火の出るような凄《すさま》じい稽古」の世界と表裏一体のものとみられている。師匠に額を叩き割られた血染めの人形の足を白木の箱に納め、ありがたそうに額《ぬか》づいて拝む人形使い。浄瑠璃の一ふしがうまく語れるまで、夏の夜通し蚊に血を吸われながら繰り返した浄瑠璃語り。師匠に怒鳴られ殴られて、階段から後ろ向きに転げ落ちた目の見えない三味線弾き。遊芸の美は、そんな前代の被虐的な血みどろの稽古の世界に裏打ちされて――あるいはそれらを陰翳として、底光りするのである。もともと「嗜虐性の傾向」のある春琴と、作者本人の分身として被虐的な佐助とは、人目もしげく、諸々の因習に縛られた大阪の旧商家の中で「一種変態な性欲的快味を享楽」できる場所として、師匠と弟子との苛酷な稽古というこの伝統へと着地したのである。

長じて二人は事実上の夫婦となり、四人の子にも恵まれたが、春琴は頑なに佐助との正式の結婚を拒み、二人は終生琴の「師匠」とその「門人」とで通した。墓も二人の生前の申し合わせで、春琴の墓の傍らに「侍坐する如く」小ぶりな佐助の墓が控え、今なお「まめまめしく」師に仕え続ける「幸福を楽しんでいるようである」。籍を入れなかったのは、自分の家の小僧上がりとの結婚を春琴のプライドが許さなかったためである以上に、師と弟子という関係があまりに双方にとってしっくりなじむものだったからなのである。

二人の間のもっとも危機的で、――そして最も幸福な事件は、春琴が三十八歳の時に生じた。驕慢で激しすぎる性格と苛烈な稽古とで四方に敵を作っていた春琴の寝床に夜半何者かが忍びこみ、彼女の顔に熱湯を浴びせたのである。いくつになっても衰えず「見ている者がぞくぞくと寒気がするように覚え」るほどであった彼女の容色は見る影もなく焼けただれ、「毛髪が剝落して左半分が禿げ頭になっていたと云うような風聞」まで立った。春琴は佐助の前で「わての顔を見んとおいて」と、はじめての涙を見せて泣き、佐助は意を決して自分の目を針で突き通して失明する。

程経て春琴が起き出でた頃手さぐりしながら奥の間に行きお師匠様私はめしいになりました。もう一生涯お顔を見ることはござりませぬと彼女の前に額づいて云った。佐助、それはほんとうか、と春琴は一語を発し長い間黙然と沈思していた佐助は此の世に生れてから後にも先にも此の沈黙の数分間程楽しい時を生きたことがなかった

（『春琴抄』）

幼少の頃からお互い腹の底の底まで理解しあっていた間柄ではあるが、やはり二人がこれまでになく通じ合った特権的な瞬間である。「佐助、それはほんとうか」という春琴の一語は「喜びに慄えている」ように響いた。そのあまりにも幸福な数分間に、佐助の視界に不思議な変化が訪れる。

佐助は今こそ外界の眼を失った代りに内界の眼が開けたのを知り嗚呼此れが本当にお師匠様の住んでいらっしゃる世界なのだ此れで漸《ようよ》うお師匠様と同じ世界に住むことが出来たと思ったもう衰えた彼の視力では部屋の様子も春琴の姿もはっきり見分けられなかったが繃帯で包んだ顔の所在だけが、ぼうっと仄白く網膜に映じた彼にはそれが繃帯とは思えなかったつい二た月前迄のお師匠様の円満微妙な色白の顔が鈍い明りの圏《けん》の中に来迎仏の如く浮かんだ

（『春琴抄』）

少年の頃の押入れの中の「暗黒世界」と違ったのは、そこが真っ暗ではなく、輪郭も定かでない春琴の顔だけがうすぼんやりした白い光として浮かんでいることである。それはもちろん『蓼食ふ

虫』のラストで闇の中に浮かび上がったお久の「人形ならぬほのじろい顔」と同じ質のものである。視力を喪った後の佐助の世界では、お汁粉の餡の濃闇の中に白い餅がぼんやり浮かび上がるように、「春琴の顔のありかと思われる仄白い円光」だけが薄明るい。けれども、そのぼんやり白いところは佐助にとってだけは「三十年来眼の底に沁みついたあのなつかしいお顔」であっても、現実には包帯の奥に「毛髪が剝落して左半分が禿げ頭になっ」た爛れた顔があったはずなのである。

**ラブストーリーとしての『春琴抄』**

先に見たように正宗白鳥は『春琴抄』に最大級の賛辞を送ったが、「佐助が自ら眼を突いた話を天龍寺の峩山《がさん》和尚が聞いて、転瞬の間に内外《ないげ》を断じ醜を美に回した禅機を賞し達人の所為に庶幾《ちか》しと云ったと云うが読者諸賢は首肯せらるるや否や」という一作の末尾だけは、無くもがなの衒学趣味《ペダントリー》が出たものと非難している。しかし、作品の美的効果の観点からはともかく、春琴と佐助との互いに一途で幸福なラブストーリーとしては、この末尾の一言は必要だったように思われる。

「禅機」が現れるのはたいてい、禅宗の師と弟子との間での所謂「禅問答」の場面である。「不立《ふりゅう》文字《もんじ》」を掲げる禅宗であるから、弟子は単に受験勉強のようにお経に記された仏教の教理を頭に詰め込むだけではすまず、その教えを自分の心身にいかに血肉化できているかを師に示さなくてはならない。だから師のほうも、「仏などただの糞かき篦《べら》［乾屎橛《かんしけつ》］だ」「ミミズをちぎったらどっちに仏性がある」（「蚯蚓両断《きゅういんりょうだん》」の話頭）などと、ただの頭でっかちの秀才だとうろたえてしまうような突拍子もない発言や質問で、弟子が教えを心身で「受用《じゆゆう》」できているかどうかを試そうとする。頭ではなく、身体でわかっていれば、そんな時もうろたえないはずだからである。だから弟子の答えに求められるのは、論理性や知識量ではなく、何よりうろたえず、タ、イ、ミ、ン、グ、を逃さないことである。「機」は「はずみ」であって、そのタイミングのよさこそが「禅機」であり、寒山和尚の賞賛はひとえに、師の春琴の非常事態に際して、佐助がタイミングを逸さなかったことに向けられている。

こんな禅宗の「機」の理論が、同じくタイミングが生死を決する剣術の理論に転用されたように、「禅機」が問われる禅問答は師と弟子との真剣勝負の場面でもある。仏法をブッキッシュなものとしてではなく、自分のこととして理解できている度合いを「見解《けんげ》」というが、師は突拍子もない質問で弟子の「見解」を試そうとし、弟子のほうも不敵に師の「見解」の水準がいかほどかうかがっている。滅多にないことだが、弟子がタイミングを逃さずぴったりちょうどよい答えを返せた時、師と弟子との「見解」はまったくぴったり合わさっているのである。

恋人にいっそう深く依存していて、より小心で傷つきやすい内面を抱えているのが苛烈でプライドの高い春琴の側であるのは、誰でも気づくこと。春琴に熱湯をかけたのが果たして恨みを抱いた外部の賊であったのか、容色の衰えと、なによりそれを佐助に見られることを恐れていた春琴自身なのか、それとも老いてゆく彼女を見たくなかった佐助なのかは、作品の中ではおぼめかされていてさだかではない。ともあれ、一般の人と違って自分の容色を自分で確かめることができず、ただ恋人の視線にだけ一方的に曝される春琴の不安は人一倍のものであり、焼け爛れて変わり果てた彼女の顔は、弟子であり恋人である人への、禅問答のような渾身の問いかけである。問われているのはもちろん恋の深さである。それに対して佐助が間髪を入れず自分の眼を潰し「お師匠様私はめしいになりました。もう一生涯お顔を見ることはござりませぬ」と答えたのは、春琴とぴったり同じ恋の深さを示したのであり、だからこそ春琴が「佐助、それはほんとうか」と答えた後の沈黙の数分間は、印可（禅問答の〝合格〟）の瞬間のように喜びにあふれて晴れやかなのであり、だからこそ「佐助もう何も云やんな」と後はもう言葉もなく「師弟相擁《あいよう》して泣いた」のである。

日本の芸道に特徴的な「伝授」や「免許」や時に残虐なまでに厳しい「稽古」は、もともと室町時代以降に、真言密教や禅宗の「行」の世界から発想と語彙とを借りて形成されたものである。先に見たように、この小説では日本の古い社会の中でサディズムとマゾヒズムとを享楽できる特別な場所を確保するために芸道の世界が選ばれたのだが、それにとどまらず、その大元に禅宗の師弟の丁々発止のやりとりがあるからこそ、二人の恋の成就を語るために必然的だったのである。

第Ⅴ章

# 戦火の中のみやび

（提供：日本近代文学館）

『細雪』下巻の刊本（昭和23年12月）『細雪』は昭和17年に起筆され、脱稿は戦後の昭和23年。この6年間、谷崎は全精力をこの大作に傾注した。

## 平安朝への復古――『少将滋幹の母』

**平安文学受難の時代**

ひとくちに日本文化への回帰といっても、後半生の谷崎が帰っていったのはとりわけて平安時代の文芸である。帰ったのは何も谷崎一人ではない。そもそも王政復古の大号令とともにはじまった近代日本は、――事実上は西欧化の過程でこそあれ――古《いにし》えに復《かえ》ることを建前とし大前提とする社会である。けれども帰るさきは違った。近代日本を牽引した知的・政治的リーダーたちはみな『古事記』や『万葉集』の上古に帰ろうとしたのだが、ほとんど谷崎一人だけが、帰るべき故郷を中古、すなわち平安朝に定めていたのである。

そもそも『古今和歌集』や『源氏物語』を代表とする平安時代の文学は、以降の文学の展開の中で長く理想であり、模範であり続けた。院政期の歌人の藤原俊成は「『源氏』見ざる歌詠《い》みは遺恨の事なり」（六百番歌合判詞）と述べ、その子の定家も「詞は三代集の先達の用ゆる所を出づべからず」（『詠歌大概』）と説き、和歌の拠るべき基準を平安時代にさだめた。鎌倉時代以降武家の世となり、応仁の乱で平安京が焼亡し、〝徳川の太平〟が到来して、社会のありようが根本的に平安時代から変わってしまっても、変わらず三代集（古今・後撰・拾遺の三勅撰集）と『源氏』とをお手本としたみやびな王朝風を保っていることが、よい歌・よい物語の条件だったのである。逆に最古の

『万葉集』は表現も風趣も「上古質朴」（『愚秘抄』）に――荒削りにすぎると見られ、一種の敬遠を受けていた。江戸時代に入り、王朝文学と親和的な仏教に代わって、より道徳的で〝男性的〟な儒教が思想界の基軸となっても、本居宣長は『源氏』に見える「はかなく女々しき」情念こそが――有名な「もののあはれ」こそが人間の「真実の性情」だと高らかに説き、逆に儒教を人間の本性を固苦しく矯める教えだと批判したのである（『紫文要領』）。

けれども、風向きが変わってくるのがちょうど宣長が没した十九世紀のはじめ、江戸時代の後期である。国内での経済格差の増大とロシアやアメリカへの弱腰な外交態度から、政治の当局者である幕府への不満が増大してくると、当時の日本のありようを本来の統治者である天皇の権力が幕府に不当に奪われた状態だと捉え、天皇親政への期待をよせる声が強まってくる。そうなると将軍ならぬ藤原氏の摂政・関白に実権があった平安時代も、不正義がまかりとおっていた時代として否定的に捉え直されてくるのである。

さらにそうなると平安文学も、文学の不易の理想・模範という従来の位置からずり落ちて、貴族たちの不当な専横と奢侈《しゃし》との上に築かれた軟弱な頽廃文学だということにならざるをえない。実は当時広く読まれて天皇の正統性を人々に鼓吹したのは本居宣長の『直毘霊《なおびのみたま》』だったのだが、その弟子で、幕末の志士たちやその後身である明治の政治家・官僚たちに一種の神がかったカリスマとして仰がれた平田篤胤は、『源氏物語』を「淫乱の事ども」ばかり多い書だといい、これをありがたがるのは宣長先生の真意をあやまるものだと憤慨している（『玉襷《たまだすき》』巻一）。また維新に奔走した志士たちがみずからを鼓吹したのも、月次《つきなみ》な王朝風の和歌ではなく、勇壮な漢詩や、『万葉集』中の防人歌《さきもりうた》・東歌《あずまうた》に範をとった「ますらおぶり」の和歌であった。

明治維新後も平安文学の不遇は続く。不当に権力を簒奪《さんだつ》していた徳川幕府を打倒し、「一君万民」の理想を回復したというのが明治政府の正統性を語るストーリーだったから、大化の改新や南朝の奮戦など、それと相似した話型が好まれ、平安時代への否定的な視線は継続された。平安時代は天皇が権力から疎外されている点で、明治政府にとっての否定すべき前代の徳川時代と相似形をえがいていたからである。たとえば東京女子高等師範学校（現・お茶の水女子大学）教授の中村秋香は『源氏』とそれ以降の女手の物語群を「厭うべく、忌むべく、笑ふべく、嘆くべき、無気・無力、優柔惰弱の文」（『婦女雑誌』明治二十七年二月上旬号）と口を極めて罵っている。応仁の乱で焼け出された関白・一条兼良が疎開先の奈良で『源氏』を再読し、そこに「至教の命脈」「和歌の骨髄」が――王朝のみやびの精髄が保存されていると感激した（『花鳥余情』識語）ように、長く朝廷の精神的支柱は『源氏物語』だったのだが、明治に入ると皇室の権威を支えるものは〝史実〟とされ、その批判的・実証的研究を禁じられた『古事記』『日本書紀』に入れ替わった。

そんなイデオロギーやプロパガンダと不可分の政治の世界から離れた文学の世界でも、平安文学には受難の季節だった。明治に新しく到来した西洋の詩歌・小説・演劇が、長い間『源氏』と三代集とを範とし続けた日本人にとって本質的に新しかったのは、何よりそれが写実的だったことにある。和歌の革新運動の旗手となった正岡子規は、千年来の歌がみな「何代集の彼ン代集のと申しても、皆古今の糟粕の糟粕の糟粕の糟粕ばかり」と辛辣に批評し（「歌よみに与うる書」）、自分の目に触れ心を動かしたものをあるがままに詠む「写生」を新しい理想として説き出した。「写生」はスケッチの訳語で、お手本となったのはツルゲーネフらの小説に見える、写実的で非定型的な風景描写である。このとき日本の古典のうちで再評価されたのは、月次な定型にまだ凝り固まっておらず、しかも『古今集』以降のように詠み手が一握りの都の貴族に限定されず、多様な地域と階層との国民の歌を幅広く結集してもいた『万葉集』であった。このあと斎藤茂吉や島木赤彦らアララギ派の歌人たちの活躍によって、旧来の古今主義と題詠とに代わって、万葉主義と「写生」とが近代短歌の理想として固定されてゆく。

**故郷としての平安文学**

結局、谷崎の周囲の人たちが帰ろうとしていたのは、記紀万葉の昔、すなわち奈良時代である。前代まで仰がれていた古典的で規範的な昔、すなわち平安時代は、明治初年の廃仏毀釈によって路傍にうち捨てられた仏像のように、忘却にまかせられた。そんな趨勢の中、関西に〝帰る〟前の大正七（一九一八）年に、谷崎はすでに次のように述べていた。

此頃、平安朝時代の歴史小説を書く必要から、あの頃の物語や、日記や、記録や、詩文などを読んで見ると、僕はつくづく、日本文学の最も隆盛期はあの時代であったように、考えざるを得なくなった。（「新年雑感」）

『万葉集』の雄々しさや『古事記』の質朴さが政治的な意図込みで賛えられる時代に、平安時代を「日本文学の最も隆盛期」と評することには、それなりの勇気が必要なことを忘れてはならない。さらに谷崎は、中世に「文芸が、貴族の手を離れると同時に、堕落して了《しま》った」と続ける。いうまでもないが、〝平安時代（中古）に国民の手を離れて貴族に独占されることで、文学は堕落した〟というのが当時の準公式の文学史観である。「父となりて」に見たように、社会の良識とあべこべのことをぬけぬけといい、周りの人が度肝を抜かれているのを意地悪くながめるのは谷崎の終生の癖だった（悪癖だったのかどうかは微妙なところ）。ここにもそんな知的不良としての谷崎の面目躍如である。この後谷崎は十年を越える年月を費やして平安文学の精髄であり、全五十四巻もある長大な『源氏物語』を三度も全口語訳し、平安時代に材をとった小説『少将滋幹の母』を著す。また舞台は現代でこそあれ、『細雪』と『夢の浮橋』とには『源氏物語』の影響が濃厚である。

この谷崎の平安文学への沈潜の期間は、昭和十一（一九三六）年の二・二六事件と翌年の盧溝橋事件から昭和二十（一九四五）年八月のポツダム宣言の受諾に至る、昭和史の――あるいは日本史総体の暗い谷底である戦中期とほぼかぶっている。言論統制と印刷用紙の配給制とによって作家たちから作品の発表の場が奪われたこの期間、石川淳は「江戸に留学することにした」（「乱世雑談」）とうそぶいて近世の狂歌や戯作に没頭したが、同じころ谷崎は平安に留学していたのである。もとより、漢学者一族に生まれて旧幕時代に馴染みの深かった石川と同じく、谷崎にとってもそれは「留学」というよりも正しくは「帰郷」であった。谷崎は故郷に何を見たのだろうか。

## 女性崇拝と「意気地なし」

とはいえ、人がふるさとに見出すものなどたった一つに、――本来の自分自身に決まっている。谷崎が平安文学に見たものも、絶大な美を保有して万物の上に君臨する女性と、その前に「愚」に拝跪《はいき》する男という、処女作「刺青」以来の当人の宿命的なモティーフ以外のものではなかった。

谷崎が平安文学の本質が露顕した好例として随筆「恋愛及び色情」に掲げるのが、『古今著聞集』に見える藤原敦兼《あつかね》とその奥方とのエピソードである。刑部卿の敦兼は「世にも稀な醜男」であったが、その奥方は「すぐれて器量の美しい人」であった。あるとき奥方が宮中に五節の舞を見物にいったところ、周りの公卿たちはとりどりに「花やかな姿」で自分の夫のように風采のあがらない人は他にいないのを「心うく覚え」て、帰ってからも夫がますます生理的に嫌になり、顔も合わせず、ものも言わずに奥に引きこもってしまった。

ある秋の夜、遅くに職場から帰宅した敦兼は、誰も出迎えてくれないがらんとした屋敷で、月の光と風の音とが深く身に沁みる中、篳篥《ひちりき》を取り出して「ませのうちなる白ぎくも、うつろう見るこそあわれなれ、われらが通いて見し人も、かくしつつこそかれにしか」と詠った。――秋の露と冴え渡った月光とを蒐めたような白菊も、籬《まがき》の内に囲われて次第にうつろい萎み枯れてしまうように、昔は深く契り交わした妻とも、こんな風に隔てられたまま離《か》れてしまうのか。奥に隠れていた奥方は、これを聞いて「急に哀れを催して」夫を迎え、その後夫婦仲は「非常にこまやか」となった。

谷崎は一連のやりとりを次のように評している。

思うに後世、武門の政治と教育とが一般に行き亙った時代から見れば、北の方の不都合は論外として、敦兼のような夫はまことに男子の風上にも置けぬ奴、「男の面よごし」として擯斥されたであろうことは想像に難くない。こう云う場合、鎌倉以後の武士であったら、潔く女を思い切るか、思い切れなければ直ちに奥へ踏ん込んで存分に成敗を加えるかする。女も大概そういう男をこそ好くのであって、敦兼のような女々しい真似をすれば一層嫌われるばかりであるのが、われわれの普通の心理である。

（「恋愛及び色情」）

文芸が中世以降、貴族の手を離れると「だんだん衰えた」（前掲「新年雑感」）という谷崎の風変わりな文学史観を支える物の見方がここで解説されている。要するに武家社会に特有の、夫が妻を（暴力の行使も込みで）監督するという男性上位の夫婦関係が中世以降流布すると、すげなく夫を足蹴にする妻と、おろおろとその情けを乞う夫というこの平安朝の佳話が成立しなくなってしまうのである。後代の文芸の中には「此の敦兼のような意気地なしの男の例はちょっと思い出せない」と谷崎はいう。そして男の「意気地なし」は「女性崇拝の精神」と表裏一体である。

平安朝の文学に見える男女関係は、そう云う点で外の時代と幾分違っているような気がする。

敦兼のような男を意気地がないと云ってしまえばそれ迄だけれども、これを云い換えれば女性崇拝の精神である。女を自分以下に見下して愛撫するのでなく、自分以上に仰ぎ視てその前に跪く心である。（「恋愛及び色情」）

いうまでもないが、谷崎はここで自分には想像もつかなかった新しい世界に目を見はっているわけではない。「刺青」以来の自分に一番親しい世界を、淡くゆるゆるとした女手《おんなで》の平安朝の草子類の上になぞり直しているだけである。「意気地なし」は当然「愚と云う尊い徳」や「瘋癲」と同じものだし、「女性崇拝」はそのまま谷崎の全作品に通底するテーマである。

「女性崇拝」は「男が女の映像のうちに何かしら「自分以上のもの」「より気高いもの」を感ずること」とも説明され、『源氏物語』の「光源氏の藤壺に対する憧憬の情」はそれに近いものだと谷崎はいう。この平安文学最大の「意気地なし」がもっとも「愚」に激しく藤壺に憧れたのは、おそらく「賢木」の巻の次のくだりである。藤壺と源氏の間の秘密の子がすでに春宮（皇太子）として立ったので、絶対に世間に二人の関係を気取られるわけにはいかず、源氏を素っ気なく突き放す藤壺だが、彼女とお付きの女房たちとの阻止を物ともせずに、源氏は強引に彼女の居室に上がりこみ、夜が明けきっても帰らずに塗籠《ぬりごめ》の中に潜んでいる。

ついふらふらとお迷いになって、やおら御帳台《みちょうだい》の内を伝うておはいりになって、御衣《おんぞ》の褄《つま》を引き動かされます。けはいもしるく、さっと薫物の香《か》が匂いましたので、宮は浅ましくも恐ろしくお思いなされて、そのまま俯しておしまいになりました。せめてこちらを向いて下さいましと、辛く情なくて、お引き寄せになりますと、御衣をするりと脱ぎ捨てておいて、いざりながらお逃げになりましたが、思いも寄らずお髪《ぐし》が御衣にまつわりついて男君の手に取られましたので、何とも心憂く、宿世《すくせ》のほどが思い知られて、たまらなくお感じになります。男君も長い年月の間怺《こら》えしずめていらしったお心がすっかり乱れて、我が身で我が身がお分りにならず、何やかやと泣く泣く恨み言を仰せられるのですけれども、何というといやらしいことをとお思いなされて、おん答《いら》えもなさいません。ただ「たいそう気分がすぐれませんものを、こんなでない折もありましたら、その時にして」とおっしゃるのですけれども、君はお胸の中の尽きせぬことどもを言い続け給うのです。

（新々訳『源氏物語』「賢木」巻）

駄々っ子のように聞き分けのない光源氏に疲れ果てて伏せっていた藤壺は、さすがにもう帰ったものと思いこんでいた彼にいきなり物陰から迫られて、物の怪のように「浅ましくも恐ろしく」感じて逃げ惑ったが、髪をつかまれてしまい、自分の宿命（「宿世のほど」）をおぞましく思い知る。源氏はもう何の自制心もなくなって無我夢中でかきくどくが、藤壺にはそんな彼がただただ疎ましくて仕方がない。

この場面での藤壺にはもはや、かつては「かがやく日の宮」と讃えられたこの世のものならぬ気高さはなく、ただ世間の目を恐れ、我が子の行く末だけをひたすらに祈る等身大の女性と化しているが、一方源氏はまさに「意気地なく」母の愛情を乞う子どものように──源氏はここで自分の子と藤壺の愛情を競っているわけである──藤壺の前にひれ伏して泣き喚いている。謡曲「定家」で式子内親王に恋した藤原定家が数百年の後にも葛《かずら》となって彼女の墓に絡みつき続けていたように、女が男をつれなく突き放し、男が女を「思い切る」でも「存分に成敗を加える」でもなく、ただ浅ましく愚かしくその情けを乞い続ける構図は、たしかに武家のマッチョイズムが社会を覆う前の平安貴族の世界にこそ典型的に現れるわけである。

## 和辻の平安文学論──「永遠の根源への思慕」

ほかの何である前に戦争する近代国民国家であった戦前の日本では、特に学校と軍隊とを通じて「尚武の風」が社会の隅々にまで行き渡り、平安文学は軟弱で柔弱なものとして、否定的な評価しか与えられなかった。だから中世以来、中流階級以上の女の子にとって最大の〝教科書〟であり続けた『源氏物語』が取り上げられ、代わりに「修身」の教材として儒教風の貞女譚があてがわれたのである。そんな時代に、谷崎と口ぶりを合わせるように平安文学を「意力の不足」と評した人がいた。和辻哲郎である。前にニーチェと樗牛をめぐって見たのと同じように、平安文学についても和辻はこの悪友と、ある地点まで同じように進み行き、ある地点できっぱりと別れる。その別れは今度こそ終生の訣別となった。

『ニイチェ研究』『ゼエレン・キェルケゴオル』を相次いで著し、青年期にはヨーロッパの初期実存哲学の紹介者であった和辻は、大正八（一九一九）年、三十歳の時の『古寺巡礼』を転機に日本の美に目覚め、一種の日本回帰を遂げる。谷崎よりもやや早い帰郷であった。その後の和辻は仏教美術、平安文学、歌舞伎など日本の美の精髄を縦横に論じて、日本文化史家・日本美術史家として活動した。和辻は今では倫理学者として知られるが、それは大正十四（一九二五）年に西田幾多郎に京都帝国大学に招かれた際、倫理学講座の講師として着任して以来のことで、その後東京帝大に転任して名実ともに日本を代表する倫理学者となったが、東大を定年退官後は『桂離宮』（一九五五年）や『歌舞伎と操り浄瑠璃』（同年）を書き継ぎ、日本の文化と美の世界に戻っていった。

そんな日本文化史・美術史研究の時代に、和辻は『源氏物語』についてもやはり論考を残している。雑誌『思想』に相次いで発表された「『源氏物語』について」（一九二二年）と「「もののあはれ」について」（同年）である。このうち「『源氏物語』について」は『源氏』を紫式部一人の手になる創作と見ず、「紫式部を作者とする「原源氏物語」」の上に無数の女性作者たちが思い思いに増補を繰り返し、現行の長大な五十四帖に至ったという『源氏』の複層的成立説を先駆的に説いたものので、『源氏』研究史では必ず言及される画期的な論考である。しかし『源氏』の成立過程ではなく内実を論じた「「もののあはれ」について」のほうも、重要さでひけをとらない。和辻によれば、平安朝の文学を貫く精神「もののあはれ」とは、次のようなものである。

「もののあはれ」とは畢竟この永遠の根源への思慕でなくてはならぬ。歓びも悲しみも、すべての感情は、この思慕を内に含むことによって、初めてそれ自身になる。意識せられると否とにかかわらず、すべての「詠嘆」を根拠づけるものは、この思慕である。あらゆる歓楽は永遠を思う。あらゆる愛は永遠を慕う。かるがゆえに愛は悲である。愛の理想を大慈大悲と呼ぶことの深い意味はここにあるであろう。歓びにも涙、悲しみにも涙、その涙に湿された愛しき子はすなわち悲しき子である。かくて我々は、過ぎ行く人生の内に過ぎ行かざるものの理念の存する限り、——永遠を慕う無限の感情が内に蔵せられてある限り、悲哀をば永遠の思慕への現われとして認め得るのである。

(和辻哲郎「「もののあはれ」について」)

和辻の行論は甘ったるく昂揚していて意を汲みにくいが、実は画期的なものである。江戸中期の本居宣長は『石上私淑言』や『紫文要領』で、平安朝の文学の精神を「もののあはれ」に見出した。明治に入って、坪内逍遙はこの宣長の「もののあはれ」を「世態人情」と——折に触れて泣いたり笑ったりする人間のありのままの感情と解釈した(『小説神髄』)。宣長を「すこぶる小説の趣旨を解した」(同)先覚者として援用することで、儒教的な勧善懲悪観で固められた旧文学を脱して、近代に相応しい小説という新たなジャンルを立ち上げるためである。けれども和辻はここで、宣長の「もののあはれ」とはそんな単なるべったりした生の情動一般ではなく、その底に潜勢している「永遠への思慕」をこそ意味するのだと、解釈の根本的な変更を迫っているのである。

和辻の挙げる「愛しき子」の場合が、一番理路が見えやすい。人の親ならば誰でも、自分の幼い子どもの生命や、健康や、そのあどけなさが「永遠」のものであってほしいと願う。けれども同時に、人の親になるほどの年頃の人ならば誰でも、その生命も健康も無垢もいかんともしようがなく喪われてしまう場合があると、苦々しく了解しているはず。だから昔の人は目の前で無心に笑っている子どもへの〝いとしさ〟を、「かなし」と言い表したのである。人間は自分が愛する対象が「永遠」であってほしいと願うものだが、同時にこの世ではそんな「永遠」は実現せず、そのものがいつかは喪われてしまうことも、心のどこかで知らずもがなにわかってしまっている。対象にまっすぐ向かう動物の情動や欲望とは違って、人間の感情はつねにすでに、「永遠」を庶幾するがゆえの不可能性の苦い自覚に隈取られている。

和辻がこう語っていた大正十一（一九二二）年にちょうど谷崎は永遠の「白」への憧憬をうたった「アヴェ・マリア」を書き継いでいた。かつては盟友だった二人のロマンティストは同時に「永遠の根源への思慕」を語っていたのである。

## 和辻と谷崎の訣別――「意力の不足」と「意気地なし」

けれどもこの先で二人は再び別れる。和辻によれば、「永遠の根源への思慕」は人間が人間である限りどんな地域・どんな時代にも見られるはずのものだが、それが「歓びにも涙、悲しみにも涙」の「もののあはれ」という、どこまでも受動的で弱々しい現れ方をしてしまうのは、平安時代に限られたものなのである。

永遠への思慕は、ある時代の精神生活全体に規定され、その時代の特殊の形に現れるものであって、必ずしも「物のあはれ」という言葉にふさわしい形にのみ現れるとは限らぬ。愛の自覚、思慕の自覚の程度により、あるいは、愛の対象、思慕の対象の深さいかんにより、ある時は「物のあはれ」という言葉が、率直で情熱的な思慕の情の直接さを覆うおそれがあり、またある時は、強烈に身をもって追い求めようとする思慕のこころの実行的な能動性を看過せしめるおそれがある。「物のあはれ」という言葉が、その伴える倍音のことごとくをもって、最も適切に表現するところは、畢竟平安朝文芸に見らるる永遠の思慕であろう。

（和辻哲郎「「もののあはれ」について」、傍点原文）

和辻のいう「率直で情熱的な思慕の情の直接さ」とは賀茂真淵が「高く直き真心」（『万葉考』）と評した奈良時代の『万葉集』や『古事記』の質朴さのことであり、「強烈に身をもって追い求めようとする思慕のこころの実行的な能動性」とは道元や日蓮に典型的な、鎌倉新仏教の熱烈な求道心を指している。和辻がいうのは、いつの時代の人も熱烈に「永遠」を「思慕」したが、その前後の奈良時代と鎌倉時代との人とは、英雄的に戦ったり過酷な修行に打ち込んだりして能動的にその「永遠」を捉えようとしたのに対し、平安時代の人だけは「永遠」を求めつつもそれを得られないことに、ただめそめそと感傷的に泣き続けるばかりで、あまりに受け身に過ぎたということである。だから和辻の「もののあはれ」への評点は辛い。割合に癇癪《かんしゃく》持ちなこの人は、平安文学特有のぐずぐずした煮え切らなさを「意力の不足」、「男性的なるものの欠乏」、あるいは「精神的の中途半端《ハルプハイト》」等々とこきおろし、最終的に「もののあはれ」への「不満」を表明して論を終えている。

この和辻の「もののあはれ」批判は、もちろん近代日本通有の平安文化全般への〝軟弱〟〝堕落〟との低評価の一端をなすものだが、それ以上に和辻固有の内的な要因があった。「人格主義」の圏内にあった当時の和辻が、「人格」を鍵概念として恋愛・芸術・道徳・宗教といった人間の全活動を覆う体系的な人間論を作り上げつつあったためである。目に見え、手で触れられる世界の外側にある絶対的な「永遠」に触発されたとしても、感受性の平面でひたすらそれを詠嘆しているにとどまらず、人倫の中で無私に振舞ったり、宗教的な行を通じて無限に「人格」を向上させたりすることで、能動的にその「永遠」に接近してゆけるはずだ。この頃の和辻はそう考えていたのである。後の『人間の学としての倫理学』（一九三四年）や『倫理学』（一九三七〜四九年）では、個人的なイメージの色濃い「人格」はいっそう共同体的な「間柄」に取って代わられるが、芸術はついには道徳や宗教へと止揚・昇華されうるというのは、和辻の終生の論点であった。

いうまでもないが、和辻のこの主張は、高山樗牛の「美的生活」を道徳的に乗り越えようとした若き日の試みと同じ軌跡をえがいているし、逆に彼の説く「意力の欠乏」とは「美的生活」の平面にとどまろうとした谷崎が『刺青』で語った「愚」さと同じものである。谷崎にとっては、ある女性に宿った「永遠」の影は、「愚」に、あるいは「意気地な」く跪き続けるのでなくては見えなくなってしまうものだった。和辻は『新思潮』の頃には谷崎の横で同じく跪いていたのだが、やがて立ち上がって、横で愚かしく跪き続けている悪友の非道徳的なやり方とは別の仕方で「永遠」に手を伸ばそうとしたのである。けれど、この偉大な倫理学者・文化史家が谷崎ほどに直接に、また幸福に「永遠」に触れ得たとは私には思えない。

関東大震災後に関西に移住した谷崎はさっそく当時京都帝大に勤め、左京区の若王子《にゃくおうじ》に住んでいた和辻を訪ね（「「潺湲《せんかん》亭」のことその他」）、それ以降二人の交友は復活する。けれども「意気地ない、あるいは「意力の不足」した平安文学をいかに評価するかという点で、二人は思想的にはもう決定的に袂を分かっていたのである。

## 平安の「意気地なし」(1)
### ——平中の場合

では、谷崎や和辻が口ぐちに説く平安文学の「意気地なし」や「意力の不足」とは、具体的にはいかなるものだろうか。そして谷崎の見るところでは、そんな風でないと見えてこない何ものかとは、一体何であろうか。時系列的にははるか後の作品になるが、昭和二十四（一九四九）年、谷崎六十三歳の時の『少将滋幹の母』は、「大体平安朝の古典に取材」（序文）して、三人の「意気地なし」な男の恋のさまと、その恋の焦点として「ほの白く」浮かび上がる一人の女とを描いたものである。

その中心にいるのは、在原棟梁《むねやな》の娘で、大納言藤原国経の北の方（奥方）となった女性である。棟梁の父は『伊勢物語』の昔男のモデルとなった平安随一の色好み・在原業平で、その面影をうつして「世に稀なる美女」と噂された人である。彼女が国経に嫁いだことは世の人を不審がらせた。

国経は藤原北家の出とはいえ本流からは外れており、なにより彼女より五十歳以上年上で、八十歳近い老人だったからである。しかしある夜、当代随一の権勢家である左大臣の藤原時平によって、彼女はこの老いた夫のもとから強引に奪われてしまう。年下の甥とはいえ、位人臣を極めた時平に国経は何も口出しできず、以降彼女は時平の屋敷で暮らすことになる。

　彼女が国経の屋敷にいた頃から思いをよせ、ひそかに逢瀬ももっていたのが『平中物語』で有名な色好みの平中（平貞文）である。彼女が時平に拉し去られた後はますます慕情が募り、恋歌をよみかけたりもしたが、時平の監視は厳しく、逢うよすがもない。その懊悩もあって、時平邸に仕える別の女性に熱烈に恋するが、この侍従の君は男にとって命取りの人であった。「世にも自尊心が高」く、「男を懊《じ》らすことに特別な興味を抱く」性格だったのである。何度恋文を出しても返事ももらえず、とうとう「見たと云う二文字だけの御返事でもお寄越しになって下さい」と泣き言を書き送ると、平中の手紙の「見た」という二文字のところだけ破いて返された。ある夜半、手管のかぎりをつくしてなんとか彼女の部屋に忍び入り、闇の中に「何となくぽうっと、ほのじろいもの」として浮かび上がる彼女を抱きしめたのだが、『源氏物語』の空蝉のように彼女はするりと平中の腕から抜け出して、それきりその夜は帰ってこない。それでなんとか彼女を思いきろうとおまるを盗み出したのが前に紹介したくだりである。しかしその中の穢いはずのものは「丁子を煮出した汁」と「野老《ところ》や合薫物《あわせたきもの》を甘葛《あまずら》の汁で煉り固めて、大きな筆の欛《つか》に入れて押し出したもの」で、思いのほかのかぐわしい香りを放っていた。すべてお見通しの侍従の君があらかじめ手配しておいた、奥ゆかしくも、また禍々しくもある偽物だったのである。

「侍従の君はますます驕慢に、残酷になり、彼が熱を上げれば上げるほど冷かな仕打をし、もう少しと云う所へ来ては突っ放すので」、平中は病になり、とうとう焦がれ死にに死んだ。『今昔物語集』本朝部巻三十、「平貞文、本院の侍従に仮借《けそう》せる事」が伝えるとおりの話である。

## 平安の「意気地なし」(2)

### ―― 国経の場合

もう一人の愚かしい「意気地なし」は、齢八十を越えた国経その人である。美しい北の方が自分のところに来てくれたのを奇跡のようにも恩寵のようにも感じ、彼女一人を宝として、毎夜「一と晩じゅう少しの隙間も出来ないように」彼女に「ぴったり体を喰っ着けて寝」ていたのが、精力の塊のような年若い権勢家の甥に若妻を奪われてしまうと、一言の抗議もできずに、抜け殻のようになってただ呆然と日々を送っていた。彼が一日中閉じこもっている部屋には、妻がいつも薫いていた香が濃く薫《た》かれ、妻が昔身につけていた「袿《うちき》や、単衣《ひとえ》や、小袖や、さまざまな衣装が取りちらかして」あるのだった。彼は去っていった妻を思い切るために天台宗の止観（瞑想）行の一つである白骨観を行う。夜な夜な河原に打ち捨ててある若い女性の屍体を眺め、自分が執着してやまない人もついにはこんなおぞましい肉塊にほかならないと体認して、妄執を断ち切ろうとするのである。国経と北の方との間に生まれた滋幹の目には、父が観じたものはこんな風に映った。

月の光と云うものは雪が積ったと同じに、いろいろのものを燐のような色で一様に塗り潰してしまうので、滋幹も最初の一刹那は、そこの地上に横わっている妙な形をしたものの正体が摑めなかったのであるが、瞳を凝らしているうちに、それが若い女の屍骸の腐りただれたものであることが頷けて来た。若い女のものであることは、部分的に面影を残している四肢の肉づきや肌の色合で分ったが、長い髪の毛は皮膚ぐるみ鬘のように頭蓋から脱落し、顔は押し潰されたとも膨れ上ったとも見える一塊の肉のかたまりになり、腹部からは内臓が流れ出して、一面に蛆がうごめいていた。

（『少将滋幹の母』）

秋の冴え冴えとした月光のもとに照らし出される女性の屍骸のさまは、天台大師・智顗《ちぎ》が『摩訶止観』で「身は冷ややかにして色変じ、虫膿流出す。不浄の臭きところに穢悪充満し、塚間に捐棄せられて朽敗せる木のごとし」（巻七上）と説く通りであり、また女性の死骸が次第に腐乱してゆくさまを描いて、中世の日本人にトラウマと陰惨な快楽とを与えた九相図の通りでもある。多くの男性にとって最大の煩悩の対象である美しい女性の肢体がおぞましいものに変わってゆくさまをことさらに観察したり想像したりするのは、もちろん「淫火を治し、解脱の門を開く」（『摩訶止観』同巻）ためなのだが、その通り「心の奥に映っているかの人の美貌を払拭して、煩悩を断ち切ってしまいたい」とこの観法をはじめた国経は、しかし結局思い切れずに、「いとしい人の幻に苛まれながら、八十翁の胸の中になお情熱の火を燃やしつつ息を引き取」ることになる。

その失敗の理由は、これまで谷崎作品の内的構造を確かめてきたわれわれにはすでに自明だろう。他の作品の例にもれず、『少将滋幹の母』でも、「意気地なし」な男たちが追い求める美しい女性の像は、平中が闇の中にまさぐった「何となくぽうっと、ほのじろいもの」のように、輪郭のぼやけたなにか白いものとして、とくに月光に浮かび上がる何ものかとして現れる。『春琴抄』で目を突いた後の佐助の視界に浮かんでいた「仄白い円光」は、彼だけにとっては「お師匠様の円満微妙な色白の顔」以外のものでなければ、現実には膿み爛れた春琴の顔であったことを思い出さねばならない。時平も含めて四人の男が恋い慕った大納言のもと北の方の美貌と、蛆がたかり、髪が皮膚ごとめくれ、腐敗ガスで膨れ上がった屍骸とは、解像度が違うだけで、同一のものだったのである。白骨観はいかんともしがたく心を惹く異性の美しさをおぞましさで上塗りする修行だが、国経は逆におぞましさを美しさで上塗りしてしまい、平中と同じく恋い死にに死んだわけである。

## 平安の「意気地なし」(3) ――滋幹の場合

そして最後の「意気地なし」が国経と北の方との子、滋幹である。この作品の他のエピソードにはみな『今昔物語集』や『大和物語』といった古典の典拠があるが、滋幹のものだけは純然たる谷崎の創作である。滋幹の同じ女性への思いがほかの登場人物たちと異なるのは、もちろんそれが母恋いだという点である。五歳の時に母を奪われた後、一心に、しかし無力に彼女を恋い続ける父と暮らしながら、また父を看取ったあとも、滋幹はひたすら「母への憧憬」に生きてきた。名だたる古典の中に谷崎が一冊だけ澄ました顔で並べた「架空の書物」（序文）――すなわち滋幹の日記は「母恋しさの余りに綴られた文章のような観」を呈し、「殆ど全部が母を恋い慕う文字で埋まっている」とされる。

滋幹が母と再会するのは四十年後、都の北東の郊外、一乗寺谷を流れる音羽川沿いの山荘の廃墟でのことである。折しも三月の半ば、春霞や「花の雲」と渾然となって、おぼろに霞んだ月光が「すべてを幻燈の絵のようにぼうっとした線で縁取って」いる宵、激《たぎ》る渓川《たにがわ》の岸で一本だけ「静かに咲き満ちている……夕桜」のもとに「何か白いふわふわしたもの」がゆらめいているのを滋幹はみとめた。それは時平が早逝した後、出家して尼となった母であった。

「もし、……ひょっとしたらあなた様は、故中納言殿の母君ではいらっしゃいませんか」

と、滋幹は吃りながら云った。

「世にある時は仰《お》っしゃる通りの者でございましたが、……あなた様は」

「わたくしは、……わたくしは、……故大納言の遺れ形見、滋幹でございます」

そして彼は、一度に堰が切れたように、

「お母さま！」

と、突然云った。尼は大きな体の男がいきなり馳せ寄ってしがみ着いたのに、よろよろとしながら辛うじて路ばたの岩に腰をおろした。

「お母さま」

と、滋幹はもう一度云った。彼は地上に跪いて、下から母を見上げ、彼女の膝に靠《もた》れかかるような姿勢を取った。白い帽子の奥にある母の顔は、花を透かして来る月あかりに暈《ぼか》されて、可愛く、小さく、円光を背負っているように見えた。四十年前の春の日に、几帳のかげで抱かれた時の記憶が、今歴然と蘇生って来、一瞬にして彼は自分が六七歳の幼童になった気がした。彼は夢中で母の手にある山吹の枝を払い除けながら、もっともっと自分の顔を母の顔に近寄せた。そして、その墨染の袖に沁みている香の匂に、遠い昔の移り香を再び想い起しながら、まるで甘えているように、母の袂で涙をあまたたび押し拭った。

(『少将滋幹の母』)

この美しい末尾に人は異教の香りを──「大きな体の男」となった息子が母の膝に凭《もた》れてその顔を見上げる伝統的なピエタ(聖母子)像を思い出すだろうし、また谷崎の愛読者は母に死なれた直後の「ハッサン・カンの妖術」の、同じくらい闌《たけ》高い末尾を思い出すかもしれない。ともあれ、この情景がただひとえに麗しいものとは言いがたいのは、六十歳を越えた母に突然駆け寄ってしがみつき、甘えかかった息子は、もう四十歳を超えているからである。しかもその滋幹も、四十年を経て老いているはずの母の顔をじかに見てはいない。「花を透かして来る月明かりに暈されて」いるからである。この情景はすべてを朧化する桜月夜のもやもやとした光に包まれている母子にとってだけ甘美なのであり、もしもそれを外側から見つめる視線があったなら、どこか直視するのがはばかられるような性格のものなのである。

## 『源氏物語』への逢着

少将滋幹はもちろん実在の人物だが、『大鏡』や『十訓抄』などの元々の古典では、彼の母と平中との恋物語の（名もない）端役として登場するにすぎない。谷崎が五歳で母に別れた彼に注目して自作の中心に据えたのは、三歳で母を亡くしてまさに「母への憧憬」に生を暮らした光源氏の物語をすでに通過していたからである。昭和二十五（一九五〇）年二月に『少将滋幹の母』が完結するやいなや、谷崎は『源氏物語』の二度目の全訳に着手している。

### 『源氏物語』のほうへ

質量ともに平安文学の中心をなす『源氏物語』を、後半生の谷崎は三度も全訳している。「須磨・明石帰り」と俗にいう。この名高い物語を一ぺんは読んでみようと思い立った人が、そのあまりにゆるゆるとした話の運びと、森鷗外が「いつも或る抗抵《こうてい》に打ち勝った上でなくては、詞《ことば》から意に達することができない」「悪文」と評した（与謝野晶子訳『新訳源氏物語』序）、主語も切れもなく鰻のようにぬらぬら続く文体とに嫌気がさして、全五十四巻中、まだ第十二巻めの「須磨」や第十三巻めの「明石」のあたりではや投げ捨ててしまうことをいう（作中の源氏自身の、流謫《るたく》先の須磨からの帰京は晴れやかな出来事だったのだが）。須磨や明石で帰った人はまだ幸せである。第二十二巻からのいわゆる玉鬘十帖の、あまりの話の進まなさ（と、風趣の美しさと）を知らないのだから。

谷崎自身はそんな悠長すぎる話の運びもぬらつく文体も作品自体の長大さもまるで気にならず、むしろそれらをみんな自分のものにしてしまった。これまでの『春琴抄』や『蘆刈』の引用にすでに明らかなように、谷崎の文体は古典回帰後に一変する。中後期の谷崎の文体の特徴――つまり一文の息の長さ、視点や主格の非遠近法的なブレ、外界の風景と内面の心情との混融などは、みな『源氏物語』から学ばれたものである。そして谷崎の作品中もっとも長大な『細雪』は、謎めいた微笑みを浮かべたまままいつまでも結婚しない女性を軸にして、四季折々に繰り返される旧く雅びな行事の数々を語り、美しい退屈を描き出している点で、明瞭に玉鬘十帖の本歌取りなのである。

谷崎の『源氏』訳は、その後半生の節目のように、ほぼ十年ごとに繰り返された。

| | | | |
|---|---|---|---|
| 初訳 | 『潤一郎訳 源氏物語』 | 昭和十年〜昭和十三年 | 四十九〜五十二歳 |
| 再訳 | 『潤一郎新訳 源氏物語』 | 昭和二十五年〜昭和二十九年 | 六十四〜六十八歳 |
| 再々訳 | 『潤一郎新々訳 源氏物語』 | 昭和三十九〜昭和四十年 | 七十八〜七十九歳 |

このうち初訳は、昭和八（一九三三）年六月に『春琴抄』を発表して絶賛され、「天才」の復活――あるいは〝文豪〟としての完成を世間に強烈に印象づけた直後に着手されている。そのあと谷崎は昭和十六（一九四一）年に口語訳『源氏』全巻の刊行が完了するまでの八年間、「源氏に起き、

源氏に寝《い》ぬる」（「源氏物語序」）生活を続けて全精力を『源氏』訳に注ぎこみ、他にほとんど作品を発表していない。周囲から見ればもっとも作家として脂が乗り切っていたはずの時期を、谷崎は自分の創作ではなく古典の忠実な口語訳に費やしたわけである。

## 「もののまぎれ」の省筆

初訳の際、谷崎は山田孝雄《よしお》に校閲を依頼した。富山に生まれた山田は高等小学校卒業後に地方で教員をつとめていたのが、あるとき「国の精神的歴史を明らかにし、国民の心的生活を明に」せん（『立志時代』「畢生の目的」）との途方もない一念を発起し、ほんとうに日本に関するあらゆる学問――国文学・国語学・国史学等々を独学して、独自の「山田文法」を打ち立てて東北帝大教授に就任した、異色の鬼才である。熱烈な国粋主義者であった山田が谷崎に勧めたのは、いわゆる「もののまぎれ」――中宮（皇妃）である藤壺と光源氏との密通、そして二人の間の子の出生を訳出しないことであった。谷崎は実際に「当局の忌避に触れる恐れ」（昭和十一年三月二日書簡）から、「若紫」巻や「賢木」巻の一部を訳出していない。ちょうど谷崎が訳に着手した昭和十（一九三五）年には、大正デモクラシーを支えた天皇機関説を排撃する国体明徴運動が激化していたし（山田は運動の急先鋒の一人だった）、その一年後、谷崎が皇妃の密通を「非常に省略」（前書簡）しつつ訳していたのは、折も折、昭和十一（一九三六）年の三月のはじめである。その頃東京では、政党政治の腐敗や格差の増大によって危殆に瀕した昭和日本を、天皇大権によって一挙に打開せんとした軍事クーデター――すなわち二・二六事件が生じていた。昭和十年代の日本で、皇室に深く関わる古典を訳出するのは、きわめて危険で際どい行為であった。

**『源氏』のみやびと背徳**

谷崎の『源氏』初訳は飛ぶような売れ行きを示し、世間にはおおむね好評でもって迎えられた。昭和初年に大流行をみせたプロレタリア文学は、共産主義のプロパガンダとしてのみ芸術を位置づける強烈な政治性と図式性とがさすがに愛想をつかされ、また治安維持法の〝改正〟によって共産主義・社会主義への取り締まりが強化されたことも相俟って退潮を迎え、文芸それ自体の美や、日本の古典の価値を再評価する「文芸復興」の風潮が台頭していたからである。より正確にいえば、谷崎訳『源氏』や『春琴抄』こそが、当時の「文芸復興」の一象徴だったのである。けれどもそんな中、谷崎源氏に激しい批判を浴びせたのが岡崎義恵である。

岡崎は山田の東北帝大時代の同僚で、特に『源氏』と芭蕉の俳諧を中心に日本の古典を美学的な観点から研究して「日本文芸学」を創始した当時の碩学である。岡崎は昭和十四（一九三九）年一月に谷崎訳の刊行がはじまるやいなや、同年五月に『東京朝日新聞』紙上に「谷崎源氏論」を連載し、猛然と谷崎への批判を繰り広げた。岡崎によれば、藤壺と光源氏の密通は「物語の脊髄」であって、山田の勧告にしたがってその節を削除した谷崎源氏は「骨なし源氏」になってしまっている。これは古典への「大きな残虐」にほかならないというのである。

岡崎は従来の日本の文学研究を特徴づける「古風な文献学や注釈学の煩瑣な考証的作業」から「解放されて」（「日本文芸学と国文学」）、芸術としての日本古典の価値を「理論的な科学性を以て」

（同）解明しようとしていた。彼の見るところではもっとも「重々しい悲劇的苦問を発酵せしめる素地を持っている」藤壺・女三の宮・浮舟の三大密通事件は「「源氏物語」を貫く最も中枢的な悲劇的動因を形作」（「愛の世界」）るものであって、それを欠いた谷崎源氏では「明らかに紫式部の芸術的境地は蹂躙されている」（「谷崎源氏論」）と評せざるをえないというのである。

この批判は谷崎にはこたえたし、また正当なものでもあった。たしかに『源氏』は、谷崎が関西人の生活に見出した伝統ある「生活の定式」（前引「私の見た大阪及び大阪人」）を、もっとも美しく、もっとも醇化した形で描き切っている。賀茂の社の五月の祭礼（今の葵祭）。宮中での紅葉賀や桜花の宴。伊勢神宮に仕える斎宮の桂川での禊《みそぎ》と群行。貴人の長寿を祝う四十や五十の賀宴。折々の管弦の遊び。桃の節句や踏歌といった節会《せちえ》。法華八講や季御読経《きのみどきょう》などの仏法の法会《ほうえ》。子どもの成長を祝う亥《い》の子《こ》餅や袴着《はかまぎ》。『源氏』はそんな王朝のみやびな年中行事や人生儀礼を記録しているだけではなく、武家の台頭や応仁の乱によって平安時代式の生活が灰燼《かいじん》に帰した後は、逆に『源氏』を拠りどころとしてその復興が進められさえもした。たとえば日本美の精髄として称揚される有名な桂離宮の庭は、徳川の太平のはじめに朝廷儀礼復興の旗印として整備され、『源氏』の「面影をたがへじと、移しなし」たものである（佐野紹益『にぎはひ草』下）。中・近世の上流階級に生まれた女の子はみな『源氏』を幼時の手習いにしたり、絵入りの『源氏』を嫁入り道具にしたりして「みやび」を学んだ。

今も昔も同じであるが、そんな四季折々の年中行事にとっては、人こそ変われど、毎年同じ時期に同じことが変わらず行われる安定感や周期性こそが命である。けれども、そんな変わるべきでない節々の行事が『源氏』にもっとも美しく描き取られているのは、そのおぼめかされた秘密の中心に「もののまぎれ」が——露見すればそんな雅びな世界のすべてを一瞬で変えてしまうはずの、もっともスキャンダラスで、もっとも罪深い恋がひそんでいるからなのである。岡崎のいうとおり、平安時代の宮廷の人々の想像力の枠内でもっとも背徳的で、それだけにもっとも蠱惑的な恋である皇妃と臣下との——そしてもう一面では義母と息子との——恋こそが『源氏』全篇の「骨」だったはずなのである。最初の谷崎源氏はくらげのような「骨なし」呼ばわりされても致し方ない。旧く優雅に安定しきった生活の一番奥に、露見した瞬間にすべてをひっくり返すような禍々しいものが鎮座している奇妙な危うい均衡。それが、谷崎が関西に見出したものと同質なのは無論である。

この『源氏』の精妙で危険なバランスは、そして谷崎の初訳の「骨」の無さは、「紅葉賀」巻に顕著にあらわれている。『源氏』に描かれる平安朝の行事の中でとりわけ美しいものとして古来賞美されるのが、宮中での紅葉の賀の試楽で、十八歳の光源氏が青海波の舞を舞う場面である。

> 源氏の中将は青海波をお舞いになった。その片方のお相手は大殿の頭中将が勤められたが、このお方とても、御器量と云い、御用意と云い、人にすぐれていらっしゃりながら、お並びになっては花の傍の深山木のようにしかお見えにならない。ようよう入りかたの日が鮮やかにさしているのに、楽の音がひときわ響きわたって、今しも感興の酣《たけなわ》な折柄、お二人が揃ってお舞い

になる、その足拍子やお顔立ちが世にたぐいない見物なのであるが、詠などを遊ばすお声のめでたさは、これが極楽の迦陵頻伽《かりょうびんが》かと疑われて、あまりの面白さにお上もおん涙をおとし給い、上達部や親王達も皆お泣きになるのである。詠が果てて、更に舞おうと遊ばして、お袖をお直しになると、それを待ち取った奏楽の音が再び賑かに起って、お顔の色合がひとしお晴れ晴れと、常にもましてかがやくばかりにお見えになった（後略）　（旧訳『源氏物語』「紅葉賀」巻）

自身もまた理想の貴公子であり、光源氏の終生の親友にしてライバルであった頭中将が、しかしただの引立役にしかならないほど、青海波を舞う源氏は名のごとくに光り輝き、満座の人々はみな涙を流す。平安後期以降の朝廷でとりわけ青海波の舞が重んじられたのは、この場面が『源氏』屈指の名シーンとして人口に膾炙《かいしゃ》するに至ったためである。けれども源氏がここで輝くほどに美しいのは、伝統ある儀礼を実修する人みなが心血を注いでいるはずの前例やしきたりが源氏一人にとってだけはどうでもよく、もっと切実でもっと性急な思いで彼の心が一杯だからなのである。

旧訳では、右のくだりに打ち続いて、源氏の青海波が美しかった裏のわけを語る箇所がまるごと訳出されていない。例の「もののまぎれ」に直接かかわるからである。原文と戦後の新訳・新々訳とには、青海波の舞で人々の涙をしぼった翌朝、源氏が藤壺にひそかに書き送るくだりがある。

明くる朝、中将の君［＝光源氏］から、「いかが御覧下さいましたか、云いようもない乱れ心地

のままながら舞ったのですが、

物思ふに立ち舞ふべくもあらぬ身の袖打ち振りし心知りきや

あなかしこ」とあります。御返事は、あの見る目も眩《まば》ゆかった御様子やお姿を御覧になりましては、黙っていらっしゃれなかったのでしょうか、

「唐人の袖振ることは遠けれど立ち居につけて哀れとは見き

普通の人の目で見ましたら」

（新訳『源氏物語』「紅葉賀」巻）

源氏の歌に見える「袖を振」るとは、『万葉集』以来、遠く隔てられた恋人へと思いの丈を示す仕草である。藤壺への思いが切なるあまり、「乱れ心地」で本当は自分に割り振られた舞など「立ち舞ふべくも」ない源氏は、儀礼の一環として舞を舞ったのではなく、――当時は秘密の恋人であった松子に宛てて『蘆刈』を書いた谷崎と同じように――その場で澄ました顔で座っている藤壺だけに宛てて、衆人環視の中でひそやかに恋を訴えたのである。藤壺はそんな源氏の思いを確かに受け取ったからこそ、あまりの罪の意識におののいてしまい、「普通の人」たち――つまり夫や上臈たちと一緒になって素直にその舞に「哀れ」と感動することができない。けれども、そんなしきたりなどはどうでもよい恋の虜の源氏の舞こそが、後代の理想・模範となるほどに図抜けて美しかったのである。永遠に反復され回帰しなくてはならない「みやび」の中心にあってもっともみやびやかなものこそが、秩序と安定とを突き崩さずにはやまない一回的で破壊的な情念に憑かれている。

谷崎は旧訳のこんな省筆について、刊行開始に際して次のように断っている。

正直を云うと、此の原作の構想の中には、それをそのまま現代に移植するのは穏当でないと思われる部分があるので、私はそこのところだけはきれいに削除してしまった。〔実際それは構想のほんの一部分なのであって、山田博士も指摘しておられる通り、筋の根幹を成すものではなく、その悉くを抹殺し去っても、全体の物語の発展には殆ど影響がないと云ってよく、分量から云えば、三千何百枚の中の五分にも達しない。〕

（「源氏物語序」）

この文章が発表されたのはすでに「国民精神総動員」のかけ声の喧しい昭和十四（一九三九）年一月の『中央公論』誌上であって、戦時下の文化人の言行の大半と同じく、ここに読み取られるべきなのは、有形無形の強制によって本音を封じこめられた谷崎の血涙である。今見たように「紅葉賀」巻での光源氏の青海波の舞がみやびの精髄を示しているのは、彼が藤壺に恋しているからである。その恋が「筋の根幹を成すものではなく、その悉くを抹殺し去っても、全体の物語の発展には殆ど影響がないと云」うことなどできるはずはない。「抹殺」という激烈な言葉に、谷崎の本音はわずかに揺曳している。けれども、谷崎自身の苦悶にもかかわらず、青海波の奥にある源氏の藤壺への思いを訳さなかった——訳せなかった旧訳が『源氏』の「骨」を抜いていたことは事実である。

## 『源氏』改訳——「王朝女性」の語りへ

岡崎義恵の旧訳へのもう一つの批判は、その文体が「王朝女性のいきいきとした息づかいを感じせしめず、唯老翁のどんよりとした繰り言を聞くよう」（「谷崎源氏論」）だというものであった。これも谷崎の痛いところを衝いていた。「紅葉賀」巻の青海波のくだりにもすでに明瞭な通り、旧訳の文体はいつもの谷崎の小説の文体——「である」調の、何か本質的に小憎らしくふてぶてしい、年配の男性の語りを思わせる文体で、悪くいえばまさに「老翁のどんよりとした繰り言」そのものである。旧訳は谷崎世界に取りこまれた『源氏』であり、谷崎作品となった『源氏』だったのである。

このことに谷崎は自覚的であった。その訳の方針は「文学的に訳すこと、原文を離れて、翻訳それ自身を文学として読むことが出来るようにし、而もそれから受ける感興が、昔の人が原文を読んで受けた感興と同じようにすること」（「源氏物語の現代語訳について」）であり、その序文で「これは源氏物語の文学的翻訳であって、講義ではない」（「源氏物語序」）と断言されている。『源氏』の「色気」や「香気」を重視する谷崎は、自分の訳が今なお研究書や中高生向けの参考書にあるような、正確だが「色気」や「香気」に欠ける素っ気ない訳文でなく、それ自体が「文学」として自立しうる芸術としての訳を目指したのである。小林秀雄のランボー訳や堀口大學のボードレール訳のような創造的な〝名訳〟にうかがえる通り、詩を訳すには訳者がみずから詩作するよりほかはない。だから、すでに独自の文体を確立した、熟練した作家である谷崎が『源氏』の始終を語り直すほかはなかったのである。

このとき岡崎の批判が谷崎に痛かったのは、『源氏』が年配の男性の語りではなく、「王朝女性のいきいきとした息づかい」のもとに語られていること、そしてそのことが谷崎の重んじる「色気」や「香気」の欠くべからざる一要素をなしていることが、争いようのない事実だったからである。先ほどの「紅葉賀」巻の戦前に訳出されたくだりと訳出されなかったくだりとの対比にすでに明瞭だが、新訳は主格を省き、冗長な複文を単文に戻し、「です」「ます」調に変更され、――総体として男性の語りから女性の語りへと移行している。

この移行に大きな役割を果たしたのが、昭和二十六（一九五一）年からの『源氏』の改訳作業の協力者の一人となった国文学者・玉上琢彌《たまがみたくや》の有名な「源氏物語音読論」である。「物語音読論序説」で玉上は次のように説く（この論文は昭和二十六年一月の面談の際に谷崎に贈られた）。

> 要するに、『源氏物語』全編、古女房のものがたりの録音としての創作であって、これを女房が読みあげれば、直ちに、古女房の物語として、再生するのである。姫君のそばには、気むつかしくもあり無条件に愛してもくれる養育係の古女房がよくいたので、「ものがたり」は仮作ではなく事実譚であると、身近に控える古女房の実見譚だと、姫君には信じられるのであった。
>
> （玉上琢彌「物語音読論序説――源氏物語の本性（その一）――」）

玉上は、物語とは近代小説と違って手で書き・眼で読まれる（黙読される）ものではなく、口で語られ・耳で聴かれるものだと、そして文字に定着されてからも音読されるものだと主張する。最低限の筋だけを書き留めた種本のようなものがあって、それをやんごとない姫君に向かってその側近く仕える女房たちが読み聞かせる際、「読み上げる女房たちの自由裁量に委ねられた部分は多かった」（玉上「源氏物語の読者」）。われわれが今読む『源氏』はある時・ある場所である女房が行なった、原譜面のもとに相当アドリブをきかせたある演奏を「録音」したものだと玉上はいうのである。だから『源氏』を現代語に移すとは、目の前で身を乗り出し胸をときめかせて聴きいっているうら若い姫君の表情の微細な動きや、宮廷社会の隅々まで張り巡らされた隠微なタブーとコードや、同じく姫君の前に伺候している同僚の女房たちの間の微妙な力学といったもろもろを考慮に入れつつ、美しいところは存分に膨らませ、卑俗なところや猥雑なところは大胆に省略して、滔々《とうとう》と「源氏の方々の物語」（同）を語りあげた「古女房」の語り口を再現するということにほかならない。玉上との面談の約一ヶ月後から谷崎の『源氏』新訳稿が「です」「ます」調に移行したのは、谷崎なりにこの「王朝女性」の語りを写そうとした試みであった。

### 山里の夕霧
### ——新旧谷崎源氏の比較

では谷崎源氏の語りはどんな風に変わったのか。具体的な箇所を挙げて見てみよう。第三十九の「夕霧」巻で、叶わぬ恋に焦がれ死んだ親友・柏木の未亡人・落葉の宮を折々に慰めに訪ねているうちに、父と違って堅物で通っていたはずの源氏の長男・夕霧が思わず揺らぎ、かき口説いてしまう場面である。

まず落葉の宮と夕霧とのやりとりの背景になるのは、病に臥せった彼女が引きこもって仏事を行っている、都の北東、小野の山荘である。私にはより美しく思われる旧訳で掲げる。

日が入り方になるにつれて、空にしっとりと霧がかかって、山の蔭は小暗くなって行くように感ぜられるのに、蜩《ひぐらし》がしきりに鳴きつづけて、垣根に生うる撫子《なでしこ》が風に揺いでいるさまも面白く見える。御前の前栽《せんざい》の花どもが思いのままに咲き乱れている中に、たいそう涼しそうな水の音がして、山おろしが木深い松の間をひびきわたるのも物凄いのに、不断の経を読んでいるのが、交代の時間が来たので鐘を打ち鳴らすと、座を立つ僧と入れ代わる僧との声が一つになって有り難く聞える。

（旧訳『源氏物語』「夕霧」巻）

霧がかった晩夏の暮れ方に、ひぐらしの声と涼しい川の音とを前景に、木下闇《このしたやみ》を渡ってきた山おろしが響きわたり、読経の声とも一体となってゆく小野の山荘の冷え寂びた風趣。これは後の宇治十帖の舞台となる宇治の地の、宇治川のとよむ中に紅葉がとりどりに散りしいて「哀れも過ぎて物恐ろしく心細」い（「橋姫」巻）宗教的な崇高美を先取りしている。

渓川のほうからそくそくと冷気が寄り来るこんな山里の夕景の中、夕霧はついに親友の未亡人に、忍び続けた思いを打ち明けてしまう。まずは旧訳である。

ほんに、こう云うひっそりした時に、心の中にあることをお打ち明け申すべきなのだとお思いになる折柄、霧がひたひたと軒の下まで寄せて来たので、「帰り路さえ見えなくなって参りました。どうしたら宜しうございましょう」と仰せになって、

山里のあはれを添ふる夕霧にたちいでん空もなき心地して

と聞え給うと、

山がつの籬《まがき》をこめてたつ霧もこころ空なる人はとどめず

ほのかにお声が聞こえて来るらしいおんけはいに慰められ給うて、今はお帰りになることもほんとうに忘れておしまいなされて、「中有《ちゅうう》に迷うとは此のことでございましょうか、家路は見えませぬし、立ちどまることも叶わぬように追い払わせられますし、不馴れな者は途方にくれてしまいます」などと仰せて、そのままそこをお動きにならずに、包むにあまるお胸の中も朧ろげに匂わせて御覧になる。

（旧訳『源氏物語』「夕霧」巻）

「まめ人」の評判をとる夕霧が、恋女房の雲居雁《くもいのかり》と子どもたちとが待っている「家路」も見えなくなって落葉の宮への思いを打ち明けてしまうのは、ひたひたと霧が寄せてすべてが「朧ろげ」になったこの場所が、亡魂がさまよう「中有」の世界であって、現世ではないからである。霧の奥でわずかに恋しい人の「おんけはい」がして、「ほのかに」その声が聞こえてくる。谷崎の語り口は「慰められ給うて」「おしまいなされて」等々、身分のそれほど高くない年配の男性が、美しく高貴

な世界をはるか頭上に仰いで、敬意と懐かしさとに目を細めながら、まさに「繰り言」のように語っている印象を与える。谷崎作品のうちでこの語りに一番近いのは按摩の老人が長く仕えたお市の方の生涯を回想する『盲目物語』の語りであり、ついで「お遊さま」の思い出を語る『蘆刈』であり、そして「順市」が「御寮人様」に書き送るときの文体である。老いた職人の無骨な手から生まれてきて、しかしぽってりと丸く薄桃色のさした志野焼の茶碗のような、谷崎特有の文体である。

次に新訳では霧に包まれた二人のゆらぎとためらいとが、次のように語り直される。

ほんに、こう云うひっそりした時に、心の中にあることも打ち明けるべきなのだと思っていらっしゃいますと、霧がひたひたと軒の下まで寄せて来ましたので、「帰り路さえ見えなくなって来ましたが、どう致しましょう」と仰せになって、

山里のあはれを添ふる夕霧にたちいでん空もなき心地して

と聞え給うと、

山がつの籬をこめてたつ霧もこころ空なる人はとどめず

ほのかにお声が聞こえて来るおんけはいに慰められて、今はほんとうに帰る心もないのでした。「どうしてよいか分らなくなりました。家路は見えませぬし、此の霧の籬には、立ちどまることも叶わぬように追い払おうとなさいます。こう云うことに不馴れな私は、途方にくれてしまいます」などと、そのままそこをお動きにならずに、包むにあまる胸の中も仄《ほの》めかし給うので

すが、（後略）　　（新訳『源氏物語』「夕霧」巻）

一読して、夕霧の台詞の中の落葉の宮の歌を受けた「霧の籬」が意訳されずにそのままになったり、複文が単文に戻されたり、いっそう原文に近づけられていると同時に、何より女性の語りに、それもそれほど年配ではない女性の語りに変えられていることに気づくはずである。

しかし、美しいのはいったい新旧のどちらであろうか。実は谷崎自身、原作の「色、匂、品位、含蓄等」をもっともよく移しえている「最上の文学的翻訳」は旧訳のほうだと自ら認めているのである（「源氏物語新訳序」）。『卍』の語りが、どう聞いても東京人の男性が無理に関西弁の女性を扮技しているようにしか聞こえなかったように、谷崎は太宰治のような、男口、女口、軽薄体、告白体、昔話体、「ふるさとの言葉」（『津軽』）と無数の文体をどれも堂に入り切って自在に駆使できるタイプの天才ではなく、岩間に潜んで動かない山椒魚のように、自分の得意な一つの文体で自分の得意な一つのテーマを飽かず語る時、爆発的な閃きと伸びとを見せる天才である。谷崎が下手な裏声を使わずに腹から語っているのがよくわかる旧訳『源氏』のほうが、「もののまぎれ」がなく、女性の語り口でもないという二つの決定的な弱点を抱えていながら、芸術的な完成度自体はたしかに高かったように思われる。

# 時のうつろいと「月次の美学」——『細雪』『夢の浮橋』

## 『細雪』の時代

時間を旧訳の頃に戻そう。系図や年立（年表）の載った最終の第二十六巻が刊行されて、『源氏』全訳という大事業が成功裡に終わったのは昭和十六（一九四一）年七月のこと。同年十二月八日の真珠湾攻撃によってアメリカとの戦端が開かれ、出版統制と物資の窮乏とがなお強まる中、翌年四月に着手された谷崎の次の仕事が、大作『細雪』であった。日本国内ではかたくなに「事変」と呼称され続けた対中戦争期が『源氏』訳に費やされたのに対して、破滅の予感と窮乏と頽廃とのいや増したその後の対米戦争期は『細雪』に費やされた。昭和十七（一九四二）年に起筆され、脱稿は戦後の昭和二十三（一九四八）年。谷崎はこの六年間他にはまとまった小説を執筆していない。それは『源氏』訳と同じように全精力をこの大作に傾注したからでもあるが、「非常時」として陸軍報道局を中心とした出版統制がいっそう強まり、左派的な傾向こそなけれ、「風俗壊乱」的な作家としてデビュー時から当局に睨まれ続けていた谷崎が、発表の場を奪われていたためでもある。

谷崎自身が発表前に洩らしていた「大丈夫ですか、僕が書いても」という危惧の通り（畑中繁雄「悪夢の一時期」）になって、『中央公論』への連載はわずか二回で中止、第三回の代わりに中央公論社社長・嶋中雄作の名で「非常時」を鑑みての「自粛的中止」の告知が出た。『細雪』の文学的価値を確信していた嶋中は執筆を継続するよう谷崎を励まし続け、谷崎は空襲を避けて熱海や岡山に身一つで逃げ惑いながら、発表のあてもない『細雪』の原稿だけを文字通り「篋底《きょうてい》に秘めて」執筆を続けた。二十四歳で戦死した詩人・竹内浩三は「たとえ、巨《おお》きな手が／おれを、戦場につれていっても／たまがおれを殺しにきても／おれは詩《うた》をやめはしない／飯盒《はんごう》に、そこにでも／爪でもって、詩を書きつけよう」（「詩をやめはしない」）と歌ったが、ルソン島の明るい陽光の底にあるじなく転がっていたはずの竹内の飯盒と、汗じみすりきれたリュックサックの底につめこまれた『細雪』の原稿とは、なにか同じ影を映していたに違いない。

　敗色濃厚な昭和十九（一九四四）年七月に嶋中の資金援助のもとに私家版の上巻を二百数十部だけ作り、ごく内々の知り合いに配ったが、これさえ兵庫県警の刑事からこれ以上の出版を中止するよう脅迫され、始末書を提出するはめになった。晴れて中央公論社から上巻が出版されたのは戦後の昭和二十一（一九四六）年六月のこと、その後翌年二月に中巻が出て、同年十一月にこの作品で毎日出版文化賞を受賞する。下巻は『婦人公論』に連載され、昭和二十三（一九四八）年に出版されて、全巻が完結した。翌年さらに朝日文化賞を受賞。谷崎を愛読していた映画監督・小津安二郎が戦後早くに次々と撮った『早春』『東京物語』『麦秋』と同じように（『麦秋』は『細雪』へのオマージュであろう）、『細雪』はある一家庭の日常を淡々と映して、人目をそばだたせるような事件は何もおこらない。そんな何もおこらない平凡な日常が戦災で取り返しようがなく喪われてしまったからこそ、焼け跡の人々は荒野の清水のように、『細雪』と、その風趣を写した小津作品とをむさぼり飲んだのである。日本の旧体制と『細雪』とは、終戦を期にシーソーのようにその浮沈を逆にした感がある。

**同期たちと『細雪』の静けさ**

『細雪』の第一回が掲載された『中央公論』昭和十八（一九四三）年一月号では、当時谷崎をしのぐ位置を占めていた島崎藤村も、同時に長編小説『東方の門』の連載を開始していた。

こちらは谷崎の『細雪』と違って順調に連載を続けたが、その第三章を執筆中に藤村が逝去し、未完の遺作となった。代表作『夜明け前』が藤村の父をモデルとして、明治維新前後に生きた木曽の国学者・青山半蔵の激動の生涯をえがいたのに対し、『東方の門』は同郷の老僧侶・松雲の視点から、明治維新から（脱稿された箇所まででは）日清戦争に至る、近代を迎えて大きく揺れ動く日本社会と、そこに生きた人々とを描きだしている。異なるのは、『夜明け前』の視線が日本国内に限定されていて——半蔵の悲劇的な末路にもかかわらず——作品全体が近代日本の黎明期の躍動感に満ちているのに対して、『東方の門』はタイトルに予想されるとおり、視線が「東洋」の全体にひろがっている点である。それも日中戦争が泥沼化していた昭和十八年の「東洋」である。

もし大陸にも人があって、そんな過渡期の現象のみに拘泥することなく、過ぐる半世紀ばかりの間に日本が仕遂げた迹《あと》ばかりを求めないで、この国のものの求めたところを求めて呉れたなら。もしその人が真に明治維新の意味を読み、ただそれを日本一国の事とのみしないで、もっと東洋全体の広い関係に於いて捉えて呉れたなら。その読みの深さが大陸の人にもあって、この国のものと相携えて新時代を迎えようとしたなら、おそらく東洋はもっと別の形を取って歴史の運命を成就することも出来たであろう。この国の明治維新は実に古世界の夢を破ろうとする暁の鐘の声であった。

（島崎藤村『東方の門』第二章）

藤村はもちろんここで、もう八十年近く前になる明治維新への「東洋」の人の無理解についてなど語っていない。西欧列強の圧力をはねのけつつ「相携えて」「東洋」の近代化と独立とを成し遂げることを呼びかけ、その高邁な理想に抵抗する「大陸」の人の無理解をなじる昭和十八年の日本政府の公式見解（「暴支膺懲《ぼうしようちょう》」）を、虚ろな目をした鸚鵡《おうむ》のように繰り返しているだけである。読者はたぶん、小林多喜二の『蟹工船』であまりに〝前衛〟の理論通りに労働者の組織化が進むのと同じ質の、文学が露骨な政治へと着地する嘘くささ・座りの悪さを味わわずにはいられない。

また『中央公論』の同じ号には、高坂正顕・西谷啓治・高山岩男・鈴木成高《しげたか》ら、西田幾多郎の門下に集い「京都学派四天王」と称された四人の学者による座談会「総力戦の哲学」の筆記録も掲載されていた。これは『文学界』昭和十七年九・十月号に載った有名な座談会「近代の超克」と表裏をなすもので、要するに、国内での経済格差の拡大や政党政治の腐敗、また世界規模でのアジア・

アフリカの植民地化を西欧近代の利己主義や資本主義の帰結と捉え、また第一次大戦後に覇権国家となったアメリカをその権化と見なし、日本の対米戦争を「聖戦」として——そして同時にアジア・オセアニアへの出兵を「解放」として——正当化する論である。高山岩男がこんな風に昂揚して語るのは、『細雪』初回のとなりでのことである。

**高山（岩男）**　前大戦までは所謂功利主義の原理に立った戦争なんだが、今度はこの原理を打倒する戦争であるし、またそうでなければならないと思う。

（高坂・西谷・高山・鈴木「座談会・総力戦の哲学」）

ここで高山がいう「功利主義の原理」には、立身出世競争や恋愛を通じてあらわになった個々人のエゴイズム、西欧列強の——そして後には日本自身もその列に加わった——帝国主義的な世界の植民地化、共産主義の台頭によって焦点化した資本家の搾取など、明治以来の青年たちが苦悩し対峙し続けた近代の負の側面のいっさいが詰めこまれている。だから彼らにとって「今度」の戦争は満州権益をめぐっての英米との戦いではなく、「功利主義の原理」との戦いなのである。この議論が筋悪なのは、それが単なる心にもない時局への迎合ではなく、第二章で見た近代日本の知的青年に通有の、それなりに真率な実存的かつ社会的な課題に対して、国策への献身というあまりにもべたな解決策が、彼ら自身の内的な必然性をもって与えられてしまっているためである。

菅野覚明が三好達治の戦争協力詩を評した卓抜な表現を借りていえば、『細雪』の隣で大東亜戦争の大義だの五族協和の理想だのに大騒ぎした知識人たちの根本的な問題点と醜悪さとは、「戦争を鼓舞した」ことにではなく、「戦争に鼓舞されてしまっている」ことに（『詩と国家』）——他の何ものにもよらず、おのれの理智のみによって自分の立ち位置を決めるものであるべき知識人が、「非常時」という世間の〝空気〟にただ流されて、だれよりも〝大衆〟的に右往左往していることにこそある。鶴見俊輔や吉本隆明ら、言葉通りの〝喪われた世代《ロスト・ジェネレーション》〟として絶望的な戦中期を過ごさねばならなかった戦後の知識人たちによる一世代前の彼・彼女らの「全面的崩壊」（鶴見編『共同研究・転向』）への怒りに——そしてなにより、戦後を迎えることのできなかった同輩たちへの哀惜に——満ち満ちた批判を経てなお、「非常時」のたびに浮き足立って馬脚を現す偽インテリは今だって悲しいほどたくさんいるだろう。

### 静かな頽廃

坂口安吾はすでにサイパンも陥落して敗色濃厚な昭和十九（一九四四）年の夏、「一日に十ぺんぐらい水風呂につか」っていた（「わが戦争に対処せる工夫の数々」）。それはもう間近に迫った米軍の本土上陸後に「肉体が、ともかく最後まで生き残る条件と考えた」ため、また「いざとなって山野に野宿がつづいても耐久力があると考えた」（同）ためだと当人はうそぶいている。しかし谷崎同様に面の皮の厚い無頼と放言とを繰り返したけれども、谷崎とはうって変わって倫理的な含羞の人であった安吾の言い分を、額面通りに受け取ることはできない。「四五百年前の野武士の心境」（同）で毎日行われたその水行は、知的不良の意地であり、隠者のこころざしであったはずである。けれども「聖戦の意義」とか「事変の新しさ」とかといった文字の躍る間に、こんなシーンを置いてみる谷崎の『細雪』だって、安吾の水風呂に見劣りはしない。

「こいさん、頼むわ。――」

鏡の中で、廊下からうしろへ這入って来た妙子を見ると、自分で襟を塗りかけていた刷毛《はけ》を渡して、其方は見ずに、眼の前に映っている長襦袢《ながじゅばん》姿の、抜き衣紋《えもん》の顔を他人の顔のように見据えながら、

「雪子ちゃん下で何してる」

と、幸子はきいた。

「悦ちゃんのピアノ見たげてるらしい」

…（中略）…

姉の襟頸から両肩へかけて、妙子は鮮やかな刷毛目をつけてお白粉を引いていた。決して猫背ではないのであるが、肉づきがよいので堆《うずたか》く盛り上っている幸子の肩から背の、濡れた肌の表面へ秋晴れの明りがさしている色つやは、三十を過ぎた人のようでもなく張りきって見える。

（『細雪』上巻）

蒔岡四姉妹の次女・幸子と、四女・妙子とが印象深く登場する、作品全体の冒頭部である。折口信夫が『源氏物語』の紫の上の風姿を宿すものとして絶賛した（「『細雪』の女」）のは、ヒロインの三女・雪子ではなく、意外なことにこの幸子だった。たしかに光源氏の宏壮な邸宅・六条院を切り盛りする家刀自《いえとじ》（女主人）である紫の上と、芦屋の蒔岡の分家を切り回し、夫と娘と妹たちとの世話を焼き続ける幸子とは――さらに折口の大阪の生家の「刀自」だった叔母・えい子とも――よく似通っている。ここには、この「三十を過ぎた」女性の肉づきよく「堆く盛り上っている」確かな量感と、振り返らずに鏡を覗きこんだまま妹に襟の白塗りを頼む気のおけない姉妹の仲らいと、階下からピアノの音がかすかに聞こえ、情景の全体に「秋晴れの明り」が斜めに差しこんでいる静かな倦怠とが、熟練の筆致で描ききられている。ここはしんとして、戦争もプロパガンダもない。

ここにも底のほうにわずかにわだかまっている頽廃は、三女の雪子が印象深く前景に登場するシーンではいつとはなしに鳴りを強めていて、全体の基調のように響き始める。

雪子は毎朝、悦子を起して朝飯の世話をしてやり、鞄の中を調べた上で学校へ送り出してやってから、もう一度寝床へ這入って温《ぬく》まるのであるが、その日は晩秋の寒さが沁みる朝だったので、寝間着の上に羽二重のナイトガウンを羽織り、鞐《こはぜ》も掛けずに足袋を穿いたまま玄関まで送って出ると、悦子がしきりに兎の一方の耳を持って立てようとしていた。そして、いくら立てても其方の耳が立たないので、「姉ちゃん、やってみてえな」と云った。雪子は悦子を遅刻させないために、早く手伝って立ててやろうと思ったけれども、そのぷよぷよした物に手を触れるのが何となく無気味だったので、足袋を穿いている足を上げて拇《おやゆび》の股《また》に耳の先を挟んで摘《つま》み上げた。が、足を放すと、直ぐ又パタリと兎の横顔の上へその耳が垂れて来るのであった。

（『細雪』上巻）

悦子は幸子の娘で、雪子にとっては姪である。ちょうど後の明石の中宮を我が子のように愛育した紫の上のように、雪子はその実の母以上に姪を可愛がり、毎晩添い寝して文字通りにはぐくんでいる。「何かピクピクした奇妙な存在」として芦屋の家にやってきた兎の、「ぷよぷよ」していっそう「無気味」な耳。それが兎の柔毛のように温まった寝床から「晩秋の寒さが沁みる朝」に滑り出してきた雪子の――蒔岡家の姉妹中で一番「人形」のように華奢な雪子の、足袋を履いた拇の股でつまみ上げられる様は、谷崎がこだわり続ける二つのもの、すなわちエロティックな美と不気味な肉塊との密会を示している。けれどこの秋の朝も静かである。

## 『細雪』の構造

『細雪』は『春琴抄』とならぶ谷崎の代表作である。けれども『春琴抄』が倒錯やデカダンスや古典性や丸くたっぷりした語り口といった従来の〝谷崎らしさ〟を集約した作品だったのに対して、『細雪』は一番谷崎らしからぬ作品である。まず量的に長大である。どちらかというと短編・中編を得意とする谷崎の作品のうちで、（『源氏』の口語訳をのぞいては）単行本で三巻、新全集版で一・五巻という抜群の分量を誇っている。そして先述のように、何もおこらない。他のほとんどの谷崎作品のおぼろに霞んだ核にひそんでいる、人目をはばかるエロティックな出来事が最後までおこらないのである。本当は関西の上流社会の内奥の頽廃を描いた『卍』や『蘆刈』のように「芦屋夙川辺の上流階級の、腐敗した、廃頽した方面」も描くはずだったのが、「軍部やその筋の眼」が光りだしたため、「已むを得ず彼等に睨まれない方面だけを描くことになつてしまつた」（「『細雪』を書いたころ」）のである。

けれども旧訳源氏とは逆に、この強制された省筆は結果的に成功だった。一つにはそのおかげで、――太宰治の「走れメロス」や三島由紀夫の『潮騒』が、太宰らしい・三島らしい毒がないために、それぞれの〝代表作〟になっているのと同じく――普段の谷崎作品には眉をひそめるような読者も獲得できたからである。そしてもう一つより重要なのは、長い時の流れの中で両腕を喪ったミロのヴィーナスが、むしろ今のほうが見事な均整を有しているように、検閲への配慮によってあくどくどぎつい方面が描かれなかったからこそ、『細雪』は芸術的にいっそう完成され、その主題もいっそう明瞭に、いっそう深いものとなったためである。

作品は今なお関西随一の高級住宅地である芦屋（兵庫県芦屋市）に住む蒔岡家の人々――大阪船場の豪商の次女・幸子、三女・雪子、四女・妙子の三姉妹を軸として、幸子の夫の貞之助と娘の悦子、お手伝いのお春、それに犬のジョニーと猫の鈴らの生活を、昭和十一（一九三六）年十一月から昭和十六（一九四一）年四月までの五年間という、長い時間的スパンのもとに描き出す。

作中に生じる〝事件〟とよぶほどでもないたわいない出来事のほとんどが、芦屋のすぐ隣の神戸の住吉（神戸市東灘区住吉東町）の借家での、大阪の豪商・森田家に生まれた三姉妹――松子・重子・信子と、松子の夫である谷崎との実体験に基づいており、その多くは日付まで一致する。根本的な違いは、作中の貞之助が、三姉妹の美を愛惜し、一旦事さえ起ればそのたおやかな平穏を守るために奮闘するけれども、しかし普段は三姉妹の押しの強さと美しさとにおとなしく圧されている万事控え目な良人であって、谷崎のようにわがままでもなければ図々しくもない点にある。

他の谷崎作品のような決定的なクライマックスをもたない――つまりいつまで続けてもよいし、いつ終わってもよいこの作品は、昭和十六（一九四一）年四月で余韻を残しつつ幕を閉じるが、谷崎が実際に筆を取ったのは翌昭和十七（一九四二）年四月のこと。その間に昭和十六（一九四一）年十二月八日の対米開戦があって、日本の行く末と、四年前からはじまっていたその「事実上の戦争」（中巻）とに纏綿《てんめん》するトーンがなにか捨て鉢で絶望的なものへと一変していたのはいうまでもない。

藤原氏の〝専横〟の極まった時代に描かれた『源氏物語』が、いまだ皇室・源氏（皇別氏族）・藤原氏・文人官僚といった諸勢力が均衡し調和していた約百年前の「延喜の聖代」を――つまり今はもう喪われた理想の過去をモデルとしていたのと同じく、『細雪』は昭和十年代前半の「阪神間」に確かにあった静かな生活を、それが決定的に喪われた後から描いているのである。昭和二十（一九四五）年六月五日の大空襲は芦屋にも甚大な被害をもたらしたし、雪子と妙子とが連れ立って買い物と遊びとに出かけた神戸三ノ宮の省線電車の駅のコンコースには、野坂昭如の『火垂るの墓』

の清太が、妹の遺骨をドロップの缶にいれて、ほど近い餓死を待ちながらうずくまることになる。

## 二つの時間

ほんとうに、この作品の真の主人公は時間なのである。野口武彦が的確に指摘したように、『細雪』には「二種類の時間」が流れている（『谷崎潤一郎論』）。

ひとつは四季のめぐりによって象徴され、旧い年中行事や例の「生活の定式」を通じて定期的に確かめられる、「循環」し回帰する時間である。もう一つは戦争が『細雪』の作中世界そのものを流し去って焼け跡にしたように、病や、老いや、死や、災害や――もっと一般に〝変化〟によって、一切を不断に喪わせゆく、無常で不可逆な時間である。節分や雛祭のような年中行事を地方によっては「節目」や「折目」とよぶ。それらを通じて水量ゆたかな川のようにとめどなく流れる日常の時間に一種のけじめがつけられるとともに、生活が堅固な恒常性を保っていることが確かめられるのである。江戸時代以来の大阪の旧習を遺している蒔岡家の人々は、家族そろって毎年四月に京都に花見に行くことを、そんな年中行事の最大のものとしている。幸子は末妹の妙子をめぐって「ゴタゴタ」が続いているある年の四月に、「今年は例年のように姉妹揃って京都へ行くことが出来るであろうか」と危惧する（『細雪』下巻）。「ゴタゴタ」しているからこそ、蒔岡家の安定を実感するために「姉妹揃って」花見に行かなくてはいけないのである。

しかしそんな循環する時間と儀礼とは、氾濫原を暴れ回る濁流のようなもう一つの時間の流れをわずかでも押しとどめるために人間が築いた、つつましい堤のようなものにすぎない。そもそも東京に移った蒔岡家の長女・鶴子とその婿の辰雄とがさかんに言って寄越すように、彼女らの父の代から蒔岡の家はすでに翳りを見せはじめており、もう「昔と今とは蒔岡家の格式が違う」（下巻）。けれども偉大で鷹揚だった父の影を追い続ける芦屋の分家の妹たちは、すでに遺産も目減りしているのに、経済観念なしに法事も婚礼も万事昔通りの「御大家であった昔の格式」（上巻）をもとめて本家と対立する。昔の回顧に生きているこの三人の妹たちは、異様に若々しい。

此の三人の姉妹が、たまたま天気の好い日などに、土地の人が水道路《すいどうみち》と呼んでいる、阪急の線路に並行した路を、余所行きの衣裳を着飾って連れ立って歩いて行く姿は、さすがに人の目を惹かずにはいなかったので、あのあたりの町家の人々は、皆よく此の三人の顔を見覚えていて噂し合ったものであるが、それでも三人のほんとうの歳を知っている者は少なかったであろう。幸子には悦子と云うものがあるので、そんなに隠せはしない筈だけれども、その幸子でさえどうしても二十七八以上には見えず、まして嫁入前の雪子はせいぜい取っていても二十三四、妙子になると十七八の少女に間違えられたりした。だから雪子などは、本来ならばもう「お嬢さん」だの「娘《とう》ちゃん」だのと呼ぶには可笑しい年頃なのだけれども、誰もそう呼んでいて奇妙に思う者はなかったし、又三人ながら派手な色合や模様の衣裳がよく似合うたちなのであった。それは衣裳が派手であるから若く見えると云うのではなくて、顔つきや体つきが余り若々しいために派手なものを着なければ似合わないというのが本当であった。

（上巻）

このとき作中では昭和十一（一九三六）年、実際には幸子は三十四歳、雪子は三十歳、妙子は二十六歳である。ヒロインの雪子ははじめから三十歳を過ぎて作中に登場するのである。昭和十一（一九三六）年の女性の平均初婚年齢は二十三・九歳だから、当時の価値観から見る限り、三十歳にして「嫁入前」で、自他ともに「お嬢さん」を任じて振る舞う雪子は、そら恐ろしい存在である。作品の末尾で彼女がとうとう結婚したのは三十五歳。しかしそんな雪子だけでなく、子持ちの幸子も、姉に隠れて結構いい年の妙子も、七、八歳は近く若く見える。『蘆刈』のお遊や滋幹の母のように年月を超越した彼女らはまた、見る人に年の流れを忘れさせもする。イギリス駐在帰りの関原は大阪駅で偶然雪子と妙子に行き会って「自分が五六年も日本を離れていたと云うことが嘘のような、長い夢を見ていたような、……不思議な気」になる（上巻）。蒔岡家の女性たちの時忘れの美を前にすると、流れていった時間のほうが「嘘」や「夢」に思えてくるのである。

けれども一たび彼女らの身体に障りが生じると、堰き止められていた水が一気に落ちくだるように年相応の老いがあらわれる。流産しまだ出血がやまない幸子は久しぶりの鏡台の前で「窶《やつ》れ」「衰え」（上巻）を実感するし、赤痢に倒れた妙子の顔には「ある種の不潔な感じ」「一種の暗い、淫猥とも云えば云えるような陰翳」（下巻）が浮き上がる。雪子さえそんな壊相《えそう》と無縁ではない。彼女を縁遠くさせている一因はその左眼の縁の微かなシミで、それは「月のもの」の前後に周期的に現れるのみならず、年々濃くもなりゆき、あきらかに彼女の容姿の「瑕《きず》」となっている。

唐代の詩人・劉希夷《りゅうきい》は「年々歳々花相似たり、歳々年々人同じからず」と歌った（「代悲白頭翁」）。

蒔岡の姉妹が心待ちにする京都の春の桜のように、巨大な自然史的変動を度外視すれば、四季の自然の景物はほとんど完全な一年単位の恒常的な周期性を保っている。対して人の身体も「月のもの」のように一定の周期性を有してはいるものの、しかしそれは螺旋階段のようにゆるやかに老いと死へと不可逆に落ちこんでゆく性質のものである。チェンバースが説くように、作品の表題の『細雪』とヒロインの雪子との「雪」は、ひらひらとはかなく舞い散って一つの季節を彩る点で、日本人にとって周期的な自然の美の端的な象徴であり続けている桜を同時に含意しているだろう（*The Secret Window : Ideal World in Tanizaki's Fiction*）。けれどもその雪子でさえ、年々歳々相似たものが回帰し続ける自然の時間を生きているわけではなく、歳々年々同じからぬものになりゆく無常の時間に浸されている。

## 「月次の美学」

折口信夫はこの長編を「『源氏物語』芦屋の巻」と評した（「『細雪』の女」）。『源氏』五十四帖のうちには近隣の「須磨」巻や「明石」巻はあれど「芦屋」巻はない。もちろんこれは『源氏』全訳（旧訳）を成し遂げた著者が次に手がけたこの長編が、芦屋を舞台とした現代版『源氏』となっているという意味である。『源氏』と『細雪』との近さはしばしば指摘されるが、では一体どのように『細雪』は『源氏』的なのだろうか。

蒔岡家の人々が愛着をもつ四季の伝統的な風物が、――ひいては『細雪』一篇を語りだす谷崎自身の美意識が、徹頭徹尾古臭い紋切り型を出ないとはよく指摘されるところ。山本健吉はそれを

「月次《つきなみ》の美学」（『細雪』の褒貶」）と評した。作中で一番そんな月次の塊なのは、次女の幸子である。幸子は魚といえば鯛、それも「明石鯛でなければ旨がら」ず、花といえば桜、それも京都の御室《おむろ》や嵯峨野や平安神宮といった名所の桜なのである（上巻）。夫の貞之助も「少女の時分」の彼女自身も、そんな好みに「何と云う月並な」と苦笑していたのだが、「年を取るにつれて」、「古今集の昔から、何百首何千首となくある桜の花に関する歌」にこめられた「昔の人の花を待ち、花を惜しむ心」が「わが身に沁みて」わかってきたという。この他にも彼女らは初夏には蛍狩りを楽しみ、上京の折には富士山に目を輝かせ、山川流の日本舞踊を好み、歌舞伎役者（六代目）尾上菊五郎の関西公演に欠かさず通い、古臭い感性と美意識の「型」から一歩も出ることはない。

谷崎が「月次の美学」の模範となった『源氏』訳の第一稿を仕上げたころ、そんな月次に飽きはてて、すっかり厭になっていた人もいた。石川淳である。

ふと北のほうの空を見上げると、どうしてもっと早く気がつかなかったのかと思われるほど大きく、高く、空いちめんを領して、非常にはっきりフジが浮き立っていた。しかし、頭脳にたたかいを挑むべき何ものももたぬこの山の形容を元来わたしは好まないたちなので、いかにそれが秀麗らしく見えようとも、なおさら感心するわけにはゆかなかった。

（石川淳「マルスの歌」）

「マルス」は ローマの軍神で、「マルスの歌」とは昭和十三（一九三八）年の日本の隅々までかしがましく響き渡っていた愛国心鼓吹と戦意高揚との掛け声にほかならない。いみじくも幸子は「鯛を好かない日本人は日本人らしくない」（上巻）と述べていたが、鯛以上に日本人の月次な美意識の一端をなす富士山を、石川の主人公は「元来……好まない」と言い捨てる。日本人ならば花は桜、魚は鯛、山は富士山という同調圧力めいた美意識の押しつけが、そのまま「マルスの歌」に合流するのがわかりきっているからである。戦後すぐに、小野十三郎らが日本人の感性にはめられた最大の「型」である五七五七七の和歌の音数律自体を「奴隷の韻律」と名指し、またそこに盛られる『古今集』以来の決まりきった風趣も併せて否定し去ろうとしたゆえんである。

けれども幸子にとって、なぜ月次はよいのだろうか。少しだけ蒔岡家のほうへ立ち戻ろう。それは単純で、心身ともに実は一番繊弱なのに、芦屋の家を切り盛りする家刀自として、夫・娘・二人の妹たちを献身的に世話し続ける幸子が、そのうちの誰かの身に取り返しがたい変化が生じることを、心から恐れているからである。幸子は妹の結婚のために奔走しながら、同時に「雪子と一緒に花を見るのは、今年が最後ではあるまいか」（上巻）とも思う。娘の悦子が猩紅熱で、あるいは末妹の妙子が妊娠中で、みなで揃って花見に行けなかった春の彼女の落胆ははなはだしかった。月次の権化である幸子は決まり切った「型」の外部などついぞ想像したことのない了見の狭い・感受性の乏しい人物なのではなく、その外では何もかもが取り返しようがなく変わりゆくのを苦々しく見ているからこそ、変わらない「型」の繰り返しに執着する人なのである。

荷風が賞賛した平安神宮神苑（今の神宮植物園）の夕の花見の描写はこんな風である。影絵のような街並みの奥に燃え立つ秋の夕暮れではなく、四月半ばの温《ぬる》く霞んだ春の夕まぐれである。

あの、神門を這入って大極殿《だいごくでん》を正面に見、西の廻廊から神苑に第一歩を踏み入れた所にある数株の紅枝垂、――海外にまでその美を謳われていると云う名木の桜が、今年はどんな風であろうか、もうおそくはないであろうかと気を揉みながら、毎年廻廊の門をくぐるまではあやしく胸をときめかすのであるが、今年も同じような思いで門をくぐった彼女達は、忽ち夕空にひろがっている紅《くれない》の雲を仰ぎ見ると、皆が一様に、

「あー」

と感嘆の声を放った。此の一瞬こそ、二日間の行事の頂点であり、此の一瞬の喜びこそ、去年の春が暮れて以来一年に亙《わた》って待ちつづけていたものなのである。彼女たちは、ああ、これでよかった、これで今年も此の花の満開に行き合わせたと思って、何がなしにほっとすると同時に、来年の春も亦此の花を見られますようにと願うのであるが、幸子一人は、来年自分が再び此の花の下に立つ頃には、恐らく雪子はもう嫁に行っているのではあるまいか、花の盛りは廻って来るけれども、雪子の盛りは今年が最後ではあるまいかと思い、自分としては淋しいけれども、雪子のためには何卒《なにとぞ》そうであってくれますようにと願う。

（上巻）

蒔岡家の人々はここで未知のものと出会ってはいない。春の暮れ方の神宮神苑の枝垂桜のさまは、皆にとってははじめからすっかり既知のものである。それは神門を入る前から一人一人の心にあらかじめ微細なディテールに至るまで刻みこまれていて、それを確かめ、なぞり返すためにだけ足を運んでいる。だからそれは「行事」なのである。その中で〝揃う〟ことに執着する幸子は、来年からは雪子が欠けるかもしれないと、淋しくも嬉しくも複雑な思いを抱えている。

## 「月次」の外部

そして『細雪』も他の谷崎作品の例にもれず、こんな感性をけば立たせない滑らかな美ばかりを集めているのではなく、意外なほどにむくつけく、気疎く、物凄まじい場面を執拗に描いている。むしろむき出しの自然や、美化されないままの身体と性の蠢きや、不衛生な頽廃が漆塗の地のように書き連ねられ、そこに先の花見のような濃艶な場面が折々に蒔絵のように点々と浮かび上がって強烈な印象を与えるので、通読した人は総体としては「みやび」ななにかが過《よ》ぎっていったかのように感じるのである。

先に見たように、永遠のものであるかのような三姉妹の容姿にも、折々に目を背けたくなる老いと病との徴候が現れる。幸子が黄疸にかかっていたときにも、午後のけだるい茶会で有閑マダムたちは「両方の腋の下へお握りを入れて置くと、そのおにぎりが黄色くなるって云うわ」「そのお握り、考えても汚いわね」などと話しこむ（上巻）。また妙子の恋人の板倉は脱疽にかかって足を切断するに至り、妙子は「牛肉の鹿の子《かこ》のとこ」のようなその断面を目撃してしまう（中巻）。その後この「氏も素性も分らない丁稚上《でっち》がり」の青年が妹との結婚を目前にひたすら「痛い痛い痛い」と泣き叫びながら死んでいったことを、蒔岡の家名と世間体とを何より気にする幸子は「有難い」と感じる（同）。栄養の偏った蒔岡家の人々はみな脚気《かっけ》を病んでいて、ある日家に迷いこんできた蜂から逃げ回った雪子が「青ざめた顔に無理に笑いを浮かべ」た時、「脚気の心臓がドキドキ動悸を搏《う》っているのが、ジョウゼットの服の上から透いて見え」もした（同）。『細雪』の世界は割あいに汚いのである。

『細雪』の作中でそんなものの汚さや凄まじさがもっとも迫真した筆致で書きこまれるのが、谷崎自身も被災した有名な昭和十三（一九三八）年七月五日の阪神間の大水害の描写である。今なお兵庫県南東部の大阪湾沿い、神戸・芦屋・宝塚のあたりはぎりぎりまで迫った六甲山塊と海岸線との間の極めて狭い平地に市街地や住宅地が密集しており、それだけに山から一気に下り落ちる川は、雨量が増すと瞬く間に暴れ始める。その最大のものが、貞之助の目を通して描かれる次の昭和十三（一九三八）年の大水害である。

水は黄色く濁った全くの泥水で、揚子江のそれによく似ている。黄色い水の中に折々餡のような色をした黒いどろどろのものも交っている。…（中略）…貞之助はそこで立ち止まって前方を眺めた時、さっき甲南学校の生徒が「海のようだ」と云ったのは、今自分の眼前にある此の景観のことなのだなと合点が行った。雄大とか豪壮とか云う言葉を使うのは此の場合に不似合のようだけれども、事実、最初に来た感じは、物凄いと云うよりはそう云う方に近く、驚くよりは茫然と見惚れてしまった。…（中略）…そして普通の洪水と違うのは、六甲の山奥から溢れ出した山津波なので、真っ白な波頭を立てた怒濤が飛沫を上げながら後から後からと押し寄せて来つつあって、恰も全体が沸々と煮えくり返る湯のように見える。たしかに此の波の立ったところは川でなくて海、――どす黒く濁った、土用波が寄せる時の泥海である。貞之助の立っている鉄道の線路は、その泥海の中へ埠頭の如く伸びていて、もう直き沈没しそうに水面とすれすれになっているところもあり、地盤の土が洗い去られて、枕木とレールだけが梯子のように浮かび上がっているところもある。（中巻）

ここで蒔岡家の人々が日常を送り、そぞろ歩いた芦屋市と神戸市東灘区とにまたがるあたりは、海に――それも泥海に、かえってしまっている。中世の謡曲「鵺《ぬえ》」の舞台となった芦屋の里は、「難波潟」の浦波が寄せ、名の通り芦が生い茂って、どこまでが陸、どこまでが海とも分かたぬ入江の湿地であった。平安時代の末、都の大極殿の屋上に黒雲とともに夜な夜な現れた怪物・鵺は源頼政に射落とされ、「うつほ船」に入れて川に流された（『平家物語』「鵺」巻）。謡曲はその「うつほ船」が、「芦の屋の浦はの浮き洲」に、「幽《かす》かに浮び寄」ったと語る。この手つかずの原初の混沌のイメージを有した地が近代に入り、大阪のメガロポリス化と神戸の開港場としての発展とによって、その間を走る私鉄の資本によって住宅地として整備されたのである。だから一たび自然が荒ぶると、そんな人間の新しい営みは洗い流されて、その始原の姿である「沸々と煮えくり返る湯」のようなどろどろした泥の海にかえってしまう。奇怪な姿のゆえに川に流された平安朝の鵺は、上古の記紀神話の中で「葦船《あしぶね》に載せて流さ」れた蛭子《ひるこ》の風姿を移している（『源平盛衰記』によれば、蛭子が漂着したのは芦屋の隣の西宮である）。『古事記』は芦屋の里のみならず、この島国の全体が太古は「浮きし脂の如くくらげなすただよ」う一面の泥の海であったと語るが、そんな「草木岩根も悉《ことごと》く物言」い、「邪《あ》しき神狭《さ》蠅《ばえ》なす皆満ち」た恐ろしい神代《かみよ》の――始原の風景が、異例の災害によって昭和初期のここにも垣間見えているのである。

　そしてこうした山から滾り下って人里を押し流す水は、小さくはかない人事の恒常性を保とうとする努力を無情に・無常に洗い去る、帰らぬ時の流れの象徴として作中に現れている。姉妹の美しい母が世を去った朝にも秋雨が降り続き、山津波の予兆があった。

　　それは、その数日前から降りつづいた秋雨がなおも降り止まず、瀟々《しょうしょう》と病室の縁側の硝子障子に打ち煙っている日であった。障子の外にはささやかな庭があって、そこからだらだらと渓川の縁へ降りられるようになっており、庭からその崖へかけて咲いている萩がもう散りかかってしたたか雨に打たれていた。渓流の水嵩が増したために山津波がありはしないかと村の人々が騒いでいるような朝のことで、雨の音よりも凄じい流れの音が耳を聾《ろう》するように聞え、時々川床の石と石と打つかるたびに、どどん、と云う地響きが家を揺するので、幸子達は水が上って来たらどうしようかと怯えながら、母の枕もとに侍っていたのであったが、そう云う中で白露が消えるように死んで行く母の、いかにもしずかな、雑念のない顔を見ると、恐いことも忘れられて、すうっとした、洗い浄められたような感情に惹き入れられた。（下巻）

昭和の大水害の際の豪雨とちがって、この日の秋雨は「瀟々と」煙《けぶ》るように静かに降っているだけである。けれども渓川の水位はひたひたと高まりゆき、地響きも鳴りとよんで、死にゆく母と、その枕元につめかけた、まだ少女だった姉妹たちとを、病室ごと山津波で流し去ってしまいそうである。実際、まだ三十七歳だった母は、この流れに拉し去られたのである。それは折々に激しく荒ぶり、人の身では抗うことのできない時の流れの象徴にほかならなかったのだから。

平安のみやびの玉くしげ（宝庫）であった『源氏物語』にならって、『細雪』は昭和初年の上方の洗練され爛熟しきった月次な行事と風趣とを余さずすべて聚《あつ》めている。でもそれは、そのすべてがもうじきなくなるからである。『細雪』はある文明の廃墟がいちめんに広がる中で、一つだけ時の流れに抗してそびえている巨大な収蔵庫のようである。ただ、『源氏』が永遠に繰り返すことを理想とする年中行事の数々を飽かず語りながら、その真ん中に繰り返すこと・落ち着くことを拒否して、破滅に向かって真っ逆さまに滾《たぎ》り落ちてゆく光源氏の激しく暗い情念を置いたように、『細雪』の退屈で月次な営みの芯のあたりにも、何か暗く激しく流れ落ちてゆくものがある。

それは時が止まったかのような三姉妹を次第に侵してゆく老いや病であり、荒ぶる自然であり、戦乱であり、――つづめていえば無常な時間の流れである。谷崎が『源氏』に学んで『細雪』に描いたのは、繰り返しの円環が破れてすべてが暗い淵へと頽《くず》れ落ちてゆくその時にこそ、繰り返そうとする営みはもっとも美しく照り輝くという逆説的な消息だったように思われる。

## 後の世の『夢の浮橋』

『細雪』とならんでもうひとつ『源氏』からの直接の影響を示しているのが、昭和三十四（一九五九）年、七十三歳の時の『夢の浮橋』である。谷崎はその一年前に高血圧症で右手が麻痺し、以降執筆不能に陥ったため、谷崎が語ったところを助手が書き留める口《く》授《じゅ》の形式で書かれた――正確には語られた――最初の小説である。

もちろん小説の表題自体が『源氏』の最終巻（第五十四巻）である「夢浮橋」巻に拠っている。『源氏』のこの巻は、「桐壺」「薄雲」「真木柱」といった他の巻名が大体巻中の和歌や印象的な場面から取られているのに、この「夢浮橋」は、その言葉も、それに相応する物も、巻中のどこにも見当たらないことで有名である。けれども谷崎の作中では、「夢の浮橋」ははっきりした一つのものを指している。それは京都の東、鴨川と高野川との合流する三角州の原生林を下鴨神社の神域としてそのまま遺した糺《ただす》の森、そこを流れる「せみの小川」にかかった「幅の狭い石の橋」である。近世初期の文人である石川丈山は都から鴨川を隔てた一乗谷の庵（今の詩仙堂）に隠棲していたが、「時の帝」（後光明天皇）に招かれた際も「わたらじな瀬見の小河の浅くとも老いの波そふ影もはづかし」と歌って参内しなかった。「瀬見の小河」は内裏と京の都――つまり俗界・現実界と、隠者の棲む夢の世界との境界なのである（ただし、人見竹洞の『東渓石先生年譜』は丈山のこの歌の経緯について全く別の事情を伝えている。「瀬美の小河」を夢うつつの境界として印象づける谷崎の技巧である）。だからこちら側から向こう側へとその「せみの小川」にかけられた小さな石橋――「夢の浮橋」の先にある、鴨川の流れを引き入れた静かな池と、幽邃《ゆうすい》な庭と、池のたもとの数寄を凝らした五位庵とを舞台として谷崎が語る、ある一家族に生じた夢のような出来事は、ほんとうにみんな、この世ならぬおぼろな夢の出来事なのである。

語り手にして主人公である青年・乙訓糺《おとくにただす》の父は、糺の母の茅渟《ちぬ》を深く愛していたが、糺が六歳の時に彼女はみまかる。父は母によく似た人と再婚し、名前も「茅渟」と変えさせ、まったくこの今の人を昔の人の「鋳型に嵌め」て、昔の茅渟そのものにしてしまった。そこには息子に「母を失った悲しみを忘れさせることが出来よう」との思いもあった。いうまでもないが、このくだりは『源氏物語』冒頭の「桐壺」巻で、光源氏の父の桐壺帝が、最愛の妻であり源氏の母である桐壺更衣に先立たれた後、彼女に生き写しの藤壺を後宮に迎えて、彼女に「此の児をよそよそしゅう扱うて下さるな。どう云う訳か、あなたは此の児の母のような気がします。無躾な者とお思いにならないで、可愛がっておやりになって下さい」（新訳）と説いたのに基づいている。父と息子とは別の人に亡き母の面影を移して、母子《おやこ》のもとの形を取り戻そうとしたのである。

幼いころに母の胸に顔を埋めた「髪の匂いと乳の匂いの入り混った、生暖かい懐ろの中の甘いほの白い夢の世界」に焦がれ続けていた糺は、もう十三、四歳なのに「お母ちゃん、一緒に寝さして」と、この二人目の母の臥所に潜りこんでその乳を吸う。そして母恋いがいつしか妻恋いに転化して、すでに思春期を迎えていた息子と義母との間に、父の子ということになっている秘密の子ができてしまうのも、藤壺と光源氏との間に「罪の子」が生まれたのと同じである。谷崎は「夢の浮橋」の向こうの夢の世界で、旧訳からは訳し落とされた『源氏』の基本プロットを再演して見せたのである。

流水のない内裏で進んでゆく『源氏』の擬制の母子の物語と違って、谷崎の『夢の浮橋』では、物語はつねに鴨川から水を引き入れた静かな池のほとりで展開する。そこにしかけられた添水《そうず》（いわゆる鹿威《ししおど》し）の「パタンパタンと云う音」は作品全体の拍子をなしている。しかしその水は、とどめがたい時間と運命との象徴であった『細雪』の激しい大水や山津波と違って、定期的な添水の音がかえってその間の静寂《しじま》を際立てて、いかにも静かに淀んでいる。夕涼みの折、最初の母が「小さく丸っこい、真っ白な摘入のような足」をその水に浸したのと全く同じに、二人目の母もその足を同じ水に浸した。ここでは池の水はむしろ恒常性の象徴となっているようである。

けれども、この滾《たぎ》らず淀む水も、結局は恐ろしい命取りのものである。その一部には暗い深い淵があって、最初の母は「あこへはまったらえらいことえ、大人かて出て来られへんえ」と幼い糺を恐れさせたし、そのほとりの所々に置かれている「へんにむくつけく」作られた石の羅漢《らかん》も「或る者は鼻をひん曲げて横目で睨んでいるように見え、或る者は意地の悪い笑いを洩らしているように見え」、少年を怖がらせた。なにより暗く湿ったそこには「大きい百足《むかで》」が無数に蠢いていた。二人目の母はある夜、這い出してきた大きな百足に胸を噛まれて落命するのである。

　古来暴れ川として有名な鴨川から、小川や樋や添水を通じて水を引き、その淀んだどん詰まりとして造られた――つまり水が流れないように造られたこの池は、『源氏』で桐壺更衣を喪った桐壺帝が再現した父・母・子のレプリカと、そしてまた後に光源氏が春夏秋冬それぞれの対に女君を住まわせ、その中でだけ時間が巡るようにした六条院とも同じく、時が流れず回帰するように、これ以上時が何ものをも喪わせないように、人工的にしつらえられた仕掛けである。けれども、移ろいやすい川の流れは日本人にとって長く時の流れの象徴であり、そこに作られた堰はそれをとどめようとする人の思いの象徴であったが（「行く水は堰《せ》けば止まるを紅葉葉の過ぎし月日のまた返るとは」良寛）、川水はいつか堰を越えて溢れ、必ず越えられるものである。『源氏』に導かれた谷崎の夢の最奥のここでもやはり、時と水とは、人にとっての本質的な他者性をむき出しにしている。

# 第Ⅵ章

# 夢の円寂する時

（提供：アフロ）

谷崎の墓（京都市　法然院）「寂」の字の彫られた丸い墓は、高僧がみまかったときのような〝円寂〟の相を示している。

# 老いと死の文学――『鍵』『瘋癲老人日記』

## 老いの文学

三島由紀夫が昭和四十五（一九七〇）年十一月二十五日に陸上自衛隊の市ヶ谷駐屯地で割腹自決を遂げたのは四十五歳の時のこと。その三十年忌に、石原慎太郎は旧友を次のように悼んだ。

天才の自負のまま自分にとってありえぬ肉体を望んだりしなければ、たとえ幽鬼のごとく痩せ細り死に魅せられ続けようと氏は願っていた夭折もかわして生き長らえ、真に絢爛とした美の世界を構築出来たかもしれないのに。（石原慎太郎「天才五衰」『文學界』二〇〇〇年十一月号）

石原のいうところは、三島というあくの強い作家ひとりにとどまらず、日本の近代作家みなの泣き所を的確に捉えていると思われる。彼らは「夭折もかわして生き長らえ」、「幽鬼のごと」き老人となって「真に絢爛とした美の世界を構築」することができない。それは本質的に青春の文学なのである。第Ⅱ章で明治末年の一高生たちの文学熱を垣間見たように、〝日本人〟の・男性の・高等教育を受けた・中流以上の・若者がその層に通有の経験と苦悩とを書き、同じ層の若者が読んだのである（この閉じた狭いサークルが後に〝純文学〟として切り出され、その外に広がってより広い層に享受される作品群が〝大衆小説〟と呼ばれることになる）。もちろん女性や、朝鮮半島および台湾の人や、〝無産階級〟の人や、中高年の人もまた書き、近代日本語表現の幅と奥行きとをいっそう豊かにはしたけれども、コア層は不動であった。三島はある座談会で「青年の書」を「谷崎さんは書いてないでしょう」（伊藤整・佐伯彰一・三島「近代文学の二つの流れ」）と言い放ったが、翻って三島その人の作品は、デビュー作の『仮面の告白』から遺作となった『天人五衰』まで徹頭徹尾「青年の書」、青春の迸《ほとばし》り以外のものではなかった。

　しかし青春はいつか必ず終わるものだし、その後かけらもロマン的でない散文的な老いが到来したらどうするのか？――だから石原が哀惜しているとおり、四十五歳を迎えた三島は命を絶つほかはなかったのである。北村透谷をはじめ、芥川龍之介も太宰治も自ら命を絶ったし、堀辰雄や梶井基次郎や中島敦の生命を若くして奪った病（特に結核）は、どこか天才に与えられた特権や恩寵のようにも受け取られた。老いると書けないこと、そして老いを書けないことは、青春の文学である日本の近代文学の通弊なのである。

　こんな風に若さが特権化される近代文学とは違って、日本文学の長い歴史の中ではむしろ、性急に老いることのほうが目指されていたといえそうである。藤原定家も中世の戦乱の中で八十歳の齢を保ったが、その父の藤原俊成はさらに九十一歳まで生きた長命の人であった。老境の俊成の歌、――とくに清冽な冬の歌は美しい。

かつこほりかつはくだくる山河の岩間にむせぶ暁の声　（『新古今和歌集』冬、六三一）

雪ふれば嶺のまさかきうづもれて月にみがける天の香久山　（同、六七七）

比叡山に発する大宮川の清流が半ばは凍って半ばは砕け、きしみむせびながら琵琶湖へと下り落ちる払暁の光景を詠んだのは、俊成が七十六歳頃のこと。冬もなお艶々《つやつや》と青い榊の葉の上に白雪が清く積もって、神話の記憶の遺る天の香久山が冴え渡った冬月夜に氷塊のように切り立っているさまを詠んだのは、八十四歳頃のことである。俊成は「さび」や「幽玄」を重んじたが、その美意識は中世連歌の「冷え」「枯れ」に、さらには近世の蕉風俳諧の「侘び」へと受け継がれてゆく。この流れを汲んだ兼好法師が「花は盛りに、月は隈なきをのみ見るものかは」と述べた（『徒然草』一三七段）ように、――集の全体が早春の明日香の野のように若々しい上古の『万葉集』は措いて――中世以降の日本人は充実したもの、潑剌としたものを求める若さをあえて捨て、意図的に冷え・枯れ・寂びはてて、実際の年に先駆けて老いようとしていたようである。「日本浪曼派は、今日僕らの『時代の青春』の歌である」（「『日本浪曼派』広告」、昭和九年）と歌い上げた保田與重郎は、谷崎の老成を睨んで「定めし文学とは人生の青春に於てあったものに過ぎぬ」（「「春琴抄後語」の読後感」）と毒づくが、そんな風にことさらに若やごうとする近代文学のほうがむしろ異例なのである。

よく指摘されるように、若さ一辺倒の近代文学に老いの境地を再び切り開いたのが谷崎にほかならなかった。石原が青春に殉じた三島を悼みつつ思い描いているのはおそらく、まさに「夭折もかわして生き長らえ」、――「幽鬼」のように痩せ細るかわりにどら猫のように肥え太りはしたが――「真に絢爛とした美の世界を構築」した戦後の谷崎である。

谷崎は五十九歳で昭和二十（一九四五）年の終戦を迎え、高度経済成長真っ盛りの昭和四十（一九六五）年に七十九歳で没した。谷崎にとっての戦後は老いの時節であった。『細雪』が昭和天皇の上覧にあずかり、朝日文化賞・毎日芸術大賞といった〝大家〟向けの賞を総なめにし、文化勲章を受けて文化功労者ともなり、戦後の谷崎は名実ともに文壇の大御所中の大御所の地位を占めるに至った。もう少し長生きしていれば、ノーベル文学賞を受賞するのは川端康成ではなく谷崎だったはずである。あとは気の向いた時に、――典型的には晩年の森鷗外の史伝もののような――力みのない枯淡な作品を発表していれば、誰もが諸手を挙げてほめそやしてくれるはずだった。

しかし老境の谷崎は六十三歳の『少将滋幹の母』、七十歳の『鍵』、七十四歳の『夢の浮橋』、七十六歳の『瘋癲老人日記』と、異様に旺盛な精力をもって質量ともに充実した作品群を描き続けた。そのテーマは谷崎自身に間近く迫った老いと性、――そして死であった。本章では作家の描いた老いと性と死とを、そして作家本人の老いと性と死とを見届けよう。

## 死の意匠

第Ⅱ章で見たように、同時代の人々はみな競うように若き谷崎をボードレールに擬えたが、孤独な詩人の安らぎは墓場の土の下にこそあり、蛆虫こそがその友達だと歌ったフランスの詩人（『悪の華』「死後の悔恨」）とはうって変わって、この本邦随一の若きデカダン作家は、死へのそんな甘美な幻想とはまるで無縁だった。谷崎は終生病気や災害など、少しでも死に近いものを病的なまでに恐れた。あれほど不潔で不健康な世界を繰り返し描きながら、病気の感染を異常に恐れる谷崎には潔癖症の気さえ窺われたし、実際に関東大震災で焼け出される前から地震が「大嫌い」で、「年中気に病んでびくついて居る理由のない事を、充分心得て居る癖に、彼はやっぱり明け暮れ其れが心配」でしかたがなかった（「病蓐の幻想」）。そして逆に、異様なまでに旺盛なその性欲や食欲や金銭欲は、わずかでも自分の生命の存続を保証してくれる安定したもの・堅固なものの中へ逃げこもうとする、臆病な子羊のような生への欲動に由来している。たとえば第Ⅳ章で見たように、その食欲は他の何よりも「頼りになる」、「自分が自分の体の中にしっかりと物を所有して居る感じ」（「鮫人」）を得ることを目指していたのである。

何もボードレールに限らず、三十六歳で熱病に倒れたバイロン以来、ロマンティストは夭折するものだったし、より手近く一高「個人主義」の先輩の藤村操や旧友の芥川にとっても死はぎりぎり最後の救済であり、憧れであったのに、谷崎にはそうでなかった。それは折しも人間が幼児期の甘い睡《ねむ》りを脱し、自分を取り巻く世界の根本的なパターンを了解し始める思春期に、父の事業の失敗によって貧しさが災厄のように降りかかったためであると思われる。自伝的な「鬼の面」で、谷崎は沈淪した実家を離れて富豪の家に住みこんだ一高生の壺井に、次のように述懐させている。

「金は天下の湧き物だ。」と云う、その湧きものがどうして斯うも社会の一方にばかり堆積して、他の一方へ流れ込もうとしないのであろう。壺井は自分の父の家運が此の四五年来ますます逆境に沈淪して行く悲惨な有様を、ありありと目撃して居る。彼が物心のついた時分から、あまり豊かでもなかった実家の生計は、父の頭に白毛の殖えるに随っていよいよ窮迫の絶頂へ向い、もう近頃では壺井の母と妹と三人暮しの糊口を凌いで行く事すら、死に物狂いの苦しみである。……（中略）…壺井は津村家へ引き取られてから、初めのうちは父母恋しさに度《た》び度《た》び実家を訪問したにも拘らず、一二年このかた一層困憊を極めて居る両親の容貌に、辛酸を嘗め尽した傷々しい影を眺めるのが悲しくて、同じ東京の町の中にある彼等の寓居を、めったに尋ねないようにして居た。

彼は暫くの間でも、自分が此のような哀れな両親の子供である事を、想い出すのが不愉快であった。学校へ行けば富裕な家の子弟と交り、邸へ帰れば派手な周囲の空気に浸って、能う限り自分の情ない境遇を忘れ、成る可《べ》く社会の中流以上の趣味や風習に親みたかった。日常彼を取り巻いて居る花やかな世間の一階級には、「金」と云う物が殆んど無尽蔵に貯えられ、際限もなく湧き出して来るかのように考えられる。

（「鬼の面」）

金が「際限もなく湧き出してくるかのよう」な「社会の中流以上」の世界にだけ、人が安心して生きられる堅固に安定した地盤があり、その上に嬌声や三味線の音が響き、舌を楽しませる珍味の数々が並び、生活の疲れを知らない白く血色のよい肢体を有した魅惑的な女性たちがいる。その外の「窮迫」の世界は底が抜けていて、素寒貧《すかんぴん》という言葉が喚起するように、全てが虚無と死に向かって真っ逆さまに転落してゆく。だから谷崎はその充ち足りて安定したわずかな足場に必死でしがみつこうとする。この構えが谷崎の抒情の骨格をなしている。だからこそ彼の憧憬の対象がどこまでも即物的で、時にあくどく俗物的でさえあることを、周囲の文学青年たちは批判し続けたのである。死を選ぶことにこそ真の生があり、貧しさの中にこそ本当の豊かさがある。そんなロマンティスト特有の逆説は全く谷崎のものではなかった。彼が憧れたのは天ぷらやビフテキであり、綺羅《きら》綺羅《ら》しく肌触りのよい上等の着物であり、ハリウッド女優のような肉感的な女性であった。若き谷崎が「元禄的」「現世的」（小宮豊隆「『刺青』――谷崎潤一郎作――」）あるいは「町人文化」的（勝本清一郎「谷崎潤一郎と志賀直哉」）と批判されたゆえんである。ともあれ、五十歳を越えても神戸から熱海へ、熱海から岡山へ、岡山から津山へと、空襲の可能性が少しでも低いところへと疎開を繰り返して逃げ惑った戦中までの谷崎にとって、死はただただ動物的に恐怖されるものでしかなかった。

それが戦後の谷崎の作品になると、死は別の装いで現れてくる。七十歳の『鍵』では老いにさしかかった主人公が、死期を早めることを覚悟でカンフル剤やブランデーやビフテキで老いの不調に苦しむ自分の身体を無理やりに鼓舞し、妻と「タダ二人ココニ立ッテ相擁シテイル」一瞬間に「自分ハ今死ヌカモ知レナイガ刹那ガ永遠デアル」ような法悦を味わう。そこでは死は性の歓喜と一体になっていて、死ぬかもしれないが気持ちいいのか、死にゆくことが気持ちいいのかは、もはや区別できなくなっている。七十六歳の『瘋癲老人日記』では、谷崎自身と同じく高血圧に苦しむ老齢の主人公が、憧れの義理の娘の「三本ノ足ノ趾《ゆび》ヲ口一杯ニ頬張ッ」て、興奮と喜びのあまり血圧が危険な域に達しても、「死ヌ、死ヌ」と思いながらしゃぶるのをやめられず、「恐怖ト、興奮ト、快感トガ、代ル代ル胸ニ衝キ上ゲ」る。谷崎にとって生への欲動そのものであった性への欲動は、戦後に入って死への欲動と次第に交じりゆきつつ、最後には渾然一体となったのである。

## 散文的な老い

昭和三十一（一九五六）年、谷崎七十歳の時に『中央公論』誌上で連載のはじまった『鍵』は、『細雪』と『源氏物語』の新訳とを完成させてすっかり老大家となりおおせていた谷崎が、中高年夫婦の性生活を赤裸々に描いて、「芸術か猥褻か」という大論争を巻き起こした。論争は国会にまで波及したのである。やはり谷崎は筋金入りの傾奇者《かぶきもの》であった。

寝取りや覗きや盗撮といった痴態のさまざまを描いたこの小説は、『細雪』以前の情痴の世界に元どおりに帰ったように見えて、これまでの谷崎作品には見られなかった決定的に新しい要素が現れている。老いである。主人公である五十六歳の大学教授は最近性の力の衰えを感じ、十一歳年下の妻の旺盛な要求に応えきれず、「夫トシテ、彼女ニ十分ノ義務ヲ果タシ得ナイ」という不安を抱えている。この不安は実は六十代以降の谷崎自身のものであった。六十三歳の時の『少将滋幹の母』の内容は前章で見たが、谷崎は実は母を切なく恋うる幼い滋幹よりもむしろ、その父である八十歳近い老大納言・国経に自分を重ねていたふしがある。その五十歳以上年下の妻が、若さと精力との権化である藤原時平に奪われる前に、夫婦の間にはこんなやりとりがあった。

八十に近い老人に斯様な熱情があることは、不思議と云えば不思議であるが、実はさしもに頑健を誇った此の老人も、一二年此のかた漸く体力が衰え始め、何よりも性生活の上に争われない証拠が見え出して来たので、それを自覚する老人は、一つには遣る瀬なさの余り変に慪《じ》れているのでもあった。尤も彼の場合、その遣る瀬なさは、自分の悦楽が思うように叶えられないと云うよりは、此の若い妻に申訳ないと云う気持から来る方が多いのではあったが、……‥‥

「いいえ、そんなお心づかいはなさらないで、――」

老人がその胸中を率直に打ち明けて、あなたに済まないと思っている、と云う風に詫び言めかして云うと、北の方はしずかに頭を振って、却って夫を気の毒がるのが常であった。

（『少将滋幹の母』）

老人はもはや直接に思いを遂げがたいので、妻が嫌がるのに煌々《こうこう》と明かりを灯して、視線と「節くれだった歪んだ指」とで執拗《しゅうね》く愛撫を繰り返す。それは『鍵』の主人公がわざと強い酒で妻を酔わせ、「蛍光燈ノ明リ」の下でその身体を「巨細ニ亘ッテ、足ノ裏ノ皺ノ数マデモ」観察しつくしたのと同じ愛し方である。還暦を越えた谷崎はこんな風に老いの切なさを描いた『少将滋幹の母』の原稿を傍らにして、妻に「十七歳若いので可哀そうだ」また「浮気をしても構わないよ」と涙ながらに訴えたことがあった（谷崎松子『倚松庵の夢』）。妻を強引に奪い取った時平、――この小憎らしいほどに男性的な精力に張り切った権勢家は、老いを迎えた谷崎と国経とが喪ったものが凝り固まった姿だったのである。

## 『鍵』の技巧

老いとともに性に関しても心身にさまざまな変調が生じるのは万人に共通のこと。しかし「アヴェ・マリア」で「永遠」への憧憬の一形態と捉えられていたように、谷崎にとっての性欲は生の根源的な欲求そのものであり、またいっそうクリティカルなことに、芸術家としての表現衝動そのものでさえあった。身体からは自然な過程として喪われてゆく性の衝動を、どのように再び駆り立てるか。このことが『鍵』の初老の教授にとって以上に、現実の老芸術家にとって喫緊の問題となったのである。

『鍵』は終始この課題への解決策を模索し続けた、谷崎の遠回りな私小説のような作品である。そしてその最終的な答えは、もってまわった人工的な仕掛けを張り巡らすことで、その欲望の焦点である妻との間に心身の距離を確保し続けることであった。夫はハリウッド俳優のジェームズ・スチュアートに似た若い木村をことさらに家に招き、スチュアートのファンの妻と彼との距離を近づけようとする。木村は時平と似たような存在である。二人の距離は夫の思惑どおりに縮まりゆくが、夫は次のような注文をつける。

シカシ妻ニ注意シタイノハ、云フ迄モナイコトダケレドモ、刺戟剤トシテ利用スル範囲ヲ逸脱シナイコトダ。妻ハ随分キワドイ所マデ行ッテヨイ。キワドケレバキワドイ程ヨイ。僕ハ僕ヲ、気ガ狂ウホド嫉妬サセテ欲シイ。事ニ依ッタラ範囲ヲ踏ミ越エタノデハアルマイカ、ト、多少疑イヲ抱カセルグライデアッテモヨイ。ソノクライ迄行ク事ヲ望ム。

（『鍵』）

裏切っているのではないかと疑惑と嫉妬とを燃え上がらせるほどぎりぎりを攻めてほしいが、ぎりぎり最後のところで裏切らないでほしいというこの注文は、本質的に矛盾していて、愚かしい。妻が最後のところで裏切っていないと心から信じられたならば疑惑も嫉妬も生じようがないし、したがって木村は「刺戟剤」としての役割も果たせないからである。しかし酔い潰れた妻の口から「「木村サン」ト云ウ一語ガ譫言《うわごと》ノヨウニ洩レタ」夜、夫は実際に先の「気ガ狂ウホド」の嫉妬を覚え、「既ニ倦怠期ヲ通リ過ギテイル時期ニナッテ、……昔ニ倍加スル情熱ヲ以テ妻ヲ溺愛スルコトガ出来」たのである。酔い潰れて一方的に夫の視線に曝されている妻と夫との肉体の距離は慎しみ深い普段の閨《ねや》よりも近いが、その「蛍光燈トフローアスタンドノ白日ノ下」に横たわる白い肢体の奥の心は、はるかに遠ざかっている。ここでは距離が、——より正確にいえば身体の零距離と心の測り知れない距離とのコントラストが、欲望のスパイスとなっているのである。

この後も夫と妻と木村と、夫妻の娘で木村の婚約者の敏子とは、意図的にこの距離を維持し続けようとする。妻は毎晩意図的に酒量を過ごして酔い潰れ、夫に身をゆだねる。夫は妻の肢体を撮影した写真の現像を意図的に木村に依頼する。木村もそしらぬふりでこれを承諾する。敏子は意図的に母と木村との外での逢瀬の機会を取り持ち、父の嫉妬を煽り立てようとする。「陰険ナ四人ガ互ニ欺キ合イナガラモ力ヲ協《あわ》セテ一ツノ目的ニ向ッテ進ンデイル」と夫が評するように、四人はお互いの腹の底を知り抜きながら白々しく演技を続け、精妙な機械のように「一ツノ目的」――つまりは嫉妬を通じての夫の回春のために働き続ける。

このどこまでも作り物の三角関係は、しかしとうとう作り物でない本物の「永遠」へと彼を到達させた。木村と妻とが許容される「範囲」を踏み越えたと夫には確信された晩のことである。

妻ハ明ケ方カラ例ノ譫言ヲ始メタ。「木村サン」ト云ウ語ガ今暁ハ頻繁ニ、或ル時ハ強ク或ル時ハ弱ク、トギレトギレニ繰リ返サレタ。……（中略）……瞬時ニ嫉妬モ憤怒モナクナッテシマッタ。妻ガ昏睡シテイルカ、眼覚メテイルカ、眠ッタフリヲシテイルカモ問題デハナクナリ、僕ガ僕デアルカ木村デアルカサエモ分ラナクナッタ。……ソノ時僕ハ第四次元ノ世界ニ突入シタト云ウ気ガシタ。忽チ高イ高イ所、忉利《とうり》天《てん》ノ頂辺ニ登ッタノカモ知レナイト思ッタ。過去ハスベテ幻影デココニ真実ノ存在ガアリ、僕ト妻トガタダ二人ココニ立ッテ相擁シテイル。……自分ハ今死ヌカモ知レナイガ刹那ガ永遠デアルノヲ感ジタ。……

（『鍵』）

忉利天は仏教の世界観でいう、われわれの住む閻浮《えんぶ》提《だい》にそびえる須弥《しゅみ》山《ざん》の頂上にある国土で、釈迦の母の摩耶夫人が往生したところである。「ハッサン・カンの妖術」で鳩に転生した母が舞っていたのはその遥か下の「鹹海《かんかい》中の弗婆提《ほつばだい》の洲《しま》」ではあったが、同じく「永遠」そのものと一体化した母の在す、俗界をはるかに離れた浄明な他界であって、めくるめく「四次元世界」というにふさわしい。作り物の嫉妬の力でそこに立った「刹那」(瞬間)こそが「永遠」かつ「真実」と感じられ、あべこべにそこに流れこむ過去も、そこから流れ出す未来も、すべて「幻影」としか思えない。いわゆる「永遠の今」であり、ここに時間は停まったのである。

そして「自分ハ今死ヌカモ知レナイ」のは、谷崎自身と同じく高血圧に苦しむ夫が、(彼自身のつもりでは)妻を歓ばせるために医師の制止を振り切ってビフテキやブランデーを貪り、カンフル剤を過剰に注射して、くたびれきった身体を嫉妬に興奮しきった心に合わせて鼓舞しようとしているからである。ここで夫は、「気ガ狂ウホド」の嫉妬に合流した「恐シイホドノ血圧」が見せる眩《めくる》暈《めき》を、「永遠」が閃いた瞬間と錯認しているのである。実際にこの高血圧はこのすぐ後に『鍵』の主人公の命を奪い、作家自身の命も脅かした。ここでは谷崎が恐れ続けた老いと死とが迫り来る感覚が、谷崎が憧憬し続けた性的な歓楽や「永遠」の覚知と一体になっている。

### 「ワイセツと文学の間」

先述のように、『鍵』は世間で物議を醸した。まず『週刊朝日』昭和三十一(一九五六)年四月二十九日号が「ワイセツと文学の間」と称する特集を組んで、『鍵』を「露骨なワイ談」(小汀利得《おばまとしえ》評)などと名指しで批判した。さらに売春禁止法案を審議中であった衆議院の法務委員会でも議論を巻き起こした。委員たちは戦後の「国民精神」の「弛緩」が「風俗壊乱」をもたらしている（五月十日・池田清志発言）との現状認識のもと、この「老大家」の作品を「いわゆるエロ文」として問題にした（五月十一日・世耕弘一発言）。ことが表現の自由にかかわる重大なものであるのは当然として、それでもやはり国会議員のみでなく関係各官庁の局長クラスが列席する中で、「情欲ヲ掻キ立テル」「彼女ノ淫乱ヲ征服スル」云々と初老の男の手記の一番浅ましい箇所が読み上げられたさまは、一幅の絵のようである。

また文壇で『鍵』批判の急先鋒に立ったのは、『蒼氓《そうぼう》』で第一回の芥川賞を受賞したときから終始一貫して〝小市民的な〟良識の立場に立ち続けた社会派作家・石川達三であった。日本ペンクラブの会長もつとめた石川は「譲ることのできない本質的な自由」と「瑣末な自由」とには「区別」があると説き（『私の少数意見』「自由のあり方」）、「小説の中で性の追求をする事自体に疑問を持つ」（同書「性の追求」）と述べ、一貫して性表現の規制を主張し続けた。折しも一年前の昭和三十（一九五五）年十一月の保守合同によって自由民主党が結党され、いわゆる五十五年体制が成立して、保守派の巻き返しの時節であった。検閲を恐れて露骨な描写を避けていた戦前・戦中の谷崎作品から一転して、『鍵』に性交や性器に関する赤裸々な描写が多いのは誰もが感じるところ。旧体制下の雁字《がんじ》がらめの検閲から抜け出して、この作品で猫のように思うさま伸びをしたところを、このいわゆる「逆コース」による保守派の復興によってがつんとやられたわけである。昭和二十六（一九五一）年のロレンスの『チャタレイ夫人の恋人』伊藤整訳と、昭和三十四（一九五九）年のサドの

『悪徳の栄え』澁澤龍彦訳とをめぐる両裁判と並んで、谷崎の『鍵』事件は戦後の性表現をめぐる角逐の代表例の一つとして記憶されている。

国会とジャーナリズム上とでの攻撃に表れている通り、『鍵』に不快感を示したのは、敗戦と占領とによって鳴りをひそめ、しかし冷戦の激化にともなうGHQの方針変更によって息を吹き返してきた保守派の年配の男性であった。彼らにとって『鍵』のどこが不愉快だったのだろうか。もちろん槍玉にあがったのは性描写の露骨さだった。しかしもっと深いところで、『少将滋幹の母』の国経の姿に予告されてこの『鍵』に克明に描かれ、後の『瘋癲老人日記』に至る、戦後の谷崎がこだわり続けた最大のテーマである男の欲望のひとりよがりさや浅ましさ、――そして孤独さが、彼らの敏感なところを鋭く抉《えぐ》ったのではないだろうか。

## 鍵のかかる日記

この小説は、古くは〝男手〟と呼ばれた片仮名で綴られた夫の日記と、〝女手〟であった平仮名で綴られた妻の日記とが交互に並べられて進んでゆく（だから現実に何が起こっているかを客観的に見通す〝神の視点〟は存在しない）。しかし特異なのは、夫婦それぞれの日記に鍵がかけられていること、――より正確にいえば、鍵がかけられているかのように二人の書き手が扮技していることである。夫の日記は書斎の引き出しに収められ、その鍵は書斎の本棚や絨毯の下などに、定期的に場所を変えながら隠してある。けれども二十年来連れ添っている妻はそんな隠し場所を知悉しているし、夫も妻に「内々読マレルコトヲ覚悟シ、期待シテ」書いている。妻の日記も「絶対に夫が思いつかない或る場所」に隠してあると冒頭に断言されるが、実は夫がそのありかをつきとめて盗み見ていることを妻は察知しており、それを気取られないために嘘を書いたのである。要するに実は二冊の日記に鍵はかかっておらず、鍵がかかっているかのように――相手に読まれていないと安心しきっているかのように白々しく装いつつ、実は相手に向かって書き送っているのである。「夫も私も、互に盗み読まれることは分っていながら、途中にいくつもの堰を儲け、障壁を作って、出来るだけ廻りくどくする……それが私たちの趣味であった」と妻が述懐するように、これも距離（堰・障壁）を確保するためのもってまわった仕掛けの一つであった。

とはいえ夫の日記は、それが妻に読まれていないと信じている、そして妻の日記を盗み見てはいないという、この関係の前提となる二つの大嘘をのぞいてはほぼ嘘をついてはいない。先に見たように、精妙な仕掛けによって復活した性の歓喜や妻への熱烈な「溺愛」をひたむきに書き連ねているだけである。けれども夫が性の昂まりを熱烈に語ったそのすぐ後で、妻の語りによってその昂揚は相対化されてしまう。妻はそもそも「遠い昔の新婚旅行の晩」から夫が生理的に不快で、その「白っちゃけた、死人のような顔」「肌理《きめ》の細かい、アルミニュームのようにツルツルした皮膚」に「ゾウっと身慄い」が走ったし、「あのアクドい、べたべたと纏わりついてさまざまな必要以外の遊戯をしたがる」しつこさも嫌であった。夫が嫉妬に駆られ、脂っこい食べ物とカンフルとでいや増しに加速度を増して死と歓喜と法悦境へと突入してゆきつつある時、妻は木村の「若々しい腕の肉」や「弾力のある胸板」を思い、ますます木村に惹かれていっていた。夫の日記だけを読むとき、読者は谷崎の熟練した筆力によって愚かしくも切ない男の願望に同調するかもしれないが、常にその直後の妻の語りによってその散文的な浅ましさに引き戻されることで、結局男の熱狂がひとりよがりのきりきり舞いにすぎないことが、克明に描き出される仕掛けになっている。

日記にほんとうに鍵がかかったのは、夫が「第四次元ノ世界」の法悦境を味わった果てに、高血圧からの脳梗塞によって実際に死を迎えた後のことである。その後には平仮名の妻の日記だけが続き、今度こそ鍵のかかった妻の本音が語られるが、そこで彼女は夫の視線を意識していたころのかつての日記の数々の「虚言」を指摘し、一種の種明かしをしている。そもそも夫が「範囲ヲ踏ミ越エ」るかどうかのぎりぎりを攻めてほしいと懇願していた当座からすでに妻は木村と易々と「範囲」を踏み越えており、「夫を一日も早く死の谷へ落し込む」ために、故意に高血圧に悩む夫を煽り立てていたのである。

男性の主観的には真摯な願望に対して、女性は本質的に他者であり、――男は結局一人ぼっちである。『鍵』のこのテーマそのものが多くの男性の図星をつき、激しい反感と憎悪とを買ったのではなかろうか。そういえば衆院法務委員会上で最強硬に『鍵』を批判した世耕弘一が固執し、敵意を燃やし続けたのは、ほかにいくらでもある性描写が露骨なシーンではなく、酩酊して眠っている妻に夫がむしゃぶりついて彼女の腹の上に夫の老眼鏡がずれ落ちるシーン、――ひとりよがりな男の老いと哀れさとが露出するシーンにほかならなかった。逆に洋画家の三岸節子は例の『週刊朝日』で「夫婦の実体は、あれくらいなのではありませんか」と澄ましていた。

## 痛みと快楽と死と――『瘋癲老人日記』

死の四年前に口授《くじゅ》の形で書かれ、ほぼその遺作となった『瘋癲老人日記』も、老いの足音につれて妄想を強めてゆく老人の片仮名の日記と、彼を取り巻く医師や女性たちの手記とが並べられ、『鍵』と似た形式をとる作品である。

しかし七十歳の谷崎が老いのとば口に立ったばかりの五十六歳の大学教授を描いた『鍵』と違って、七十五歳の谷崎が七十七歳の裕福でわがままな老人を描いた『瘋癲老人日記』は現在進行形で書き継がれており、そこに書き留められた老人の身辺の出来事のほとんどが谷崎の実体験に基づいている。老人はやはり「左様ノ能力ヲ喪失シタ状態ニナッテカラ」久しく、谷崎自身と同じく高血圧と片手の麻痺と疼痛とに苦しめられている。しかしさすがにもう死そのものは怖くはない。

「今日己《おれ》ハ死ヌンジャナイカナ」ト、日ニ二三度ハ考エル。ソレハ必ズシモ恐怖ヲ伴ワナイ。若イ時ハ非常ナ恐怖感ヲ伴ッタガ、今デハソレガ幾分楽シクサエアル。ソノ代リ、自分ノ死ヌ時ヤ死後ノ光景ヲ微ニ入リ細ニ亘ッテ想像スル。（『瘋癲老人日記』）

この後老人はどんな葬式で送ってほしいかをあれこれ考える。「若イ時」死を「非常ナ恐怖感」で恐れたのはもちろん谷崎自身だが、老人と谷崎とはここでもっと平静な心で、粛々と死に支度をいそいでいる。けれどもすべてが枯れ果てたわけではなく、「性慾的楽シミ」と「食慾ノ楽シミ」とへの執着は旺盛で、それでまだこの世にひっかかっているようなものである。そんな「既ニ全ク無能力者」の老人が「変形的間接的方法デ性ノ魅力ヲ感ジル」対象として――あるいは共犯者として現れるのが、谷崎作品最後のヒロインとなった、老人の義理の娘（息子の妻）の颯子である。

颯子は「残虐」な性格の「妖婦」型の女性である。「恋を知る頃」のおきんや『痴人の愛』のナオミが、このふがいなくも憎めない父の最期を看取りに帰ってきたのである。彼女は家族の視線をかいくぐって実に愉しそうに義理の父をいじめ、そのたびごとに老人は深い快楽を味わう。家族が集ってボクシングの話題になった時、颯子はことさらに選手が「口ヲ打タレテ血ダラケニナッテマウスピースガ三ツニ割レテ飛ンダリスル」さまを克明に語り、「血ヲ見ルト多少興奮スルワネ。ソレガ又愉快ナノヨ」と舌なめずりする。その途中から老人の左手が疼き始める。

予ハコノ話ノ途中カラ左手ガヒドク痛ムヨウニ感ジ始メタ。而モ痛ムノニ溜ラナイ快感ヲ覚エ出シタ。颯子ノ意地ノ悪ソウナ顔ヲ見ルト、イヨイヨ痛ミガ増シ、イヨイヨ快味ガ増シタ。

（『瘋癲老人日記』）

……

颯子は家族の団欒の中で、二人だけにわかる形で、意地の悪い生々しい言葉によって老人の顔を殴りつけ、血だらけにしたのである。そして老人と谷崎との宿病である高血圧による激しい手の痛みは、この嗜虐志向の娘と被虐志向の義父との隠微な共犯関係によって、「快味」「溜ラナイ快感」へと変換された。この後、老後の隠居所のための貯金で十五カラットの猫目石を買わされた時も、

「勝チ誇ッタ颯子ノ顔ヲ見ルト、痛イコトガ溜ラナク楽シイ」と、同じように左手の痛みが被虐の快楽にすりかわる。

作中と作外との二人の老人にとって、手の痛みは高血圧の、老いの、——そして最終的には死の、もっとも鋭い現れである。けれども「颯子菩薩」の導きによって、末期の痛みは性の歓喜と一体化してゆく。老人が一番危険な淵まで行き着いたのは次の場面である。

颯子ノ三本ノ足ノ趾《ゆび》ヲ口一杯ニ頬張ッタ時、恐ラクアノ時ニ血圧ガ最高ニ達シタニ違イナイ。カアット顔ガ火照ッテ血ガ一遍ニ頭ニ騰《のぼ》ッテ来タノデ、コノ瞬間ニ脳卒中デ死ヌンジャナイカ、今死ヌカ、今死ヌカ、ト云ウ気ガシタコトハ事実デアル。コンナ場合ノアルコトヲ、カネテ覚悟ハシテイタケレドモ矢張サスガニ「死ヌ」ト思フト恐クナッタ。ソシテ一生懸命ニ気ヲ静メヨウ、興奮シテハナラナイト自分デ自分ニ云イ聞カセタガ、オカシナコトニ、ソウ思イナガラ、彼女ノ足ヲシャブルコトハ一向ニ止メナカッタ。止メラレナカッタ。…（中略）…死ヌ、死ヌ、ト思イナガラシャブッタ。恐怖ト、興奮ト、快感トガ、代ル代ル胸ニ衝キ上ゲタ。狭心症ノ発作ニ似タ痛ミガ激シク胸ヲ窄《し》メツケタ。

（『瘋癲老人日記』）

ここで性の歓喜と死への恐怖とは同じものの二様の現れである。老人は一面で向こう側に行ってしまうことが恐ろしく、もう一面で向こう側に行ってしまいたくてたまらない。いみじくも老人は颯子の足の指を口に頬張るこの痴態を「ピンキー・スリラー」と名づけて日課にしてしまい、「少シ眼ガ血走ッテ血圧ガ二〇〇ヲ越スクライニ興奮シナイト物足リナイ」とまで平気な顔でうそぶくに至るが、ピンクなものとスリリングなものとは元来同一物である。フロイトは人間のエロス（生への欲動）の底に「死への欲動」（Todestrieb）が渦を巻いているのを見たし（「快感原則の彼岸」）、バタイユもエロティシズムの究竟は自己否定と自己供儀とに至ると説いた（『エロティシズム』）。たしかに人間の性欲は、食欲や権力欲といった自己保存を目指す他の欲望と違って、いわば底が抜けていて、深い性の快楽の淵にあるとき、われわれはむしろ死をこそ願うのではなかろうか。八十年に近い長い生涯にわたって死と虚無とを恐れ続け、同時に性と確かな量感に満ちた存在とを恋い続けた作家の最後の作品で、死と性とは、——また死と生とは、再会した古馴染みのように同じ方を向いている。

## 母の再帰

作家の最後の作品には、「妖婦」だけでなく、美食や、故郷である東京への郷愁や、震災後のその変貌への喪失感や、古都への憧れや、戦後にも安保の「デモ隊」として表れている政治的なものへの冷たい軽蔑といった、これまでの作品に隠顕していたさまざまなものが帰ってきていた。もちろん作家が終生焦がれ続けたもの、すなわち母も、また最後に帰ってきた。

例の「ピンキー・スリラー」で日々少しずつ自ら死をたぐり寄せつつ、めくるめくような快楽を味わい続けていたある日、老人は久しぶりに母の夢を見る。夢の中で母は「記憶ニアル最モ美シイ最モ若イ時ノ姿」で、懐かしい東京の下町の家の茶の間に端座していた。谷崎自身の母と同じく「若イ時美人ト云ワレタ」母の俤《おもかげ》を思い出しつつ、老人は彼の心を惹くもう一人の美人・颯子との落差を思う。「ダガコノ二人ノ美人ノ間、明治二十七年ト昭和三十五年トノ間ニ、日本人の体格ニ何ト云ウ隔タリガ生ジタコトカ」。

母は明治の常として「五尺ソコソコ」（一五〇センチ内外）の小柄な人で、「極端ナ内股」で、その足は彼の「掌ノ上ニ載ルクライニ小サク可愛カッタ」のに対して、颯子は谷崎好みの「妖婦」の常として、また食生活と栄養状態の改善された戦後に成長期を迎えた人でもあって、身長は「一六一センチ五ミリ」、「柳鰈《やなぎがれい》ノヨウニ華奢デ細長イ」足をもち、ハリウッド女優のように（当時の）日本人離れした体格を誇っている。さらに違うのは内面である。古風な母は「忰《せがれ》デアル予ガ孫ノ嫁ノ魅力ニ溺レ、彼女ニペッティングヲ許シテ貰イ、ソノ代償ニ三百万円ヲ投ジテ猫目石ヲ買ッテヤルナンテ事件ガアッタラ、……驚イテ気絶スルダロウ」。もはやいうまでもないが、この古風で道徳的な母と、ハリウッド風でふしだらな「妖婦」の対比は、第三章に見た『痴人の愛』での母とナオミとの分化をもう一度なぞり返している。

けれども四十年前の『痴人の愛』とは異なるところもある。二人の対比にすでに明らかだが、ここでの母はもう「玲瓏たる」（前引『痴人の愛』）永遠のイデアの化身として仰がれるのではなく、老人は母を、とりわけその足を、露骨に好色な視線で眺めている。

ソウ云エバ夢ノ中ノ母ハ黒縮緬ノ羽織ヲ着ナガラ足ダケハ足袋ヲ穿イテイナカッタ。予ニコトサラニ素足ヲ見セルタメダッタロウカ。
（『瘋癲老人日記』）

「瘋癲」というより〝色呆け〟といいたくなる述懐だが、その死の直後に書かれた『痴人の愛』では超地上的な透明なイデアそのものだった母は、『吉野葛』や『夢の浮橋』を経つつ、四十年をかけて血の通った肉体へと再受肉したのである。しかしこの足はすぐにまた、奈良の東大寺の「三月堂ノ不空羂索観世音菩薩《ふくうけんじゃくかんぜおんぼさつ》ノ足ヲ見ルト、予ハイツモ母ノ足ヲ思イ出ス」と、超越的な仏に結び付けられる。かつての母の聖性と妖婦の性的肉感というくっきりした二分法は喪われて、中世の日本仏教でしきりに説かれた「煩悩即菩提」を地でいくかのように、ここでは露骨な性欲と、甘やかな母恋いと、この世のものならぬ「永遠」への憧憬とは、不可分になっている。

そして母が肉感性を帯びつつあるのよりもいっそう重要なのは、「妖婦」の側が母の性質を帯びつつあることである。すでに六十三歳の時の『少将滋幹の母』でも、孫娘のような妻を奪われた「八十翁の大納言」国経は、「子供が母を呼ぶように大きな声で泣き喚きたかった」のだが、ここでも自分につれないはるかに年下の女性に、八十歳近い人が母親に対するように駄々をこねて甘えはじめるのである。老人の左手の痛みと颯子への依存とが深まると、颯子は母のように、老人は駄々っ子のようになってゆく。

「颯チャン！　痛イヨウ！」
ト、覚エズ叫ビ声ガ出タ。ヤッパリコンナ声ハ本当ニ痛イノデナケレバ出ナイ。痛イ振リヲシタンデハ斯クノ如ク真ニ迫ッタ声ハ出ナイ。第一彼女ヲ「颯チャン」ナンテ呼ンダコトハ一度モナイノニ、ソレガ自然ニ出タ。ソウ呼ベタコトガ予ニハ嬉シクッテ溜ラナカッタ。痛イナガラ嬉シカッタ。
「颯チャン、颯チャン、痛イヨウ！」

マルデ十三四ノ徒《いたずら》ッ子《こ》ノ声ニナッタ。ワザトデハナイ、ヒトリデニソンナ声ニナッタ。

「颯チャン、颯チャン、颯チャンタラヨウ！」

ソウ云ッテイルウチニ予ハワアワアト泣キ出シタ。眼カラハダラシナク涙ガ流レ出シ、鼻カラハ水ッ洟ガ口カラハ涎ガダラダラト流レ出シタ。ワア、ワア、ワア、――予ハ芝居ヲシテルンジャナイ、「颯チャン」ト叫ンダ拍子ニ俄ニ自分ガ腕白盛リノ駄々ッ子ニ返ッテ止メドモナク泣キ喚キ出シ、制シヨウトシテモ制シキレナクナッタノデアル。

（『瘋癲老人日記』）


自分を悦ばせるシチュエーションを意図的・技巧的に――『鍵』でいう「陰険」に――仕組もうとするのは二人の老人の癖だが、ここで彼らは「ワザト」ではなくまったく偶然に、二十代の颯子は冷酷な母であり、七十代の自分は頑是ないその子どもであることを直感している。人目を忍んで颯子に残虐な仕打ちをねだっていたのは、駄々っ子に「「ピシャッ」ト平手打チヲ喰」わせる酷薄な母として自分の上に君臨してほしかったからなのである。この時も彼女は老人がどんなに泣き喚いても接吻は許してくれず、老人の口に「唾液ヲ一滴ポタリト垂ラシ込ンデクレタダケ」だった。

サイデンステッカーは谷崎作品の主題はもちろん「失われた母親の探求」だが、その母は「愛と残酷さ」との二面性をもっているという（「谷崎潤一郎」）。「少年」の光子、「肉塊」のグランドレン、『痴人の愛』のナオミ、『蘆刈』のお遊といった「妖婦」たちの「残酷さ」は、お遊が語り手の母であるかもしれないところにすでに予感はされていたのだが、最後の最後になって谷崎が思慕してやまない母の――『吉野葛』や『夢の浮橋』に現れて息子に無限の愛情を注いだ母の、もう一面であることが見出されたのである。

オイディプスが妻のイオカステーが自分の母であることを見出し、青い鳥を求めて捨ててきた故郷にこそ青い鳥がいたように、あるいは禅の求道者が「頭燃《ずねん》を払ふが如」き厳しい修行の果てに「平常心」とか「眼横鼻直《げんのうびちょく》」とかといいなされる当たり前の日常生活に帰るように、何ごとかの探求の果てとはいつも、二つのものがついには一つであることを、――万物の空寂な同一性を悟ることであるのかもしれない。ここでは『痴人の愛』以来の谷崎の歩みを導いてきた二つのもの、つまり母と「妖婦」とがついに同じものであることが確かめられている。颯子はいくつになっても寄る辺ない駄々っ子のままの息子を看取りに「鹹海中の弗婆提の洲」（前引「ハッサン・カンの妖術」）から天翔《あまがけ》って帰ってきた、優しく残酷な母だったのである。

# 仏足石の鎮り処

**二つの墓標――仏足石の鎮り処**

谷崎潤一郎は昭和四十（一九六五）年七月三十日に、腎不全からの心不全で世を去った。享年七十九歳。『瘋癲老人日記』の四年後であった。

谷崎の墓は二つある。一つは京都の東山、白川疎水と哲学の道とに沿って銀閣寺からやや南に下ったところにある閑雅な法然院の墓で、小ぶりな鞍馬石の自然石に、丸く柔らかい筆致で「寂」の一字が彫られている。傍らには『細雪』のあの紅枝垂桜が植えられている。その石のぽってりした丸みは、谷崎自身の風姿と文体とを思い出させる。終《つい》の鎮《しずま》り処としての法然院とこの墓石とは、『瘋癲老人日記』の執筆中にみずから撰んでおいたものであり、作中には京都での墓探しと墓石撰びとが、ほとんど谷崎の実体験のままに書きこまれている。

けれども現実と作品とでは、その墓石に大きな違いがある。作中の老人は自分の墓石をどんな風にするかあれこれ考える。ひとつ思いついたのは「女性ラシク両膝ヲ揃エテ坐ッテイル」勢至菩薩像を墓石に浮き彫りにするか、それが難しいならば線刻にすることであった。女性的な美をたたえた仏菩薩の姿は、颯子だけでなく、すでに東大寺の不空羂索観音と同じふくよかな足をした母の面影をも移している。老人は混融してとうとう一つになった永遠の女性の足元に眠りたかったのである。しかしもっといい案が浮かんだ。仏の巨きな足跡を写した薬師寺の仏足石のように、老人にとっての仏である颯子の足の裏の拓本をとって（憧れの足の裏に朱墨をぺたぺた塗りつける作業自体を老人は愉しんだ）、それを墓石の上側に刻み込み、永遠に彼女の足に踏まれ続けようというのである。

颯子の仏足石の下に眠る幸福な死後の空想は、能のカケリのように『瘋癲老人日記』全編の中でもっとも闌《たけ》高い箇所であり、同時に一生を一つのものへの憧憬に暮らした谷崎という人の長い生涯全体から搾り出された絶唱でもあった。

彼女ガ石ヲ踏ミ着ケテ、「アタシハ今アノ老耄《おいぼ》レ爺《じじい》ノ骨ヲコノ地面ノ下デ踏ンデイル」ト感ジル時、予ノ魂モ何処カシラニ生キテイテ、彼女ノ全身ノ重ミヲ感ジ、痛サヲ感ジ、足ノ裏ノ肌理ノツルツルシタ滑ラカサヲ感ジル。死ンデモ予ハ感ジテ見セル。感ジナイ筈ガナイ。同様ニ颯子モ、地下デ喜ンデ重ミニ堪エテイル予ノ魂ノ存在ヲ感ジル。或ハ土中デ骨ト骨トガカタカタト鳴リ、絡ミ合イ、笑イ合イ、謡イ合イ、軋《きし》ミ合ウ音サエモ聞ク。何モ彼女ガ実際ニ石ヲ踏ンデイル時トハ限ラナイ。自分ノ足ヲモデルニシタ仏足石ノ存在ヲ考エタダケデ、ソノ石ノ下ノ骨ガ泣クノヲ聞ク。泣キナガラ予ハ「痛イ、痛イ」ト叫ビ、「痛イケレド楽シイ、コノ上ナク楽シイ、生キテイタ時ヨリ遥カニ楽シイ」ト叫ビ、「モット踏ンデクレ、モット踏ンデクレ」ト叫ブ。……

（『瘋癲老人日記』）

思い出すべきなのは、「お前さんは真先に私の肥料《こやし》になったたんだねえ」と勝ち誇る女の背中にひろがった女郎蜘蛛の刺青が、朝日に「燦爛《さんらん》」と輝いた五十一年前の「刺青」である。本書冒頭に引いた三島由紀夫の評言の通り、一番最初の「刺青」の清吉の「愚」さと、一番最後の『瘋癲老人日記』での老人のこの「瘋癲」のさまとは、名人連の巻いた俳諧の歌仙のように、あまりにも見事に首尾が照応している。しかも最初と最後とはただ同じなのではない。颯子の重みとその足の裏の感触とを「死ンデモ予ハ感ジテ見セル」と猛り、その骨が「モット踏ンデクレ、モット踏ンデクレ」と軋み続ける瘋癲老人は、清吉よりもずっと愚かで、ずっと恋の闌《た》けが高い。

この愚かしく切ない表白は、七十九年の間にそれなりの内外の風浪に浚われて、巌《いわお》のようになった谷崎自身の心から、岩間の清水のように巧まず湧き出たものであるには違いない。けれども同時に、「喜ンデ重ミニ堪エテイル」この老人の姿は、——後半生の谷崎の作品のほとんどの情景がそうであるのと同じく——列島の世々の人の心と四季の風物との上に杉の落葉のように降り積もった日本の古典の記憶をなぞってもいる。世阿弥の手になる謡曲「恋重荷」である。

白河院の御所の庭師の老人は、若く美しくやんごとない女御を垣間見て、あまりにも身の程知らずの恋に落ちるが、美しい荷を負って庭を百たび千たび巡るならば、その間にもう一度だけあの恋しい面影を拝することができようと、女御じきじきに過分の情けをかけられる。けれどもその綾羅錦繍で美しく飾られた荷は、巌を包んでいたのである。「恋の奴《やっこ》」となった老人は「重荷なりとも逢ふまでの、恋の持夫《もちぶ》にならうよ」と勇んで恋の重荷を担おうとするが、かなわず、その場で失意と忿怒とに息絶える。後場に現れた老人の怨霊は、しかし最後には「重荷といふも、思ひなり」と、――老人をなぶるための巌が重いのではなく、恋の思いそれ自体が本質的なかなわなさと罪業とを包んで重いのだと自得して、恨みも解け、葉守の神として「千代」に女御を守護することを誓って消えてゆく。世阿弥はすぐれた謡曲の一条件として由緒正しい「本説」（古典の典拠）をもつことを挙げたが（『風姿花伝』第六）、いわば謡曲「恋重荷」自体が『瘋癲老人日記』の右のくだりの「本説」をなしている。けれども同じように「しづ心なき恋」（「恋重荷」）のために「重ミニ堪エテイル」二人の老人のうちでも、昭和の瘋癲老人のほうがずっと罪深く、それに応じてずっと恋の思いも深いのだといえよう。菊の下葉をとる老人は、恋自体が重く罪深いのだと悟るやいなや恋を捨てて解脱したのに対して、もう一人の老人は恋の重荷に耐えること自体が恋の喜びであり、恋の成就であり、さらには解脱であり成仏だと見取っていたのだから。

**もう一つの墓標――他者の語り**　とはいえ谷崎の二つの墓とは、同じ法然院にある、「寂」と刻まれた現実の墓と、骨の軋む音のする仏足石の墓との二つではない。その二つは相補い合って一つの墓である。もう一つの谷崎の墓は、同じ『瘋癲老人日記』の作中の後ろのほうにある。先の絶唱のすぐ後に看護士の佐々木が入ってきて老人の血圧を測り、「二百三十二ゴザイマスネ」と「容易ナラヌ表情」で告げる。その四日後には譫妄《せんもう》状態に陥って例の片仮名の日記をつけることもできなくなり、後は平仮名の佐々木の日記、主治医の日記、娘の五子の手記が続く。看護師と医者との日記は、老人の生理状態、症状、処方などを機械的に淡々と書きつけている。

一二時五〇分、患者安眠。脈搏八〇、呼吸一六。颯子夫人入室する。
一三時一五分、杉田医師帰宅、面会謝絶の指示がある。
一三時三五分、体温三七・〇度、脈搏九八、呼吸一八。時々咳嗽《がいそう》あり、全身冷汗強度、寝衣を交換する。

（『瘋癲老人日記』「佐々木看護婦看護記録抜萃」）

これまで老人の内面の吐露を聞かされてきた読者は、ここで初めて呼吸し、脈拍を打ち、発汗し、老いて死にゆく老人の身体を目の当たりにする。あんなに猛り叫んで母のような颯子を求めていた心とは何の関わりももたないかのように、それを包む身体は機械のように恬然《てんぜん》と駆動し、機械のように恬然と停止しつつある。『鍵』で夫が語る主観的な愛情の昂揚がつねにその直後に妻の白けきった語りで無化・相対化されていたのと同じように、この作品でも狂乱した老人の恋のカケリは、『細雪』の子兎のような「ピクピクした奇妙な」（前引『細雪』）肉塊にすぎないその身体と、それをシャーレの上の実験試料のように見つめる冷酷な他者の視線とによって裏切られ、つまづかされている。

そして老人の視点を離れた看護士と娘との日記ではじめて暴露されるのが、どうも颯子は老人が思いこんでいたほどに根っから性悪で残酷なサディストというわけではないかもしれない、ということである。彼女は夫と医師とに「老人の精神状態がいよいよ奇異であるために、もはや自分は一日も行動を共にするに堪え」ないことを訴えるが、老人にとって「情慾」が「命の支え」となっている以上、「患者の意に逆らったりしない」ように看護してやるよう指示される。それで彼女は老人に「努めて……やさしい態度を示すようにしていたが、余りやさしくし過ぎたり、長時間枕頭に侍っていたりすると」、老人は「感激して興奮し」、発作を起こす。けれども彼女が姿を見せないと、老人はそれを気に病んで病状が悪化する。老人の娘（颯子の義姉）は、義妹の「甚だ微妙で、且つ困難な」立場をよく見抜いていた。

とすると、颯子は小悪魔めいた妖婦などではなく、老人の介護と妄想とを一身に押し付けられ、怯えと嫌悪感とをこらえて老人の妄想につきあい続けていただけの女性だったかもしれないのである。もちろん颯子は老人の見立てた通りの「妖婦」で、ことさらに被害者を装って家族や医師に窮状をアピールしただけなのかもしれない。後期の谷崎作品の常として、複数の人の語りの中に事実はおぼめかされて、捉えるべくもない。どちらにせよ、ここには老人自身の生身と同時に、母であり妖婦であってほしいという彼の願望からはみ出した颯子の生身もほの見えている。

もはやいうまでもないが、谷崎のもう一つの墓とは、老人の夢を裏切って現実をむき出しにする、この冷酷で即物的な他者たちの語りのことである。そこが老人の甘い夢の終端部で、そこからザラついた現実がはじまっている。松子夫人に倚《よ》り続けた夢のような谷崎の後半生の、夫人による回想録は『倚松庵の夢』と題されているが、そんな優しく残酷な母のような人を恋い続ける終生の「夢」

は、法然院のまろやかな墓へと籠められた。けれども作家はその墓に託した夢を『瘋癲老人日記』に綴りながら、同時に夢が夢でしかないことを、夢の外部を、同じ小説の結末に書きつけていたのである。

## 夢の破れ

二人の老人の夢の破れは、光源氏の晩年のようである。「藤裏葉」巻までの『源氏物語』の前半部は、藤壺の苦悩や六条御息所の狂乱にその外部がほの見えながらも、切なく一途に母を恋い続ける光源氏の甘い夢にぬりつぶされている。

けれども次の「若菜」上下巻からは一転して、母の面影をうつした終生の伴侶であったはずの紫の上が、「怪しくも浮草のように過ごしてきた我が身」（「若菜」下巻、新々訳）に、「堪えられない歎きばかりが殖えて」（同）ゆくように感じられて切に出家を願う。光源氏は「そんな情《つれ》ないおっしゃりようがありましょうか」（同）と、どうしてもそれが許せない。けれどもどんなに源氏が慰めても、紫の上の出家への意志は動かない。紫の上を苛《さいな》む孤独はどこまでも彼女一人だけのもので、夫の源氏でさえそれを分かち合うことができないのである。結局心身のバランスを崩した彼女がみまかる直前まで源氏は出家を許すことができなかった。

さらに若き頃の自分の密通と正確に同じかたちで、妻の一人である女三の宮と若い柏木との間に「罪の子」が生まれ、源氏はそら恐ろしいほどに取り乱して激怒する。四十歳以降の源氏の晩年は、甘い夢の――言い換えれば他者のいないひとりよがりな夢の、そのひとりよがりさが暴露されて夢が崩れてゆく過程である。その主であった紫の上がいなくなってすでに荒廃がはじまりつつある六条院の春の対（「今はとて荒らしや果てん亡き人のこころとどめし春の垣根を」「幻」巻）は源氏の夢の破れの象徴であって、『瘋癲老人日記』の末尾に現れる老人と颯子との生身と相似たものである。源氏の夢はどこまでも源氏一人のもの、紫の上の孤独はどこまでも紫の上一人のものであったように、甘やかな母恋いの夢は「愚」な作家一人のもので、その外にはそんな夢とは本質的に関わりのない索漠とした現実がひろがっていることを、作家は最後にたしかめていたのかもしれない。

平安時代の『伊勢物語』が昔の色好みの「いちはやきみやび」（初段）の称揚からはじまり、江戸時代に増穂残口が『艶道通鑑』を著したように、わが国ではなまめいた色の道は単なる欲望の発露ではなくて、どこか行いすました僧侶の修行にも相似た、真摯な求道と捉えられていたふしがある。疑いようもなく谷崎は近・現代日本最大の色道の求道者であって、その法然院の「寂」の字の彫られた丸い墓は、高僧がみまかったときのような〝円寂〟の相を示している。円寂は「涅槃」の意訳で、一般には死と悟りとを同時に指すが、ここではそこに眠る人の生を牽引した夢の円満な完結を示すとともに、同時にその夢の終わりをも示しているだろう。文豪の二つの墓に示されたその円寂の相から、夢のまろやかな円環を受け取るか、それともその夢の終わりを受け取るかは、われわれ谷崎の愛読者たちに委ねられていることがらであると思われる。

# あとがき

　本好きの少年少女の常として、中高時代の私にも、人前でこれ見よがしに読む本とは別に、家族にも友人にも隠れてこっそり読む本の系譜があった。ただし私の偏愛の対象はマンディアルグやジュネ、それに三島由紀夫であって、その手の本として定番の谷崎の作品については、そう熱心な読者でなかったことだけは告白しておかなくてはならない。ともあれ、そんな秘密の読書にはいつも、濃密で、背徳的で、ひそやかに身体の芯にそくそくと震えが走るような、独特の愉しさがあった。

　私が本当に谷崎に出会ったのは、大学時代、私の文章の師である小林恭二先生から、日本語の書き手として〝勝負できる〟文体を練り上げるために、二人の卓越した書き手――つまり谷崎と石川淳とを徹底的に読み直すよういわれてからのことである。そうして再び手に取った谷崎作品、とりわけ『春琴抄』と『吉野葛』とに感じたのは、蘊気のように濃縮されたあの懐かしい愉しさばかりではなかった。それは暗い深海で途方もなく巨大な生物がゆらめきだしてきた時のようなそら恐ろしささえも、私におぼえさせた。「天才」など十八・十九世紀ロマン主義の文脈中で「作られた」ものにすぎないと澄ました顔でいっておくのが昨今の知識人界隈のマナーである。けれども谷崎の数節を読み、それからご自身のものした数行に目を移してみたならば、その二つの間の絶望的な落差に「天才」は儼乎として実在しているではないか、としか私にはいいようがない。
　このたび谷崎を読み直し、谷崎について書いている時にはいつも、昔のままのあの愉しさがよみがえってきた。ただ昔と違うのは、妻の美佳子と清水書院の編集者の杉本佳子さんとが、一部が書き上がるたびに目を通しては的確な感想やアドヴァイスをくれて、私がちっとも孤独でなかったことである。本書を読む人にも、たとえわずかでもそんな愉しさの体験があってくれさえすれば、著者として望むところはほかにない。

　私事ながら、本書執筆中に祖父が他界した。祖父は昔気質の設計エンジニアで、私たち文系が言いがちな歯の浮くようなことをいわず、時に露悪的に、含羞をこめて、言うべきことだけをぼそりぼそりと呟く人だった。祖父がくれた製図用の真鍮製のコンパスは、周りの級友たちの子ども用のコンパスとは比べものにならない精度をもち、よく使いこまれ、沈んだ鈍色の輝きをたたえていて、小学生の私の何よりの誇りであった。職人肌で、へそまがりで、マイペースで、汚言癖があって、しかし自分の芸にだけはどこまでも真摯で誠実な谷崎先生（もうさすがに、敬語でいいだろう）の描き方は、知らず識らず、この祖父の面影を映してしまっているかもしれない。ただの思い上がりであろうが、祖父も、また谷崎先生も、笑って許してくださるのではないかと愚考する次第である。

五十五回目の潤一郎忌に　　　板東　洋介

# 谷崎潤一郎年譜

| 西暦・元号 | 年齢 | 個人史 | 作品 | 参考事項 |
|---|---|---|---|---|
| 一八八六（明治19） | 0 | 七月二四日、東京府日本橋区蠣殻町（現中央区日本橋人形町）に、父・倉五郎と母・セキの次男として生まれる（長男は早逝）。 | | 二月一〇日、平塚らいてう誕生。<br>二月二〇日、石川啄木誕生。<br>一〇月二四日、ノルマントン号事件。 |
| 一八八七（明治20） | 1 | 父・倉五郎、日本橋区青物町（現中央区日本橋）に一家で転居して洋酒店を開くが、失敗。 | | 二月、徳富蘇峰、民友社を設立し『国民之友』を創刊。<br>二月一一日、折口信夫誕生。<br>六月、二葉亭四迷『浮雲』刊。<br>八月、『反省会雑誌』創刊。『中央公論』の前身。 |
| 一八八八（明治21） | 2 | 六月一〇日、祖父・久右衛門死去。享年五十七。父・倉五郎は日本点燈会社を継ぐが、一〇月に解社。 | | |
| 一八八九（明治22） | 3 | | | 二月一一日、大日本帝国憲法発布。<br>三月一日、和辻哲郎誕生。 |

| | | | |
|---|---|---|---|
| 一八九〇（明治23） | 4 | 秋、父・倉五郎が米穀仲買店を開き、相場師に。<br>一二月一九日、弟・精二誕生。 | 一月、森鷗外「舞姫」を発表。<br>七月一日、第一回衆院総選挙。<br>一〇月三〇日、教育勅語発布。 |
| 一八九一（明治24） | 5 | 日本橋区浜町（現中央区日本橋浜町）に一家で移転。その後日本橋区南茅場町（現日本橋茅場町）に転居。 | 一月九日、内村鑑三「不敬」事件。 |
| 一八九二（明治25） | 6 | 九月、日本橋区阪本尋常高等小学校（現中央区立阪本小学校）に入学するも落第。 | 三月一日、芥川龍之介誕生。<br>四月九日、佐藤春夫誕生。 |
| 一八九三（明治26） | 7 | 四月、二度目の一年生となる。担任は野川誾栄。笹沼源之助と知り合う。<br>弟・得三誕生、養子に出される。 | 五月、北村透谷、『文學界』に「内部生命論」発表。 |
| 一八九四（明治27） | 8 | 四月、首席で二年に及第。<br>六月二〇日、明治東京地震。母に大通りで抱きしめられる。<br>谷崎家次第に没落、南茅場町の裏長屋に転居。 | 四月、高山樗牛『瀧口入道』が『読売新聞』懸賞二等当選。<br>五月、北村透谷自殺。享年二十七。<br>八月一日、日清戦争勃発。 |
| 一八九五 | 9 | | 四月一七日、下関条約調印。 |

| | | | | |
|---|---|---|---|---|
| （明治28） | | | | |
| 一八九六（明治29） | 10 | 妹・園誕生。 | | |
| 一八九七（明治30） | 11 | 四月、阪本小学校高等科に進学。担任の稲葉清吉に愛される。 | | 六月、京都帝国大学設立。<br>六月、高山樗牛、「日本主義を賛す」を『太陽』に発表。 |
| 一八九八（明治31） | 12 | この頃、回覧雑誌『学生倶楽部』に詩、図画、小説等を寄稿。 | 「学生の夢」（『学生倶楽部』二号）、「五月雨」（同、三号） | 七月、民法施行。 |
| 一八九九（明治32） | 13 | この頃、京橋区築地のサンマー塾で英語を学ぶ。また秋香塾で漢文を習う。<br>一一月五日、妹・伊勢誕生。 | | 一月、『中央公論』創刊（『反省会雑誌』を改名）。<br>七月、治外法権撤廃。 |
| 一九〇〇（明治33） | 14 | | | 四月、『明星』創刊。 |
| 一九〇一（明治34） | 15 | 四月、東京府立第一中学校（現都立日比谷高校）に進学。ますます生家は没落、父は学業をやめ働くよう迫ったが、稲葉清吉の説得により進学が実現。同級生として大貫雪之助（晶川）、土屋計左右と知り合う。 | 一〇月、漢詩「牧童」（『学友会雑誌』第三五号、『学友会雑誌』は一中の学内誌）。 | 八月、高山樗牛、「美的生活を論ず」を『太陽』に発表。 |

| | | | | |
|---|---|---|---|---|
| 一九〇二（明治35） | 16 | 四月、父の事業失敗で廃学の危機。洋食屋・精養軒を経営する北村重昌の家に家庭教師として住み込み、学業を継続。<br>九月、二年級から三年級に飛び級を許可される。同級生として辰野隆と知り合う。<br>一〇月二〇日、妹・末誕生。 | 一月、「時代と聖人」が『少年世界』の懸賞で三等。<br>三月、「厭世主義を評す」（『学友会雑誌』第三十七号）<br>六月、「道徳的観念と美的観念」（『学友会雑誌』第三十八号） | 一二月二四日、高山樗牛死去。享年三十二。 |
| 一九〇三（明治36） | 17 | | 九月、「夏季休暇」など（『学友会雑誌』第四十一号） | 五月二二日、藤村操が日光で自殺。享年十八。<br>一〇月、幸徳秋水、堺利彦らが平民社を結成。 |
| 一九〇四（明治37） | 18 | | | 二月一〇日、日露戦争勃発。 |
| 一九〇五（明治38） | 19 | 九月、第一高等学校英法科に入学。 | | 九月五日、ポーツマス条約調印。 |
| 一九〇六（明治39） | 20 | | | 三月、島崎藤村『破戒』刊行。<br>五月、北一輝『国体論及び純正社会主義』刊行。 |
| 一九〇七（明治40） | 21 | 二月、一高文芸部委員となる。<br>三月、小間使い穂積フクとの恋愛 | 一二月、「死火山」（『校友会雑誌』第百七十一号、『校 | 九月、田山花袋、「蒲団」を『新小説』に発表。 |

| | | | | |
|---|---|---|---|---|
| | | 事件で北村家を追われ、一高朶寮に寄宿。 | 友会雑誌』は一高の学内誌)。 | |
| 一九〇八(明治41) | 22 | 二月二八日、弟・終平誕生。<br>七月、一高卒業。<br>九月、東京帝国大学文学部国文科に入学。放浪生活をおくる。 | | |
| 一九〇九(明治42) | 23 | 春、永井荷風の『あめりか物語』に感激。 | | 一月、『スバル』創刊。<br>一〇月二六日、伊藤博文暗殺。享年六十八。 |
| 一九一〇(明治43) | 24 | 四月、父・倉五郎一家が神田区南神保町(現千代田区神田神保町)の裏長屋に転居。<br>九月、第二次『新思潮』を小山内薫を中心に創刊。同人に大貫晶川、後藤末雄、木村荘太、和辻哲郎ら。第一号は発禁に。<br>一一月二〇日、日本橋大伝馬町での「パンの会」で、永井荷風と初対面。その後、銀座の有楽座で「刺青」の載った『新思潮』第三号を手渡す。 | 九月、「誕生」「『門』を評す」(『新思潮』創刊号、発禁)。<br>一〇月、「象」(『新思潮』第二号)<br>一一月、「刺青」(『新思潮』第三号) | 五月二五日、大逆事件はじまり、六月一日に幸徳秋水逮捕。<br>四月、『白樺』創刊。<br>五月、『三田文学』創刊。<br>八月二九日、日韓併合。<br>一二月、石川啄木『一握の砂』刊行。 |

| | | | | |
|---|---|---|---|---|
| 一九一一（明治44） | 25 | 三月、『新思潮』第七号で廃刊。<br>六月二四日、妹・園が病没。<br>六月、「少年」（『スバル』）を鷗外・荷風・上田敏らが賞賛。<br>七月一一日、月謝滞納で帝大を諭旨退学。茨城県助川の笹沼源之助の別荘などで放浪生活。<br>一一月、永井荷風が「谷崎潤一郎氏の作品」（『三田文学』）で激賞。 | 一月、「信西」（『スバル』）<br>六月、「少年」（『スバル』）<br>一〇月、「飇風」（『三田文学』、発禁）。瀧田樗陰に評価され、『中央公論』への執筆を依頼される。<br>一二月、『刺青』（作品集、籾山書店） | 一月、西田幾多郎『善の研究』刊行。<br>九月、平塚らいてうら『青鞜』創刊。 |
| 一九一二（明治45 大正元） | 26 | 一月三日、穂積フクが病没。<br>四月、京都に遊び、無頼生活。<br>七月八日、肥満のため徴兵審査不合格。その後、霊岸島の真鶴館に逗留、女将のお須賀といい仲に。 | 二月、「悪魔」（『中央公論』（以下『中公』）。「悪魔主義」として物議を醸す。<br>七～一一月、「羮」（『東京日日新聞』連載） | 一月、辛亥革命。<br>四月一三日、石川啄木死去。享年二十七。<br>一一月二日、大貫雪之助（晶川）病没。享年二十五。 |
| 一九一三（大正2） | 27 | 五～一一月頃、神奈川県早川（現小田原市早川）の「かめや」に隠棲。生活乱れ、箱根の女性に恋をして自殺も考える。 | 五月、「恋を知る頃」（『中公』）<br>九月、「熱風に吹かれて」（『中公』） | 一〇月、和辻哲郎『ニイチェ研究』刊行。 |
| 一九一四（大正3） | 28 | 放浪生活続く。 | 一月、「捨てられるまで」（『中公』） | 四月、夏目漱石『こころ』連載開始。 |

| | | | | |
|---|---|---|---|---|
| | | | 九月、「饒太郎」（『中公』）<br>一二月、「金色の死」（『東京朝日新聞』連載） | 四月、阿部次郎『三太郎の日記』刊行。<br>七月二八日、第一次世界大戦勃発。 |
| 一九一五（大正4） | 29 | 五月、笹沼源之助夫婦の媒酌で石川千代子と結婚。生活の立て直しを目指し、本所区新小梅（現墨田区向島）に新居を構える。 | 一月、「お艶殺し」（『中公』）<br>九月、「お才と巳之介」（『中公』） | 一〇月、和辻哲郎『ゼエレン・キェルケゴオル』刊行。 |
| 一九一六（大正5） | 30 | 三月一四日、長女・鮎子誕生。<br>五月、「父となりて」にて、生活と芸術との相剋を告白。<br>六月、小石川区原町十五番地（現文京区白山）に転居。<br>一二月、小石川区原町十三番地（現文京区千石）に転居。 | 一月、「神童」（『中公』）<br>一～五月、「鬼の面」（『東京朝日新聞』連載）<br>八月、「異端者の悲しみ」脱稿、発禁の恐れから『中公』での発表は翌年七月。 | 一月、『婦人公論』創刊。<br>二月、芥川龍之介ら、第四次『新思潮』創刊。<br>一一月、倉田百三『出家とその弟子』発表。<br>一二月九日、夏目漱石死去。享年五十。『明暗』は中絶。 |
| 一九一七（大正6） | 31 | 五月一四日、母・関、丹毒で死去。享年五十二。<br>六月、佐藤春夫・芥川龍之介との交際始まる。<br>千代子の妹、せい子を引き取る。<br>妻子を実家に預け、せい子と同 | 一月、「人魚の嘆き」（『中公』）<br>九月～翌年六月、「女人神聖」（『婦人公論』連載）<br>一一月、「ハッサン・カンの妖術」（『中公』） | 一一月七日、ロシア十月革命。<br>一〇月、西田幾多郎『自覚に於ける直観と反省』刊行。 |

| | | | | |
|---|---|---|---|---|
| 一九一八（大正7） | 32 | 棲する。<br>三月～九月、神奈川県鵠沼海岸の「あづまや」別館に滞在。英訳プラトンに親しみ、和辻の来訪を受ける。<br>一〇月九日～一二月初旬、中国旅行。朝鮮、満州経由で北京、南京、蘇州、上海などを歴訪。 | 八月、「小さな王国」（『中外』）<br>五～七月、「金と銀」（『黒潮』のちに『中公』）<br>一〇月、「柳湯の事件」（『中外』）<br>一〇月、『金と銀』（春陽堂） | 一一月一一日、第一次世界大戦終結。<br>一二月、和辻哲郎『偶像再興』刊行。 |
| 一九一九（大正8） | 33 | 二月二四日、父・倉五郎死去。享年五十九。<br>三月、本郷区曙町（現文京区本駒込）に家族で転居。<br>一二月、長女・鮎子の病弱のため、小田原町十字町（現小田原市南町）に転居。 | 一～二月、「美食倶楽部」（『大阪朝日新聞』）<br>一～二月、「母を恋ふる記」（『大阪毎日新聞』『東京日日新聞』連載）<br>二月、「蘇州紀行」「秦淮の夜」など中国紀行文<br>六～七月、「富美子の足」（『雄弁』） | 一月一八日、パリ講和会議。<br>この頃、普通選挙運動が全国で展開される。<br>四月、『改造』創刊。<br>五月、和辻哲郎『古寺巡礼』刊行。<br>六月二八日、ヴェルサイユ講和条約調印。 |
| 一九二〇（大正9） | 34 | 五月、大正活映の脚本部顧問として招聘される。『アマチュア倶楽部』の脚本執筆。せい子が葉山三千子の芸名で出演。 | 一月、『女人神聖』（春陽堂）<br>二月、『恐怖時代』（天佑社）<br>四月、「芸術一家言」（『改造』） | 一月一〇日、国際連盟発足。<br>五月、折口信夫、「妣が国へ・常世へ―異郷意識の進展」を『國學院雑誌』に発表。 |

| | | | | |
|---|---|---|---|---|
| | | 年末頃より、佐藤春夫との仲が紛糾。 | | 六月、有島武郎『惜しみなく愛は奪ふ』刊行。<br>一月、志賀直哉『暗夜行路』前編発表。 |
| 一九二一（大正10） | 35 | 三月頃、佐藤春夫との「小田原事件」。佐藤と絶交。<br>春、映画「蛇性の婬」の撮影のため京都・奈良旅行、古都の「古典的な雅致」への関心を抱く。<br>九月、神奈川県横浜市本牧宮原へ転居。<br>一一月、大正活映と関係を断つ。 | 一月～翌年五月、『潤一郎傑作全集』全五巻（春陽堂）<br>三月、「不幸な母の話」（『中公』）<br>七月、『法成寺物語』（『新潮』）<br>八月、「AとBの話」（『改造』） | 一一月四日、原敬刺殺。享年六十六。<br>一〇月、和辻哲郎の編集で『思想』創刊。 |
| 一九二二（大正11） | 36 | 一〇月、横浜市山手に転居。 | 三月、「永遠の偶像」（『新潮』）<br>四月、「彼女の夫」（『中公』）<br>六月、『愛すればこそ』（改造社） | 四月、和辻哲郎、法政大学に教授として着任。<br>九月、和辻哲郎「「もののあわれ」について」を『思想』に発表。<br>一一月、和辻哲郎「『源氏物語』について」を『思想』に発表。 |
| 一九二三（大正12） | 37 | 九月一日、箱根旅行中に関東大震災。大阪経由で一一日に帰京して家族の安否を確かめた後、二 | 一月、「白狐の湯」（『新潮』）<br>一月、「アヴェ・マリア」（『中公』） | 一月、菊池寛らが『文藝春秋』創刊。<br>五月、北一輝『日本改造法案 |

| 年 | 年齢 | 事項 | 作品 | 社会 |
| --- | --- | --- | --- | --- |
| | | 〇日に家族とともに船で神戸に避難。<br>九月二七日、京都市上京区等持院中町へ転居。<br>一一月、京都市上京区要法寺へ転居。<br>一二月、兵庫県の六甲苦楽園（現西宮市苦楽園四番町）に転居。 | 一月、「愛なき人々」（『改造』）<br>一月～五月、「肉塊」（『朝日新聞』連載）<br>一月～翌年一二月、「神と人との間」（『婦人公論』連載） | 大綱』脱稿。<br>九月一日、関東大震災。<br>九月一六日、大杉栄、伊藤野枝らとともに憲兵隊に連行され、殺害される。享年三十九。 |
| 一九二四（大正13） | 38 | 三月、兵庫県武庫郡本山村北畑（現神戸市東灘区本山北町）に転居。<br>三月、「痴人の愛」が大反響、「ナオミスト」の語を生むも、検閲当局の干渉により六月に新聞連載打ち切り。 | 一月、『肉塊』（春陽堂）<br>三月、「痴人の愛」（『大阪朝日新聞』連載、後に『女性』で翌年七月に完結）<br>一〇月、『芸術一家言』（金星堂） | |
| 一九二五（大正14） | 39 | | 一月、「マンドリンを弾く男」（『改造』）<br>一月、『神と人との間』（新潮社）<br>七月、「赤い屋根」（『改造』）<br>七月、『痴人の愛』（改造社） | 三月一日、和辻哲郎、京都帝国大学文学部に講師として着任（後に助教授・教授）。<br>四月、治安維持法公布。<br>六月、衆議院議員選挙法改正（男子普通選挙実現）。<br>一〇月二七日、滝田樗陰死去。 |

| | | | | |
|---|---|---|---|---|
| 一九二六（大正15 昭和元） | 40 | 一月一三日、上海旅行に出発。<br>八月、淡路島に旅行。<br>九月、佐藤春夫と和解。佐藤「この三つのもの」未完で中絶。<br>年末、同じ本山村岡本の好文園に転居。 | 一～五月、「友田と松永の話」（『主婦之友』）<br>二月、『鮫人』（『改造』）<br>五月、「上海見聞録」（『文藝春秋』）<br>八月、「青塚氏の話」（『改造』） | 享年四十三。<br>一〇月、和辻哲郎『日本精神史研究』刊行。「「もののあわれ」について」「『源氏物語』について」を収録。 |
| 一九二七（昭和2） | 41 | 三月一日、佐藤春夫夫妻・芥川龍之介と大阪で観劇、その夜に芥川ファンの根津松子と知り合う。<br>三月、芥川と「純粋小説」論争。<br>七月二四日、芥川龍之介自殺。上京して葬儀に参列。 | 一月、「日本に於けるクリップン事件」（『文藝春秋』）、芥川の批判（『新潮』二月の「創作合評」）。<br>二月、「饒舌録」（『改造』三月号）で芥川に再批判。芥川「文芸的な、余りに文芸的な」（『改造』四月号～）で再々批判。<br>二月、「現代日本文学全集」（円本）で『谷崎潤一郎集』刊、経済的に潤う。 | 七月、岩波文庫刊行開始。夏目漱石『こころ』ほか。<br>七月二四日、芥川龍之介自殺。享年三十五。 |
| 一九二八（昭和3） | 42 | 三月、「卍」の大阪言葉への翻訳のため、武市（浅野）遊亀子を | 三月～翌々年四月、「卍」（『改造』連載） | 三月一五日、三・一五事件。<br>六月四日、張作霖爆殺事件。 |

| | | | | |
|---|---|---|---|---|
| | | 雇う。後に江田（高木）治江が引き継ぐ。<br>三月、三代菊原琴治検校にならって地唄の稽古をはじめる。<br>秋、岡本梅ノ谷（現神戸市東灘区岡本）に転居。<br>一二月、武市遊亀子の紹介で後輩の古川丁未子を自宅に招く。 | 三〜七月、「黒白」（『朝日新聞』連載）<br>五月、「続蘿洞先生」（『新潮』）<br>一二月〜翌年六月、「蓼食ふ虫」（『大阪毎日新聞』『東京日日新聞』連載） | 六月二九日、治安維持法改正。死刑、無期刑を追加。<br>一二月二五日、小山内薫死去。享年四十七。 |
| 一九二九（昭和4） | 43 | 妻、千代との離婚準備。ほぼ『蓼食う虫』と同じスケジュール。<br>秋、奈良県吉野を周遊。 | 一〇月、「三人法師」（『中公』）<br>一一月、『蓼食ふ虫』（改造社） | 四月、島崎藤村『夜明け前』第一部発表。<br>折口信夫『古代研究』全三巻刊行開始。 |
| 一九三〇（昭和5） | 44 | 六月、来訪した佐藤春夫に「千代をもらってくれぬか」と相談。佐藤春夫が小田中タミと離婚。<br>七月二〇日、千代子、佐藤春夫、小林倉三郎（千代子の兄）と話し合い、千代子が佐藤との再婚を承諾。<br>八月一八日、千代子と離婚。三者連名の挨拶状を知友に発送。 | 三〜九月、「乱菊物語」（『朝日新聞』連載）<br>四月、『谷崎潤一郎全集』全十二巻（改造社） | 一月、ロンドン海軍軍縮会議。<br>一一月、九鬼周造『「いき」の構造』刊行。 |

| | | | | |
|---|---|---|---|---|
| | | 八月一九日、「細君譲渡事件」が各紙社会面トップとなり、センセーションに。<br>一〇月中旬、奈良県吉野に行き、「吉野葛」執筆。 | | |
| 一九三一（昭和6） | 45 | 四月二四日、古川丁未子と結婚。根津松子との交際も続く。<br>五月下旬～九月、高野山泰雲院に滞在して「盲目物語」を執筆。<br>九月二七日以降、大阪府中河内郡孔舎衙村池端稲荷山（現東大阪市善根寺町）の根津商店の寮に滞在。<br>一一月、兵庫県武庫郡大社村森具字北蓮毛（現西宮市相生町）に転居。「倚松庵主人」の号を用い始める。 | 一～二月、「吉野葛」（『中公』）<br>四月～六月、「恋愛及び色情」（『婦人公論』）<br>九月、「盲目物語」（『中公』）<br>一〇月～翌一一月、「武州公秘話」（『新青年』連載）<br>一一月、「『つゆのあとさき』を読む」（『改造』）<br>一一～一二月、「佐藤春夫に与へて過去半生を語る書」（『中公』） | 九月一八日、満州事変はじまる。 |
| 一九三二（昭和7） | 46 | 二月、武庫郡魚崎町横屋川井（現神戸市東灘区魚崎北町）に転居。<br>三月、魚崎町横屋西田（現東灘区魚崎北町）に転居。根津家の隣 | 二月、『盲目物語』（『中公』）、題字は根津松子による。<br>一一～一二月、「蘆刈」（『改造』）、「お遊」のモデルは | 三月一日、満州国建国。<br>五月一五日、五・一五事件。 |

| 年 | 年齢 | 事項 | 作品 | 社会 |
| --- | --- | --- | --- | --- |
| | | の家。松子との恋愛関係が進展、ラブレターしきり。<br>夏、根津商店倒産。<br>一二月、兵庫県武庫郡本山村北畑字天王通り（現神戸市東灘区本山北町）に転居。 | 松子。 | |
| 一九三三（昭和8） | 47 | 四月、京都の神護寺地蔵院で「春琴抄」執筆。<br>五月、丁未子と協議離婚。<br>一一月一一日、弟・精二と絶交。<br>一二月頃、中央公論社の嶋中雄作社長より『源氏物語』現代語訳の相談を受ける。 | 六月、「春琴抄」（『中公』）。<br>八月、「顔世」（『改造』）<br>一二月、『春琴抄』（創元社）<br>一二月～翌一月、「陰翳礼讃」（『経済往来』） | 三月二七日、国際連盟脱退。 |
| 一九三四（昭和9） | 48 | 三月、松子と兵庫県武庫郡精道村（現芦屋市宮川町）で同棲。<br>四月、根津松子と根津清太郎の協議離婚が成立、松子は根津姓から森田姓に。<br>四月三〇日、『夕刊大阪新聞』で「問題の谷崎潤一郎氏　艶麗なマダムと同棲」との報道でスキャン | 一月、「東京をおもふ」（『中公』）<br>六月、「春琴抄後語」（『改造』）。横光利一の批判に対して、「近代小説の形式」への疑義を表明。<br>一一月、『文章読本』（『中公』） | 三月、和辻哲郎『人間の学としての倫理学』刊行。<br>六月一日、文部省、思想局を設置。<br>七月二五日、和辻哲郎、東京帝国大学文学部に教授として転任。<br>一〇月、陸軍省、『国防の本 |

| | | | | |
|---|---|---|---|---|
| 一九三五（昭和10） | 49 | ダルに。<br>一月二八日、森田松子と結婚。<br>五月二六日、仙台に赴いて『源氏』現代語訳の校閲を山田孝雄に依頼。<br>九月、『源氏』現代語訳開始。以降、『猫と庄造と二人のをんな』以外の創作が数年途絶。 | 一月、「聞書抄（第二盲目物語）」（『大阪毎日新聞』『東京日日新聞』連載）<br>一月、「大阪の芸人」（『改造』）<br>七月、「厠のいろいろ」（『文春』）<br>八月、「旅のいろいろ」（『経済往来』）<br>一〇月、『武州公秘話』（『中公』） | 義と其強化の提唱』頒布。<br>一月、川端康成『雪国』発表開始（昭和二三年に完成）。<br>三月、保田與重郎ら『日本浪曼派』創刊。<br>八月、石川達三『蒼氓』が第一回芥川賞を受賞。<br>九月、和辻哲郎『風土』刊行。戸坂潤『日本イデオロギー論』刊行。<br>一二月、九鬼周造『偶然性の問題』刊行。 |
| 一九三六（昭和11） | 50 | 一一月、武庫郡住吉村反高林（現神戸市東灘区住吉東町）に転居。 | 一～七月、「猫と庄造と二人のをんな」（『改造』）<br>六月、『蓼食ふ虫』（創元社） | 二月二六日、二・二六事件。 |
| 一九三七（昭和12） | 51 | 六月、帝国芸術院会員になる。「源氏に起き、源氏に寝ぬる」生活をおくる。 | 二月、『盲目物語』（創元社）<br>七月、『猫と庄造と二人のをんな』（創元社）<br>一二月、『吉野葛』（創元社） | 四月、和辻哲郎『倫理学』上巻刊行。<br>五月、文部省『国体の本義』刊行。<br>七月七日、盧溝橋事件。日中戦争へ。 |

| | | | | |
|---|---|---|---|---|
| 一九三八（昭和13） | 52 | 七月五日、関西の大水害で住吉川氾濫。『細雪』の水害に反映。<br>九月、松子より妊娠を告げられる。<br>九月九日、『源氏』現代語訳の第一稿脱稿。 | 二月、「源氏物語の現代語訳について」（『中公』） | 一月、石川淳、「マルスの歌」を『文學界』に発表。<br>四月一日、国家総動員法公布。 |
| 一九三九（昭和14） | 53 | 一月二四日、『源氏物語』刊行記念文藝講演会を日比谷公会堂で開催。<br>二月二日、昭和天皇・皇后・皇太后に『源氏物語』を献上。<br>四月二四日、長女・鮎子、佐藤春夫の甥の竹田龍児と結婚。<br>六月、弟・精二と和解。 | 一月、『潤一郎訳源氏物語』全二十六巻（中公社）刊行開始。翌々年七月完結。源氏と藤壺の関係は削除。 | 五月、岡崎義恵による谷崎旧訳『源氏』批判「谷崎源氏論」（『東京朝日新聞』）。<br>九月一日、第二次世界大戦勃発。 |
| 一九四〇（昭和15） | 54 | | | 七月、政党解散、翼賛体制に。<br>九月、日独伊三国同盟成立。 |
| 一九四一（昭和16） | 55 | 四月二九日、森田重子（『細雪』の雪子のモデル）結婚。<br>一二月四日、初孫・百々子誕生。 | 七月、『源氏』全巻刊行。 | 一二月八日、太平洋戦争勃発。<br>一二月、言論・出版・集会・結社等臨時取締法公布。 |
| 一九四二（昭和17） | 56 | 四月、静岡県熱海市西山に別荘購入、『細雪』執筆開始。 | | 六月五～七日、ミッドウェー海戦。<br>六月、和辻哲郎『倫理学』中 |

| | | | | |
|---|---|---|---|---|
| | | | | 巻刊行。<br>九月、『文學界』九・十月号座談会「近代の超克」掲載。 |
| 一九四三（昭和18） | 57 | 三月、『細雪』連載二号で「自粛」。嶋中社長の援助のもと執筆は継続。<br>秋、武庫郡魚崎町魚崎（現魚崎中町）に転居。 | 一月、「細雪」連載開始（『中公』）。島崎藤村「東方の門」と同時（藤村の死去により未完）。 | 二月一日、ガダルカナル島撤退。<br>二月、出版事業令公布。<br>八月二二日、島崎藤村死去。享年七十二。 |
| 一九四四（昭和19） | 58 | 七月一五日、『細雪　上巻』私家版（松廼舎版）を二百部刊行、兵庫県警の刑事による出版停止の脅迫。始末書を提出。<br>一二月二二日、『細雪』中巻脱稿。 | | |
| 一九四五（昭和20） | 59 | 五月一五日、岡山県津山市に疎開。<br>七月初め、岡山県真庭郡勝山町（現真庭市勝山）に疎開。<br>八月一三日、永井荷風が疎開先を来訪。一五日まで滞在。<br>八月一五日、午前一一時ころ荷風退去。駅で見送った後、玉音放送を聞く。 | | 三月九～一〇日、東京大空襲。<br>四月一日、米軍沖縄上陸。<br>五月七日、ドイツ無条件降伏。<br>七月二六日、ポツダム宣言。<br>八月八日、ソ連対日宣戦布告。<br>八月一五日、終戦。<br>一〇月四日、ＧＨＱの民主化指令。 |

| | | | | |
|---|---|---|---|---|
| 一九四六（昭和21） | 60 | 五月末、京都市上京区鶴山町に間借り。<br>一一月、京都市左京区南禅寺下河原町に転居（「前の潺湲亭」）。 | 六月、『細雪』上巻（中公社） | 一月四日、公職追放指令。<br>一一月三日、日本国憲法公布。 |
| 一九四七（昭和22） | 61 | 春頃より高血圧症悪化、執筆に支障。<br>六月九日、新村出や吉井勇とともに京都御所で昭和天皇に謁見。<br>一一月、『細雪』で毎日出版文化賞受賞。 | 二月、『細雪』中巻（中公社）<br>三月、『細雪』下巻連載開始（『婦人公論』） | 六月、坂口安吾『堕落論』刊行。 |
| 一九四八（昭和23） | 62 | 五月一八日、「細雪」脱稿。 | 一二月、『細雪』下巻（中公社） | 八月、大韓民国成立。<br>九月、朝鮮民主主義人民共和国成立。 |
| 一九四九（昭和24） | 63 | 一月、『細雪』で朝日文化賞受賞。<br>三月三一日、芸術院会員とともに昭和天皇と会食。<br>四月末、京都市左京区下鴨泉川町へ転居（「後の潺湲亭」）。<br>一一月三日、文化勲章授与。 | 九月、「終戦日記」（『婦人公論』）<br>一一月～翌二月、「少将滋幹の母」（『毎日新聞』連載） | 一月一七日、嶋中雄作死去。享年六十一。<br>三月、和辻哲郎、東大を定年退官。<br>五月、和辻哲郎『倫理学』下巻刊行。<br>七月、三島由紀夫『仮面の告白』刊行。 |

| | | | | |
|---|---|---|---|---|
| 一九五〇（昭和25） | 64 | 二月、熱海市仲田（現熱海市水口町）に別邸（「前の雪後庵」）を設ける。<br>『源氏』新訳の準備。協力者は新村出・玉上琢彌・宮地裕。山田孝雄の校閲は継続。 | 八月、『少将滋幹の母』（毎日出版社） | 九月、映画『晩春』（小津安二郎監督）公開。<br>四月、和辻哲郎と谷崎の座談会「旧友対談」が『中公』四月号に発表。<br>六月二五日、朝鮮戦争勃発。<br>七月八日、警察予備隊設置。 |
| 一九五一（昭和26） | 65 | 五月二日、渡辺清治（松子の長男）と高折千萬子が結婚。<br>六月、『蘆刈』を原作とした映画『お遊さま』（溝口健二監督）公開。主演田中絹代。<br>七月二一日、文化功労者となる。 | 一月、「乳野物語」（心）、「小野篁妹に恋する事」（『中公』）<br>五月、『潤一郎新訳源氏物語』全十二巻（中公社）刊行開始。 | 五月、伊藤整訳のロレンス『チャタレイ夫人の恋人』裁判開始。昭和三二年に最高裁で有罪が確定。<br>九月八日、サンフランシスコ講和条約・日米安保条約調印。<br>一〇月、映画『麦秋』（小津安二郎監督）公開。 |
| 一九五二（昭和27） | 66 | 『源氏』新訳に集中するが、高血圧症による記憶の空白や眩暈に悩む。 | | 一月、和辻哲郎『日本倫理思想史』上巻刊行。下巻刊行は一二月。<br>二月、大岡昇平『野火』刊行。 |

| | | | | |
|---|---|---|---|---|
| 一九五三（昭和28） | 67 | | | 九月三日、折口信夫死去。享年六十六。 |
| 一九五四（昭和29） | 68 | 四月、熱海市伊豆山鳴沢に別荘を購入（「後の雪後庵」）。<br>六月、映画『春琴物語』（伊藤大輔監督）公開。主演京マチ子。<br>七月、『源氏』新訳脱稿。 | | 三月一日、第五福竜丸事件。<br>六月九日、自衛隊発足。 |
| 一九五五（昭和30） | 69 | 二月、日本ペンクラブ協会がノーベル文学賞に推薦。以降例年、川端康成・西脇順三郎、のちに三島由紀夫とともに候補に。 | 四月～翌三月、「幼少時代」（『文藝春秋』連載）<br>一一月、「過酸化マンガン水の夢」（『中公』） | 三月、和辻哲郎、『歌舞伎と操り浄瑠璃』を刊行。<br>七月、石原慎太郎、「太陽の季節」を『文學界』に発表。翌年芥川賞受賞。<br>一一月一五日、自由民主党結成。五十五年体制へ。 |
| 一九五六（昭和31） | 70 | 三月二五日、『鴨東綺譚』がモデルのプライバシー問題により中絶。<br>四月二九日、『週刊朝日』「ワイセツと文学の間」特集で『鍵』を批判。多大な反響をよぶ。<br>五月一〇～一二日、売春禁止法案 | 一月、「鍵」連載開始（『中公』）<br>二～三月「鴨東綺譚」（『週刊新潮』連載）、モデル問題で中絶。<br>一一月、『過酸化マンガン水の夢』（中公社、挿絵棟方志功） | 一〇月、三島由紀夫『金閣寺』刊行。<br>一二月一八日、国際連合加盟。 |

| | | | | |
|---|---|---|---|---|
| | | の審議中であった衆議院法務委員会でも『鍵』が議論に。 | 一二月、「鍵」完結。<br>一二月、『鍵』（中公社） | |
| 一九五七（昭和32） | 71 | 渡辺千萬子との親交が密に。 | 九月、「親不孝の思ひ出」（「中公」）<br>一二月、『谷崎潤一郎全集』全三十巻（中公社）自撰、刊行開始。 | |
| 一九五八（昭和33） | 72 | 一一月二八日、右手が書痙で麻痺、以降執筆不可能に。<br>一二月、高血圧のため面会謝絶。以降、口授《くじゅ》での筆記に。 | 二月、「残虐記」（『婦人公論』連載） | |
| 一九五九（昭和34） | 73 | | 七月、『谷崎潤一郎全集』自撰、完結。<br>一〇月、「夢の浮橋」（『中公』） | 四月、澁澤龍彦訳のサド『悪徳の栄え』を警視庁が押収。翌年以降刑事裁判、昭和四四年に最高裁で有罪が確定。<br>四月三〇日、永井荷風死去。享年七十九。<br>八月以降、安保闘争さかんに。<br>一〇月二〇日、阿部次郎死去。享年七十六。 |
| 一九六〇 | 74 | 三月一日、脳血管異常で約一ヶ月 | 一月、「石仏抄」（「心」）渡辺 | 五月一九日、新安保強行採決。 |

| | | | | |
|---|---|---|---|---|
| （昭和35） | | 病臥。<br>一〇月三一日、狭心症の発作で入院、その後退院。<br>一一月一九日、吉井勇死去。享年七十四。<br>一一月二四日、笹沼源之助死去。享年七十三。<br>一二月二六日、和辻哲郎死去。享年七十一。<br>ノーベル文学賞最終候補に。 | 千萬子に宛てられた連作和歌。<br>二月、『夢の浮橋』（中公社） | 六月一五日、全学連主流派、国会突入。<br>七月一五日、岸信介内閣総辞職。<br>一二月二七日、池田勇人内閣、所得倍増計画を策定。 |
| 一九六一（昭和36） | 75 | 春、京都の法然院に墓所を定める。 | 三月、「若き日の和辻哲郎」（「心」）<br>十一月～翌五月、「瘋癲老人日記」（『中公』） | |
| 一九六二（昭和37） | 76 | 一〇月、映画『瘋癲老人日記』公開（木村恵吾監督）。主演は若尾文子。 | 一月、「わが小説『夢の浮橋』」（『朝日新聞』）<br>五月、『瘋癲老人日記』（中公社）<br>一〇月～翌三月、「台所太平記」（「サンデー毎日」） | 一〇月、キューバ危機。<br>一〇月、正宗白鳥死去。享年八十三。 |
| 一九六三 | 77 | 一月、『瘋癲老人日記』で毎日芸 | 四月、『台所太平記』（中公社） | 五月、久保田万太郎死去。享 |

| | | | | |
|---|---|---|---|---|
| （昭和38） | | 術大賞受賞。 | 六月～翌一月、「雪後庵夜話」（『中公』） | 年七十三。<br>一一月、ケネディ大統領暗殺。享年四十六。 |
| 一九六四（昭和39） | 78 | 一月、心臓発作しきり、一時入院。<br>二月、『源氏物語』新々訳に着手。<br>七月、神奈川県足柄下郡湯河原町吉浜に邸宅を新築して転居、「湘碧山房」と名づける。 | 一一月、『谷崎潤一郎新々訳源氏物語』全十巻別巻一（中公社）翌年一〇月完結。 | 五月六日、佐藤春夫死去。享年七十二。<br>一〇月一〇日、東京オリンピック開催。 |
| 一九六五（昭和40） | 79 | 七月三〇日、腎不全から心不全を併発して逝去。<br>八月三日、東京の青山葬儀所で葬儀。導師は今東光、戒名は「安楽寿院功誉文林徳潤居士」。<br>九月二五日、法然院に納骨、のちに菩提寺の慈眼寺にも分骨。 | | 六月、日韓基本条約調印。<br>八月、中国で文化大革命開始。 |

※この略年譜は『谷崎潤一郎全集』第二十六巻年譜を中心として、『全集』各作品書誌、『日本史総合年表』（吉川弘文館）などを参看して作成した。なお享年は基本的に『国史大辞典』（吉川弘文館）に従った。

# 参考文献


Ⅰ　本文

『谷崎潤一郎全集』
　千葉俊二・明里千章・細江光編　全二十六巻、中央公論新社、二〇一五〜二〇一七年
『潤一郎訳　源氏物語』全二十六巻、中央公論社、一九三九〜四一年
『潤一郎新訳　源氏物語』全十二巻、中央公論社、一九五一〜五四年
『潤一郎新々訳　源氏物語』全五巻、中公文庫、一九九一年（単行本初出、一九六四〜五年）
『谷崎潤一郎対談集　藝能編』小谷野敦・細江光編　中央公論新社、二〇一四年
『谷崎潤一郎対談集　文藝編』小谷野敦・細江光編　中央公論新社、二〇一五年

Ⅱ　研究書など（単行本初出年順）

中村光夫『谷崎潤一郎論』――講談社文芸文庫　二〇一五年（単行本初出、一九五二年）
福田清人編・平山城児著「人と作品」『谷崎潤一郎』――清水書院　一九六六年
伊藤整「谷崎潤一郎」『伊藤整全集』第二十巻――新潮社　一九七三年（単行本初出、一九七〇年）
日本文学研究資料刊行会編『谷崎潤一郎』（日本文学研究資料叢書）――有精堂出版　一九七二年
野口武彦『谷崎潤一郎論』――中央公論社　一九七三年
河野多惠子『谷崎文学と肯定の欲望』――中公文庫　一九八〇年（単行本初出、一九七六年）
永栄啓伸『谷崎潤一郎試論――母性への視点』（新鋭研究叢書）――有精堂出版　一九八八年

千葉俊二編『谷崎潤一郎――物語の方法』（日本文学研究資料新集）――有精堂出版　一九九〇年
Ken K. Ito, *Visions of Desire: Tanizaki's Fictional Worlds*, California: Stanford University Press, 1991
永栄啓伸『谷崎潤一郎論　伏流する物語』――双文社出版　一九九二年
たつみ都志『谷崎潤一郎・「関西」の衝撃』（和泉選書）――和泉書院　一九九二年
秦恒平『神と玩具との間』上・中・下巻――湖の本　一九九三年
Anthony H. Chambers, *The Secret Window: Ideal World in Tanizaki's Fiction*, Cambridge (Massachusetts) and London: Harvard University Press, 1994
千葉俊二『谷崎潤一郎　狐とマゾヒズム』――小沢書店　一九九四年
永栄啓伸『評伝　谷崎潤一郎』（近代文学研究叢刊）――和泉書院　一九九七年
近藤信行『谷崎潤一郎　東京地図』（江戸東京ライブラリー）――教育出版　一九九八年
明里千章『谷崎潤一郎　自己劇化の文学』（和泉選書）――和泉書院　二〇〇一年
山口政幸『谷崎潤一郎　人と文学』（日本の作家一〇〇人）――勉誠出版　二〇〇四年
細江光『谷崎潤一郎　深層のレトリック』（近代文学研究叢刊）――和泉書院　二〇〇四年
長野甞一『谷崎潤一郎と古典　明治・大正篇』（学術選書）――勉誠出版　二〇〇四年
長野甞一『谷崎潤一郎と古典　大正続・昭和篇』（学術選書）――勉誠出版　二〇〇四年
小谷野敦『谷崎潤一郎伝　堂々たる人生』――中央公論新社　二〇〇六年
尾高修也『青年期 谷崎潤一郎論』――作品社　二〇〇七年
尾高修也『壮年期 谷崎潤一郎論』――作品社　二〇〇七年
佐藤淳一『谷崎潤一郎　型と表現』――青簡舎　二〇一〇年
五味渕典嗣・日高佳紀編『谷崎潤一郎読本』――翰林書房　二〇一六年

## Ⅲ　その他（単行本初出年順）


伊藤整・瀬沼茂樹『日本文壇史』全二十四巻――講談社　一九七九年
苅部直『光の領国　和辻哲郎』――岩波現代文庫　二〇一〇年（単行本初出、一九九五年）
遠藤郁子「佐藤春夫の〈失恋もの〉」『佐藤春夫作品研究　大正期を中心として』――専修大学出版局　二〇〇四年
吉田真樹「『源氏物語』の倫理思想序説」東京大学大学院人文社会系研究科博士学位論文――二〇〇四年
三田村雅子『記憶の中の源氏物語』――新潮社　二〇〇八年
佐藤正英『古事記神話を読む〈神の女〉〈神の子〉の物語』――青土社　二〇一一年
清水正之『日本思想全史』――筑摩書房　二〇一四年
宮野真生子『なぜ、私たちは恋をして生きるのか「出会い」と「恋愛」の近代日本精神史』――ナカニシヤ出版　二〇一四年
木村洋『文学熱の時代　慷慨から煩悶へ』――名古屋大学出版会　二〇一五年
長尾宗典『〈憧憬〉の明治精神史　高山樗牛・姉崎嘲風の時代』――ぺりかん社　二〇一六年
竹内洋『教養派知識人の運命　阿部次郎とその時代』――筑摩書房　二〇一八年
熊野純彦『源氏物語　反復と模倣』――作品社　二〇二〇年

# さくいん

## 人　名

芥川龍之介 …… 16, 20-21, 53, 68-69, 80, 84, 95, 156, 241, 244
阿部次郎 …… 48-49, 51, 91-92
有島武郎 …… 7, 52-53, 125
石川淳 …… 178, 227-228
石川丈山 …… 235-236
石川せい子 …… 87-8, 89, 103, 105
石川啄木 …… 16, 41, 155
石川達三 …… 253
石川（谷崎、佐藤）千代子 …… 79, 87-89, 92, 126, 157
石原慎太郎 …… 240
泉鏡花 …… 38, 108
一条兼良 …… 9, 176
稲葉清吉 …… 41, 44
魚住影雄（折蘆）…… 47-48, 52, 56-57
歌川国芳 …… 15, 32
オイディプス …… 107, 264
大岡昇平 …… 120-122
大貫雪之助（晶川）…… 35, 46-47, 52
岡崎義恵 …… 199-201, 205-206
おきん（恋を知る頃）…… 75-77, 100, 133, 258
小山内薫 …… 48, 52
お静（蘆刈）…… 156, 158-160, 162
小津安二郎 …… 213
落葉の宮（源氏）…… 207, 209, 211
お久（蓼食ふ虫）…… 126-132, 169
お遊（蘆刈） 156, 158-162, 210, 225, 264
折口信夫 …… 108-111, 129, 147, 219
川端康成 …… 46, 152, 163, 243
カント …… 55, 60
菅野覚明 …… 217
北村透谷 …… 74, 241
九鬼周造 …… 102
久保田万太郎 …… 20-21, 26-27
倉田百三 …… 48-49, 56-57
グランドレン（肉塊）…… 30, 115-116, 132, 264
ケーベル，ラファエル …… 49
幸田露伴 …… 20-21
河野多恵子 …… 139, 155
高山岩男 …… 215-216
古澤平作 …… 108
小杉天外 …… 38
後藤末雄 …… 47
小林秀雄 …… 37-38, 55, 69, 205
小宮豊隆 …… 48, 68, 246
サイデンステッカー …… 264
坂口安吾 …… 217-218
相良亨 …… 93
笹沼源之助 …… 42, 83
佐助（春琴抄）…… 164-171, 193
幸子（細雪・次女）…… 218-221, 223-225, 227-231, 233
颯子（瘋癲老人）…… 31, 65, 142, 258-267, 269-272
佐藤春夫　16, 79-80, 89-92, 95, 156-157
サド侯爵 …… 4, 60
志賀直哉 …… 17, 93-94
澁澤龍彦 …… 29, 254
島崎藤村 …… 7, 37-38, 214-215
嶋中雄作 …… 81, 213
春琴（鵙屋琴、春琴抄）31, 163-171, 193
譲治（痴人の愛）…… 112-117, 126
ショー，バーナード …… 47
スサノヲ（古事記）…… 109-111
世耕弘一 …… 253, 256
ソクラテス …… 11, 99
妙子（細雪・四女）…… 33, 120, 218, 221-5, 228, 230
高山樗牛 …… 55-58, 92, 99, 188
滝田樗陰 …… 80

竹内浩三 ………………………………………… 213
武田泰淳 ………………………………… 122-123
太宰治 ……………………… 74, 211, 221, 241
辰野隆 …………………………………………… 42-43
谷崎久右衛門（祖父）……… 16-18, 21, 24
谷崎倉五郎（父）…………… 17, 21, 44, 82
谷崎精二（弟）……………… 18, 47, 68, 106
谷崎セキ（母）……… 17-19, 21, 105-207, 111, 115, 149
谷崎（森田、根津）松子 …… 89, 156-8, 162-4, 203, 222, 249, 270
玉上琢弥 ………………………………… 206-207
田山花袋 ………………………………………… 37-40
チェンバース ……………………………… 226
坪内逍遙 ………………………………………… 185
貞之助（細雪）…· 221-222, 227, 231-232
ナオミ（痴人の愛）…… 31, 76, 112-117, 126, 132, 156, 258, 261, 264
永井荷風 ……… 20, 28, 36, 38, 67, 71-72, 153, 229
長野草風 ………………………………………… 137
中村秋香 ………………………………………… 176
夏目漱石 ………………… 48-50, 67, 77, 125
ニーチェ ………………………………………… 57-58
西田幾多郎　4, 48, 51, 56, 70, 95-96, 184
新渡戸稲造 ………………………… 35, 46, 49
沼正三 …………………………………………… 104
野口武彦 ……………………… 129-130, 223
野坂昭如 ………………………………………… 222
バタイユ ……………………………… 6, 28, 260
浜本浩 …………………………………………… 31, 42
光源氏（源氏）……… 9, 12, 110-111, 129, 149, 181-183, 196, 198-204, 234, 236-238, 271
平田篤胤 ……………………………………… 10, 175
平塚らいてう …………………… 16, 88, 125
藤壺（源氏）‥ 9, 110-111, 129, 149, 181-183, 198-199, 202-204, 236-237, 271
藤村操 ……………………………… 46, 56-57, 244
藤原国経（滋幹）189-193, 247-249, 262
藤原滋幹（滋幹）…………… 191-196, 247
藤原俊成 ……………………… 174, 243-244
藤原定家 ……………………………………… 183, 243
藤原時平（滋幹）……… 190, 193, 248-249
プラトン …· 11, 53, 55, 96-100, 102, 104, 115, 118, 128-131
古川丁未子 ……………………… 156-158, 162
フロイト ……………………… 107-108, 260
平中（平貞文）77, 138, 190-191, 193, 196
ベルグソン ……………………………… 51, 96
ポー ………………………………………… 68-69, 129
ボードレール ……… 68-71, 129, 154, 205, 243-244
堀口大學 ……………………………………… 71, 205
正岡子規 ………………………………………… 176
正宗白鳥 ………………………… 37, 163, 169
三島由紀夫
………… 3, 61, 221, 240-241, 243, 267
三宅雪嶺 ………………………………………… 55
武者小路実篤 ………………………………… 52
紫式部 …………………………………………… 12
紫の上（源氏）……… 110, 129, 149, 219, 271-272
本居宣長 ……… 9, 12, 107, 109, 173, 185
森鷗外 ………………………………… 68, 74, 196
保田與重郎 ……………… 55, 122-123, 242
山田孝雄 ………………………… 198-199, 204
夕霧（源氏）………………………… 207-211
雪子（細雪・三女）……………… 219, 221, 224-226, 228-231
夢野久作 …………………………………… 17, 152
吉本隆明 …………………………………… 55, 217
ロンブローゾ ……………………………… 84-86
ワイルド，オスカー ……… 47-48, 69-70
渡辺千萬子 …………………………………… 100
和辻哲郎 ……… 6-8, 16, 35, 47-50, 56-67, 91-93, 96, 99, 124-125, 183-188

## 作品


「アヴェ・マリア」………… 33-34, 80, 98, 101-104, 116, 130, 186, 249
「あくび」………………………………… 50, 52
『蘆刈』8, 150, 153-154, 156-163, 210, 264
『羹』………………………… 19, 26-27, 50, 52
「異端者の悲しみ」……………… 50-51, 86, 105-106, 123, 149
「陰翳礼讃」……………… 120, 133-137, 164
「鬼の面」……… 45, 50, 106, 149, 244-245
「顔世」…………………………………………… 34
『鍵』…………… 81, 150, 240, 243, 246-257
「過酸化マンガン水の夢」……………… 137
「神と人との間」………… 87, 89-90, 92-93
「金と銀」………………………………… 82-83
「検閲官」……………………………… 76, 98, 100
「源氏物語序」…………………… 198, 204, 205
「源氏物語新訳序」…………………………… 211
「恋を知る頃」………… 26, 75-77, 100, 258
「高血圧症の思い出」…………………… 140
「鮫人」…………………………… 138-139, 244
「小僧の夢」……………… 11, 39, 53, 98, 101
「金色の死」………………………………… 50
『細雪』20, 33, 81, 120-122, 150, 153, 178, 212-214, 216-235, 243, 247, 265, 269
「佐藤春夫に与へて過去半生を語る書」……………………………………………… 89, 91
「死火山」………………………………………… 53
「刺青」 3, 4, 28, 36-40, 47, 57, 61, 67-68, 73-74, 76, 80-81, 100, 116, 129, 179, 267
『潤一郎新々訳 源氏物語』…… 81, 178, 181-182, 196-197, 271
『潤一郎新訳 源氏物語』… 81, 178, 196-197, 202-203, 207, 210-211, 236-238, 247
『潤一郎訳 源氏物語』…… 81, 178, 196-202, 204, 208-209
『春琴抄』……… 4, 8, 31, 70, 81, 123, 150, 156-157, 163-171, 193, 220
『少将滋幹の母』8, 77, 137-138, 150, 174, 178, 189, 190-196, 243, 247-248, 254
「饒太郎」………………………… 54-55, 58-59
「少年」……… 26, 28, 31, 33, 100-102, 116, 128-129, 264
「神童」………………………… 26, 96, 139, 140
「新年雑感」………………… 77, 177-178, 180
「青春物語」……………………………… 57, 67
『雪後庵夜話』… 18-19, 21, 52, 72-73, 158
「象」…………………………… 31-33, 100, 117
『蓼食ふ虫』…… 8, 92, 120, 126-129, 132-133, 166
『痴人の愛』……… 30, 40, 65, 73, 76, 112-117, 258, 261, 264
「父となりて」…………………………… 87-88
「肉塊」………………………… 30, 98, 115, 264
「日本に於けるクリップン事件」… 73, 95
「女人神聖」……………………… 4, 22-24, 26
『猫と庄造と二人のをんな』… 4, 117, 156
「ハッサン・カンの妖術」106, 195, 252, 264
「母を恋ふる記」……………………………… 108
「晩春日記」…………………………………… 105
「美食倶楽部」………………… 139, 141-142
『瘋癲老人日記』…· 3, 20, 31, 40, 65, 124, 142, 240, 243, 247, 254, 257-272
「不幸な母の話」…………………………… 106
「富美子の足」………………………………… 75
『卍』…………… 143, 150-154, 156-157, 211
『盲目物語』………………… 75, 150, 157, 210
「柳湯の事件」………………………………… 33
『夢の浮橋』…· 18, 33, 117, 153, 155, 178, 235-237, 243, 264
「幼少時代」 17-18, 27, 29, 107, 128, 146
『吉野葛』…… 8, 28, 81, 123, 143-149, 264
『乱菊物語』…………………………… 130-132
「恋愛及び色情」…………………… 179-181
「若き日の和辻哲郎」……………………… 48
「私の見た大阪及び大阪人」………………………… 82, 125, 151, 154

谷崎潤一郎■人と思想198　　定価はカバーに表示

2020年 8 月31日　第 1 刷発行©
10月30日　第 2 刷発行

・著　者 ……………………………… 板東《ばんどう》　洋介《ようすけ》
・発行者 ……………………………… 野村　久一郎
・印刷所 ……………………………… 広研印刷株式会社
・発行所 ……………………………… 株式会社　清水書院

検印省略
落丁本・乱丁本はおとりかえします。

〒102-0072　東京都千代田区飯田橋3-11-6
Tel・03(5213)7151～7
振替口座・00130-3-5283
http://www.shimizushoin.co.jp



Century Books

Printed in Japan
ISBN978-4-389-42198-4